# Mi gran

## (y catastrófico)

# debut

› **Título original:** *The Season*
› **Dirección editorial:** Marcela Luza
› **Edición:** Leonel Teti con Erika Wrede
› **Coordinación de diseño:** Marianela Acuña
› **Diseño de interior:** María Victoria Costas

*un sello de*
*V&R Editoras*

© 2017 V&R Editoras
www.vreditoras.com

Publicado por primera vez en los Estados Unidos de América por Viking,
un sello de Penguin Random House LLC, 2016
Copyright © 2016 by Temple Hill Publishing

**ARGENTINA:**
San Martín 969 piso 10 (C1004AAS)
Buenos Aires
Tel./Fax: (54-11) 5352-9444
y rotativas
e-mail: editorial@vreditoras.com

**MÉXICO:**
Dakota 274, Colonia Nápoles CP 03810,
Del. Benito Juárez, Ciudad de México
Tel./Fax: (5255) 5220–6620/6621
01800-543-4995
e-mail: editoras@vergararriba.com.mx

**ISBN:** 978-987-747-347-6

Impreso en México, noviembre de 2017
Litográfica Ingramex S.A. de C.V.

Dyer, Jonah Lisa
Mi gran, y catastrófico, debut / Jonah Lisa Dyer; Stephen Dyer.
-1a ed. - Ciudad Autónoma de Buenos Aires: V&R, 2017.
432 p.; 20 x 14 cm.
Traducción de: González Sonia.
ISBN 978-987-747-347-6
1. Narrativa Juvenil Estadounidense. 2. Novelas Realistas. I. Dyer,
Stephen II. Sonia, González, trad. III. Título.
CDD 813.9282

Para nuestros papás,
quienes nos apoyaron por
mucho tiempo.

# Mi gran
## (y catastrófico)
# debut

*Jonah Lisa Dyer*
*y Stephen Dyer*

Traductor: Sonia González

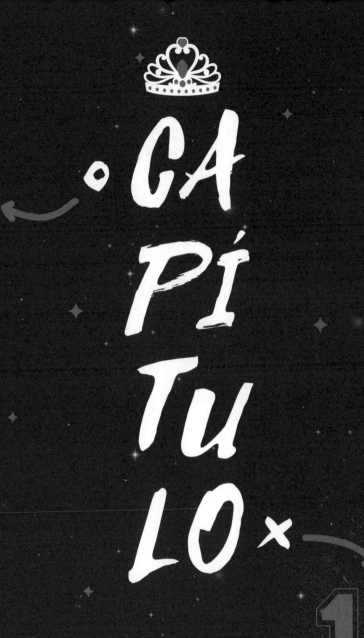

CAPÍTULO

1

*En el que Megan aprende*
*lo que es un golpe a traición*

Posibilidad de gol en el tiempo de descuento, Lachelle comenzó a armar una jugada dentro del medio campo, pasándole el balón por abajo a Mariah, quien se lo entregó a Lindsay en la esquina derecha. Lindsay llegó antes que su oponente a la línea final, luego pateó un centro cruzado hacia el área de gol. Cat entró, atrajo la atención de su defensora y la portera, y luego las engañó, dejó que el balón pasara por entre sus piernas, sin tocarlas. Una jugada perfecta, en la que habíamos trabajado sin cesar. Yo estaba a solo siete metros; la amplia red me estaba esperando. Todo lo que tenía que hacer era anotar. Pero me encontraba tan emocionada con las imágenes de la jugada en mi cabeza, que lo arruiné. La excitación extra alcanzó el balón y pasó el travesaño; fue a parar fuera de los límites.

La multitud protestó y yo permanecí allí, abatida. Me había perdido un pase que habría asegurado nuestro primer juego de conferencia. *Bien hecho, Megan,* pensé. *Bien hecho.* Un minuto después, sonó el silbato. Universidad de Oklahoma 2 - Universidad Metodista del Sur 1.

Pateé el dispensador de agua, y estaba haciéndome camino a través de las sillas cuando la entrenadora Nash me encontró.

—¡Ey, deja eso! —gritó. Frunció el ceño, y su decepción se apoderó de mí—. ¿Cuál es la lección?

—¿No seas una idiota? —pregunté.

—Compostura —respondió, por enésima vez en el último año—. No importa el momento, tienes que mantener la calma, ejecutar bajo presión. Consistentemente buena es mucho mejor que ocasionalmente brillante.

—Lo siento —dije.

—No estoy interesada en tus disculpas —respondió. *Ay.*

—Decepcioné a todo el mundo —comenté, bajando la cabeza.

—Sí. Lo hiciste —*ay otra vez.* Pero esta vez, la entrenadora levantó mi cabeza y me miró directamente a los ojos—. Ahora escucha, vas a anotar muchos goles para nosotros este año —su tono se suavizó mientras cambiaba con facilidad su postura de sargento de instrucción de la Infantería de Marina a mamá gallina—. Todo va a estar bien, ¿de acuerdo?

—Está bien —asentí nuevamente, y me abrazó.

—Memoria corta...Y hazte revisar esto —señaló el corte en mi pierna.

—Ajá —respondí, todavía sintiéndome como si alguien le hubiera disparado a mi perro.

—Nos vemos el lunes.

Luego Cat se acercó. Catalina Esmeralda Graciela "Cat" Martínez era mi mejor amiga en el equipo, mi mediocampista, y la única lo suficientemente valiente como para acercarse a mí dadas las circunstancias. Nos conocíamos desde que teníamos doce años y jugábamos juntas en el Club de Fútbol de las Linces de DeSoto; ahora éramos Ponis. Fui a su fiesta de quince años y me volví famosa al destruir su piñata con mi primer golpe. Encontraron dulces hasta en la calle.

—Vamos, perdedora —dijo, envolviéndome en un abrazo. Me reí. Como siempre, era lo correcto.

—Ve tú. Quiero enfadarme —respondí. Ella se echó a reír.

—Está bien. ¿Necesitas un pañuelo, o algo así?

—No, tengo la manga.

—Sigue pendiente lo del martes por la noche, ¿no? —el martes era noche de televisión, tiempo sagrado de amigas.

—Por supuesto —asentí, mientras caminaba en dirección al vestuario.

—¡Envíame un mensaje más tarde! —gritó por encima del hombro.

Cuando todo el mundo se fue, me senté y examiné mi pierna. La sangre corría a lo largo de toda la piel lastimada. Otra cicatriz, y tan poco para mostrar. En el fútbol, las posibilidades reales de anotar son raras, y mi trabajo como delantera era hacer buen uso de ellas. Mi fracaso de hoy nos había costado un punto muy valioso. Tomé un poco de césped, entrecerré los ojos mirando el límite del campo de juego de Westcott bajo el sol de finales de agosto y me pregunté cómo podrían empeorar las cosas.

No tuve que esperar mucho tiempo.

—Oye.

Miré hacia arriba para ver a mi hermana, Julia. Ella era más alta y más bonita que yo, con el cabello rubio, sorprendentes ojos celestes y la piel fresca, libre de imperfecciones. Pocos podrían adivinar que éramos mellizas, el claro resultado de dos óvulos, no de uno.

—¿Viste el juego?

Ella asintió, pero se quedó a varios metros de distancia.

—Odio empeorar las cosas, pero pensé que querrías ver esto.

Julia me entregó su teléfono, el navegador abierto en *The Dallas Morning News*.

"Bluebonnet Club anuncia a las debutantes de la temporada 2016", decía el titular. Leí a través del artículo. Bla, bla, bla… "orgullosos de anunciar a Ashley Harriet Abernathy, Lauren Eloise Battle, Ashley Diann Kohlberg, Margaret Abigail Lucas, Julia Scott McKnight, Megan Lucille McKnight y Sydney Jane Pennybacker…".

Un momento, *¡¿Megan Lucille McKnight?!* Debía haber algún error, porque ¡esa era YO!

—¿Te llamó mamá? —pregunté.

—No.

—¿Mensaje?

Julia sacudió la cabeza. No lo podía creer; quería explotar, gritar, rabiar, protestar violentamente. Pero mi madre estaba a cincuenta kilómetros de distancia, en la hacienda. Continué leyendo.

En la parte inferior estaban las fotos. Siete chicas sonrientes y arregladas, listas para tomar sus lugares ungidos en el panteón de las debutantes de Bluebonnet, ese raro y codiciado papel en una tradición que data desde 1882, como mamá nos recordaba a menudo. Mi foto era una verdadera rareza, tomada como símbolo de paz hacia mi madre después de que se quejara durante años de que las únicas fotos que ella tenía de mí eran posando sobre una rodilla junto a un balón de fútbol.

Para este recuerdo atemporal no había escatimado en gastos. Había contratado a una estilista, me había intimidado con un vestido Stella McCartney de escote bajo y eligió a un fotógrafo que insistía en tomar las fotos durante el crepúsculo, entre los mirtos a lo largo de Turtle Creek. Descansaba mi mano casualmente en una rama, sonreía cien veces por hora, parecía una idiota que había tenido suerte en un cupón de cambio de imagen. Nunca, ni en mis peores pesadillas, había imaginado que aparecería un año más tarde en el periódico más leído de la ciudad, bajo el anuncio de una subasta.

–¿Tal vez sea un error? –pregunté esperanzada, devolviéndole su teléfono. Julia guardó silencio. Había pasado el ingreso a Cálculo avanzado como estudiante de segundo año en la escuela secundaria, y se especializaba en ingeniería estructural. Como muchas chicas muy inteligentes, aprendió temprano que el silencio era a menudo una sabia táctica.

»Está bien –dije–. Me ducharé y veremos qué tiene para decir.

Julia sonrió, un poco demasiado brillante.

–Haré palomitas de maíz –anunció.

o ✗ ✗

Julia condujo a casa, por lo que yo pude levantar la pierna. No se requerían puntadas, pero los entrenadores limpiaron la herida con abundante agua oxigenada, untaron algo de Neosporin y aplicaron un vendaje de gasa, diciéndome que lo sujetara un rato para detener el sangrado. Así que en la media hora de viaje de Dallas a la hacienda, apoyé mi pierna en el tablero del auto y me dediqué a mirar por la ventanilla y a tratar de descubrir por qué mi madre querría arruinar mi vida. Julia, todavía en la agonía de su ruptura con su novio de mucho tiempo, Tyler, eligió musicalizar el viaje con la melancólica banda sonora de Tame Impala. Lo único que faltaba era la lluvia.

Es una verdad universalmente conocida que todas las hijas llegan a la conclusión de que sus madres están locas, y aunque yo había escuchado el tintineo de tornillos en la cabeza de Lucy McKnight, incluso para ella esta creencia era desafiante. Simplemente yo no estaba hecha para debutante. Ni siquiera cerca. Y no estoy siendo modesta. Usaba jeans Wranglers descoloridos, camisetas viejas y botas Ropers de vaquero, excepto cuando lo mezclaba con pantalones cortos de nylon y chanclas. Compraba sujetadores deportivos e interiores de algodón en paquetes al por mayor. Tenía pecas y el bronceado de un granjero, y mi cabello castaño estaba siempre sujeto en una cola de caballo, excepto durante la práctica y los juegos, cuando agregaba una cinta en mi cabeza al estilo Alex Morgan, hecha con la cinta adhesiva rosada de la entrenadora. Mis labios estaban permanentemente agrietados, ya que vivía en un estado de semi-deshidratación, y mis uñas estaban rotas y sucias. Mis piernas musculosas eran una zona de guerra, y mi parte superior del cuerpo estaba magra como un pollo guisado, debido a las miles de horas de haber corrido bajo el sol de Texas.

—Por fin se ha vuelto loca, loca como una cabra —le dije a Julia, que frunció los labios, permaneció en silencio y mantuvo los ojos fijos en el camino.

Pero Julia como debutante… eso sí tenía sentido. Era delicada como una puerta japonesa shoji, y los chicos se derretían por ella, de a miles. Francamente, Julia era precisamente la clase de chica de la que yo me podría haber mofado y podría haberla despreciado: una sexy Pi Phi, bien vestida, bien educada, una estudiante exitosa y tan buena en todas esas cosas de niña que yo nunca podría dominar, como ondular sus pestañas, aplicar maquillaje y coquetear. Pero como ella era mi única hermana y mi compañera de vientre, la amaba intensamente, y ¡ay! de los que la amenazaban.

Tomó la salida 47, la única salida en la Interestatal 35 sur que tomábamos, y giró a la izquierda en el camino 89. Otro kilómetro y medio y estaríamos en la hacienda. Cuando vi el borde de la valla que marcaba el límite occidental de Aberdeen, bajé mi pierna suavemente y me preparé para la batalla.

O ✗ ✗

–¡MAMÁ! –grité–. ¡MAMÁÁÁÁ!

Sin respuesta. Me paré en el vestíbulo principal delante de la casa. *Se está escondiendo*, pensé, *con miedo a mostrarse. Cobarde.*

Julia entró detrás de mí, con el bolso que colgaba de su brazo. Estaba claramente entretenida, como un niño viendo las carrozas de un desfile del Día de la Independencia. Fruncí el ceño y rodeé la escalera, fui por el pasillo, y encontré la puerta del estudio de papá cerrada como el paso de los alemanes por Bélgica.

Cuando la puerta golpeó la pared, papá se sobresaltó.

–Ey –dijo, parpadeando. Un juego de fútbol universitario en la televisión. Papá, Dios lo bendiga, había estado durmiendo en el sofá. Sus botas polvorientas estaban debajo de la mesa de café.

–¿Te gustaría contarme algo, papá? –le pregunté.

–No –respondió lentamente. Julia, contenta de seguir mis pasos, entró detrás de mí.

–Sabes, cuando ofreces a tu hija a la venta, lo más educado que puedes hacer es decirle.

Oh, ahora lo recordaba. Se pasó la mano por el cabello, intentaba ganar unos minutos. A los cuarenta y seis años, tenía todavía el cabello rubio oscuro y abundante, con solo una muestra de gris en las sienes. Una vida de entrecerrar los ojos en el sol le había dejado marcas alrededor de sus ojos color avellana, pero todavía era joven y guapo. También se encontraba en buena forma física, la rutina diaria de trabajar con el ganado a caballo lo mantenía firme y fuerte como un poste de cerca. Angus McKnight III parecía exactamente lo que era: un verdadero vaquero.

–Cariño, no te estamos ofreciendo a la venta, y yo estaba tan sorprendido como tú por el anuncio.

–Lo dudo –respondí, sin retroceder. Papá intentó su mirada más comprensiva sobre Julia, esperando apoyo.

–Por supuesto que íbamos a decirte... –comenzó a decir, cuando se oyeron pasos en el corredor. Papá me miró por encima del hombro. ¿Podría ser la caballería? En efecto.

Mi madre, Lucy McKnight, entró en el estudio y se quitó los guantes de jardinería. Ella era tres centímetros más alta que yo, medía un metro setenta y tres, y todavía era muy atractiva, aunque un poco blanda en sus curvas. Se encontraba en esa edad en la que las mujeres, tarde o temprano, consideran los beneficios de la cirugía plástica, y yo sabía que su pensamiento era más temprano que tarde, por dos razones. En primer lugar, uno debe llevar su coche al mecánico en el momento en el que oye un ruidito en el motor; y, en segundo lugar, si se hace bien puede pasar por un cambio en la dieta y un nuevo entrenador personal.

El estilo de mamá era siempre radiante, y hoy se había arreglado de manera mágica y misteriosa, como solo algunas mujeres pueden hacerlo: vaqueros, una camisa azul de algodón y un sombrero de sol; parecía un conjunto del catálogo de primavera de la lujosa marca Neiman Marcus.

–¿Ese es un bolso nuevo, Julia? –preguntó mamá.

–Megan solo estaba preguntando por...

–Yo sé por qué está aquí, Angus –dijo ella, luego se volvió hacia mí–. Te pido disculpas por enterarte de esta manera. Por supuesto que planeábamos contarte este fin de semana; no tenía ni idea de que saldría en el periódico de hoy. Aun así, no importa, está hecho y resuelto.

–Pero te dije *la semana pasada* que no quería ser una debutante. Nunca. ¿Recuerdas?

–Tuve en cuenta tu punto de vista –respondió con suavidad–. Pero creo que no entiendes que en verdad es una oportunidad única en la vida que simplemente no puedes dejar pasar.

–No estoy segura de si te has dado cuenta, pero con la universidad, la práctica y los partidos, mi agenda está llena.

–Consideré eso, pero hacer un debut requiere mucha energía tanto física como emocional, y necesitas estar en tu mejor momento. Te sugiero que abandones fútbol.

Dios mío, esto era peor de lo que pensaba. Traté de

contener la ira fundida que borboteaba en su camino hacia la plena expresión volcánica.

–Mamá, si crees que dejaré fútbol por bailar el vals y tomar el té, estás más que equivocada... estás demente.

–Entiendo tus sentimientos...

–No, no lo haces –repliqué.

–Solo te estoy pidiendo una temporada de... ¿cuántas, veinte?

–Estás pidiendo un año de los cuatro de elegibilidad universitaria. Y cualquier posibilidad que tenga de ingresar a la selección nacional.

Su mirada de compasión lo dijo todo.

–Cariño, tienes veinte años. Creo que ese barco ya zarpó.

–¡Fui invitada al campamento regional el año pasado!

Fui a Kansas durante tres semanas el verano anterior a la audición para la Selección Nacional Femenina Sub-20, junto con otras doscientas chicas. Basta con decir que fue una experiencia aleccionadora y un viaje rápido de vuelta a casa.

–Sé que, exceptuando los sentimientos actuales, aprenderás y crecerás mucho, y tendrás recuerdos que atesorarás por el resto de tu vida.

–¿Atesorar? –le dije–. ¿Aprender a que mis zapatos hagan juego con mi bolso? ¿Usar *divina* en una oración?

–Hay mucho más que moda y modales –respondió con cuidado–. Aunque será una gran ventaja para ti trabajar en ambos.

–No, no lo será. Porque no lo haré. Quieres enviarme

vestida como un caniche a fiestas con premios en efectivo para "La mejor charla superficial" y "La mejor sonrisa", donde me obligarán a bailar con chicos que no me gustan y a ser amable con un puñado de personas que no conozco. ¿Y quieres que renuncie a un año de fútbol por ese privilegio?

Hice una pausa, respiré hondo.

—Claramente, décadas de teñir tu cabello y tomar las malteadas adelgazantes de SlimFast te han pasado factura —solté.

Silencio. Crucé la línea, me di cuenta, mientras sus ojos se estrechaban, su mandíbula se tensaba y su rostro se volvía carmesí oscuro.

—A nadie le gusta una sabelotodo, Megan.

—A mí sí. Me *encantan* los sabelotodo —dije sin cuidado, manteniendo la feroz esperanza de que algún día encontraría a un hombre que también le gustara, o de lo contrario estaría jodida.

Mamá, una luchadora experta, ignoró mi golpe y cerró el espacio entre nosotras. Ahora estábamos barbilla a barbilla.

—Vamos a… —papá interrumpió, pero mamá lo calló.

—Estabas de acuerdo, Angus —papá levantó las manos y se volvió hacia mí—. Gracias a un gran esfuerzo de mi parte, tanto tú como Julia han sido invitadas a debutar este año. Es prácticamente inaudito para dos hermanas, y…

—No me importa a quién hayas sobornado.

—¡Basta! —gritó ella.

Le di una mirada helada y desafiante, pero ella se mantuvo firme.

–Te amo mucho, pero eres extremadamente obstinada y estás muy segura de que sabes todo lo que necesitas acerca de todos y de todo. Confía en mí cuando te digo que no es así. Tres generaciones de mujeres en mi familia (tu bisabuela, tu abuela, tu tía y yo) hicimos nuestro debut en Bluebonnet. Tu prima Abby y tu hermana, Julia, harán su debut este año, y aunque no te des cuenta de lo que esto significa, yo sí. Un día, muy pronto, terminará tu carrera futbolística y te encontrarás en un mundo mucho más grande y complicado que el que ahora habitas, y es mi trabajo asegurarme de que estés preparada para eso. Así que permíteme ser perfectamente clara, esto no es una petición.

–Esto es tan injusto, mamá.

–¿En verdad? ¿Realmente?

La pregunta quedó colgando, y entonces mamá llevó su mano a un costado de su cabeza, obviamente sentía dolor. Papá se acercó y puso su mano en su brazo.

–¿Estás bien? –le preguntó. Mamá sufría de migraña ocasional, que siempre parecía llegar cuando más útil era.

–Estoy bien –dijo, dejándose llevar por mi padre hasta una silla.

Se sentó pesadamente y observó el sol brillante a través de las cortinas, como un vampiro al amanecer.

Estaba furiosa. Las lágrimas brotaron mientras mi ira ardía más, pero no sabía qué decir.

–Yo... Te odio –finalmente junté valor. Tan débil. Pero comprometida, me giré y me fui marcando mis pasos.

–Cariño… –comenzó a decir papá.

–Deja que se vaya –respondió mamá mientras yo golpeaba la puerta con fuerza. En el pasillo sollozaba y oía que ella repetía la misma vieja frase–: Ella vendrá, solo deja que se acostumbre a la idea.

*Ni mierda que eso suceda.*

# CAPÍTULO

2

*En el que Megan apenas logra
una victoria pírrica*

No hay nada más reconfortante que el cálido aroma de un caballo, especialmente el de tu propio caballo, el que te ama incondicionalmente y el que te permitirá colgarte alrededor de su cuello sin quejas. Mientras enterraba mi rostro en el pelaje de Banjo e inhalaba profundamente, mi respiración descendió de un intenso sollozo a una congoja aceptable. Recomiendo hacer esto cuando tu vida está hecha trizas.

Me dirigí al establo para esconderme y pensar. Era sábado, así que Silvio y los otros empleados de la hacienda no se encontrarían, y yo estaría a solas con mi amigo Banjo y otra docena de caballos.

A pesar de que la idea me quemaba en la cabeza y nunca lo admitiría, mamá tenía razón acerca de lo del equipo nacional. Era probable que ese barco ya hubiera zarpado. Si no integras el equipo Sub-20, tus posibilidades de ingresar al equipo Sub-23 son prácticamente nulas, y si no estás en ese equipo, bueno… demás está decir que puedes olvidarte de jugar en las ligas mayores. Lo peor de todo era que me había bloqueado en la prueba regional y nunca les mostré a los entrenadores mis mejores cosas. Claro que las otras chicas eran buenas, pero no eran mejores que yo. Ni siquiera sé lo que pasó. Fue un torbellino de mal juicio y errores de novatos, como el que cometí hoy. Anhelé otra oportunidad, y la entrenadora Nash fue mi boleto de lotería; ella fue dos veces Entrenadora del Año de la Asociación Nacional Atlética Universitaria y estaba muy conectada con el equipo nacional. Solo si jugaba como una estrella de rock en esta temporada, tal vez, solo tal vez, tendría otra oportunidad el próximo verano. Los días como hoy no ayudaron, ¿y ahora mamá quería que me fuera por una temporada entera? *¿Me conoce realmente?*, me pregunté, no por primera vez.

Irónicamente, las probabilidades de formar parte del actual equipo femenino, el que juega en la Copa Mundial y los Juegos Olímpicos, eran las mismas que las de ser seleccionada como debutante de Bluebonnet: nulas. Veintitrés mujeres de todo el país están en el equipo nacional en cada momento, y solo hay siete u ocho debutantes de Bluebonnet al año.

No puedes *pedir* que te inviten. No puedes comprar tu ingreso. Te *selecciona* un club secreto de hombres muy ricos e influyentes que valoran la tradición por encima de todo. Así que si tu madre debutó, tienes una ventaja. Una tía puede ayudar; una abuela también. Julia y yo éramos todo un legado.

Cuando la abuela Rose Alice murió hace algunos años, el titular de su obituario en *The Dallas Morning News* comenzaba con su selección como Debutante de Bluebonnet en 1964. Todo lo demás acerca de su vida (padres, colegio, esposo, hijos, organizaciones benéficas y clubes sociales) venía después. El tema de nuestro debut se inició en el kínder, pero hasta la tormenta de hoy pensaba que habíamos acordado que Julia lo haría, y yo no.

A través de mi sollozo, oí el *clack-clack* del motor diesel, la puerta del conductor cerrándose y luego el cierre del granero. Me escondí detrás del cuello de Banjo cuando el crujido silencioso de los pasos sobre la paja se hizo más cercano. Mucho antes de oír su voz supe que era papá.

—Tenía ganas de dar una vuelta. ¿Quieres venir? —su voz era perfectamente hermética.

—Supongo —respondí en voz baja, tratando de no mostrar lo mucho que había estado llorando.

Mientras papá ensillaba a Jasper y yo terminaba de preparar a Banjo, se oía el crujido de las mantas y del cuero, un resoplido ocasional y el sonido de cascos, pero ninguno de los dos habló. Antes de montar, papá tomó su escopeta de la camioneta, revisó la carga y la deslizó en mi funda de la silla de montar. Esta no es mi arma, la mía es una Remington 870 Wingmaster Competition, una verdadera belleza que papá encargó especialmente para mi cumpleaños número trece. Es una escopeta a pistón de calibre doce con mira en un cañón de cincuenta centímetros y una capacidad de ocho cargas, con su peso equilibrado solo un poco hacia delante para un mejor alcance. La madera es de color cereza oscura, el barril y los accesorios, de acero negro, y tiene la marca de Aberdeen grabada en la culata. Pero la escopeta de papá en la camioneta era por si nos encontrábamos con una serpiente cascabel, así que me sentí halagada de que me dejara usarla.

Salimos del establo, cabalgamos más allá del corral y alcanzamos la primera colina. Papá siempre se detenía allí para echar un vistazo, y me detuve a su lado.

—Es hermoso —dijo, al cabo de un momento.

—Sí —respondí. Y lo era.

Los McKnight han estado criando ganado en Aberdeen desde 1873, el año en que mi tatarabuelo Angus llegó de Escocia para hacer su camino en América. Angustiado, con el cabello del color de un penique de cobre, Angus solo empacó sus agallas y su coraje cuando partió de Clackmannanshire, y eligió Dallas por casualidad, mientras se encontraba de pie en la estación de tren en St. Louis. Un hombre al que nunca había visto y que jamás volvió a ver le dijo que encontraría buen césped y agua constante allí. A Angus le gustó su parecer, así que compró un ticket y llegó a lo que era un poco más que un cruce de ferrocarril junto a un río fangoso; pero al sur se veían las colinas de fino y alto heno nutrido por copiosos arroyos, y Angus se deshizo de sus ahorros de toda una vida por ochenta hectáreas, un novillo y cuatro novillas.

Aquellas ochenta hectáreas eran mil seiscientas ahora, y mil cabezas, que vagaban a través del exuberante césped, los cedros, robles vivos y arroyos gorjeando debajo de nosotros. Mientras observaba a mi papá, con la mano en su caballo, la mirada fija en una interminable pradera salpicada de vacas que llevaban la marca original *AR* (Aberdeen Ranch), el tiempo se detuvo y podría haber sido el viejo Angus sentado a mi lado. Esa tierra, la tierra que nunca cambia, creó una conexión profunda y primitiva. Para papá y cada McKnight antes de él, la ganadería no era un trabajo, era una vocación.

—¡Arre! —papá le indicó a Jasper que avanzara, y lo dejó que lo hiciera a su antojo. El caballo rompió en galope, y Banjo instintivamente lo siguió; pronto estábamos al trote, el terreno desdibujado debajo de nosotros y ninguna razón o capacidad de hablar por encima de los ruidosos cascos. Saltamos zanjas, nos inclinamos debajo de las ramas de los árboles y nos zambullimos en los montes, deteniéndonos solo cuando llegamos al límite occidental.

Allí terminaba la interminable pradera. Más allá de nuestra cerca estaba El Dorado, un trabajado complejo repleto de casas de estilo español pegadas como latas de frijoles en una estantería. Las calles con sus nombres pintorescos en español (Avenida de las Flores, Lomo Alto y El Camino Real) evocaron la larga historia de las tierras como haciendas ganaderas, pero el bulevar principal y las calles laterales, una vez adoquinadas, eran ahora asfalto negro tan suave como una mesa de billar. La urbanización tenía absolutamente todo lo que se necesitaba para olvidar el pasado y abrazar el futuro: aceras de concreto brillantemente iluminadas; hidrantes para incendio obligatorios, que vigilan los desagües pluviales; líneas eléctricas y cable de fibra óptica; parques infantiles; un gimnasio; una zona de picnic con parrillas de gas ("Traiga su propio tanque de propano y simplemente conéctelo"). Había un parque acuático con una piscina de entrenamiento, una piscina para niños y un sector de recreación con fuentes de agua. Y la telaraña de senderos polvorientos utilizados por las vacas durante un siglo era ahora una red de caminos pavimentados y sendas para bicicletas con bancos estratégicamente colocados debajo de robles traídos de una granja de árboles.

Les dimos de beber a los caballos en un riachuelo y recuperamos el aliento. Una familia de cuatro personas paseaba en bici por el otro lado de la valla; los dos niños pequeños llevaban ruedas de entrenamiento, y toda la familia tenía cascos brillantes y resistentes.

–Buenas –saludó papá en voz baja, e inclinó su sombrero.

–Hola –respondieron–. Un buen día, ¿eh?

–Claro que sí –asintió papá. Los niños lo miraron como si fuera un teléfono antiguo de disco.

Papá inspeccionó las casas a través de la valla.

–Tuve otra llamada el otro día –me dijo después de que hubieran pasado.

–¿Sí? ¿Le has devuelto el llamado?

—No –admitió con timidez.

—¿Lo sabe mamá?

—Todavía no –más de lo mismo.

—Papá –le dije, un poco más grave–. ¿Por qué ella quiere vender?

Hizo una pausa antes de responder.

—Es estresante y ella sabe que ya no podemos competir. Durante una década o más, hemos estado apoyando a las vacas, y no al revés –esta era una broma entre mis padres. A medida que la deuda se acumulaba, papá vendía de vez en cuando una pequeña porción de tierra para quedar al día con el banco por un tiempo. Pero él nunca redujo el rebaño, y mamá periódicamente le recordaba la idea poética de que finalmente nos quedaríamos solo con la casa y algunos metros cuadrados… pero con mil vacas.

Miró por encima de la valla.

—Aparte de que no se necesita a un experto en administración de negocios para notar que es mejor invertir en casas que criar ganado en estos días.

—Así que… ¿Es por el dinero?

—Más o menos… Es nuestro futuro, y el tuyo y el de Julia –me miró–. Ella solo supone que si eventualmente vamos a retirarnos, podríamos hacerlo con algunas fichas aún en el tablero.

—¿Empezamos golf? –dije, con un poco de insolencia.

—Podría empezar a beber a tiempo completo.

Volvimos los caballos hacia casa, pero los dejamos caminar.

–¿Vas a llamar al tipo?

–No.

Respiré profundo por la nariz. Exhalé. Respiré nuevamente, olisqueando. Césped de pradera y especies herbáceas principalmente, pero salpicadas con capas de lodo, tan rico como el chocolate suizo. Podía reconocer algo de menta de limón, jacintos silvestres, cuero de la silla de montar y sudor. Todo junto cocinado bajo el sol de Texas, era el pastel de especias de mi infancia. Nada nunca olía mejor.

–Bueno, espero que nunca vendamos –dije.

–Lo sé.

Yo sabía tan bien como papá que los problemas de dinero de los últimos veinte años no eran exactamente lo que mamá había aceptado cuando se casaron, y a él no le molestaba su tranquilidad en lo financiero. Más bien, él sinceramente temía a la vida sin trabajo significativo. Era un ganadero, y era todo lo que sabía. Claro, podría vender Aberdeen, conseguir una bolsa de dinero y comprar una casa en la zona correcta, pero ¿qué diablos haría él todo el día? Papá no era hombre de club de campo; papá era hombre de campo, y siempre lo sería.

Estábamos casi de regreso al establo, y papá aún no había abordado el tema inevitable. Sabía que él no había venido aquí solo para montar, y cuando nos acercábamos me pregunté cómo se me acercaría. ¿Sería "Aprovecha tus oportunidades" o el más clásico enfoque de "Haz lo que te dicen"?

Pero luego de colgar las sillas de montar, las mantas, los aperos y alimentar a los caballos, se me acercó con el único ataque seguro y sin fallas que nunca pude rechazar.

—Megan, sabes lo mucho que te amo y que soy incapaz de funcionar cuando eres infeliz —comenzó él, de pie junto a la puerta del granero—. Y tengo cierta compasión por la manera descuidada que todo esto te fue lanzado…

Mi corazón se detuvo y me preparé para el impacto.

—Estos últimos años, desde que ustedes se fueron, tu madre y yo… hemos estado, bueno… Digamos que no habrá paz por aquí a menos que tu madre gane esta. Así que te estoy pidiendo, en realidad rogando, como un favor para mí, que hagas esta cosa de debutante.

*Oh Dios*, pensé, *¿va a llorar? Oh, por favor, ¡no llores!* De repente me di cuenta de que había más cosas aquí, muchas más.

—¿Es realmente tan importante para ella?

—No tienes ni idea —dijo pateando la tierra con su bota.

—¿Por qué?

—Trata de entender. Ella lo ve… como su derecho de nacimiento. Le preocupa que te hayas encerrado aquí en el campo toda tu vida, lejos de la sociedad tal como es, y te hayas perdido… bueno, no estoy seguro de qué. Pero si no haces esto ahora, nunca habrá otra oportunidad como esta. Y si te importa o no, ella ha puesto mucho empeño, y… no puedes simplemente arrojárselo a la cara. Simplemente no es la manera de manejar algo como esto.

Busqué una salida, pero no apareció ninguna.

Papá es un tipo duro. No recuerdo que me pidiera nada. Y ahora me rogaba que hiciera algo que sabía que yo detestaba como un favor personal, hacer algo por la familia. Me di cuenta entonces de que estaba desesperado como nunca antes lo había estado, y que su explicación de "no habrá paz" no era más que la punta de un enorme iceberg de enredados acuerdos que probablemente cubrieran toda la vida matrimonial de mis padres.

Resignada, jugué mi única carta restante.

–No voy a renunciar al fútbol, papá. Solo me queda un año más –le di mi mirada súper seria de "no puedes pedirme eso"–. Puedo hacer ambos. Solo tendré que trabajar más.

–Eso parece justo –asintió, y me oí exhalar. No me había dado cuenta de que había estado conteniendo mi aliento–. Le ofreceré tus términos a tu madre –me dedicó esa triste sonrisa que tanto amaba.

–Buena suerte –gruñí.

Papá saludó mientras caminaba hacia su camioneta, una Ford F-350 manchada de lodo. Volvió a colocar la escopeta en el estante y, con la puerta entreabierta, miró hacia atrás.

–Ey, gracias –dijo. Directo. Honesto. Ese era papá.

Contuve las lágrimas mientras se alejaba.

CAPÍTULO

*En el que Megan revela*
*más de lo que pretendía*

**V**enía volando cuesta abajo por la calle Mockingbird en mi bicicleta y me encontraba a solo unos pocos centímetros de una luz roja en Fairfield cuando me di cuenta de que el sedán negro a mi lado era un coche patrulla sin marcar. Apreté ambos frenos y el neumático trasero resbaló en la grava, y terminé de lado a tres metros de la intersección. Puse una sandalia de tacón en el asfalto pegajoso, retrocedí y casualmente miré al policía a mi lado. Me miró de arriba abajo y rio entre dientes. En serio, ¿quién podría culparlo? No todos los días ves a una chica en una Mountain bike luciendo un vestido de Ralph Lauren, sandalias de trescientos dólares y un casco de bicicleta coronado con una tiara gigante de plástico incrustada con diamantes de imitación.

Sudando como Seabiscuit en la final de la carrera de caballos Preakness, parpadeé ante los coágulos de rímel que nublaban mi visión, preocupada por que el fuerte maquillaje de mi rostro pudiera fracturarse repentinamente y descender en un alud de las proporciones de Malibú.

Seguro parecía una demente, pero decidida a mostrar una buena cara, le sonreí dulcemente al oficial Jenkins en su patrulla de policía con aire acondicionado y él, por ser un tipo generoso, se marchó.

Por supuesto que tenía planeado pasarme la luz roja sin pensarlo dos veces, pero un cálculo de una fracción de segundo me dijo que el tiempo que pasaría defendiendo una multa de Highland Park era más largo que la duración de la luz roja, así que diligentemente hice una pausa. Es decir, si frenar deslizando tu bicicleta a mitad de camino a través de una intersección puede llamarse "pausa".

Incapaz de mantenerme quieta, revisé mi reloj. De nuevo. 4:43 P.M. Maldición.

¿Cómo, me pregunté, se me había hecho tan tarde y cómo me encontraba tan pegada al asiento de mi bicicleta? La dolorosa respuesta fue que, tristemente, todas mis heridas fueron auto-infligidas. Comenzando temprano esa mañana, había cometido un error crítico de juicio.

—No, tú toma el coche —le dije estúpidamente a Julia a las 5:20 A.M. Ella y yo compartimos un Subaru Forester azul. No era llamativo, pero era confiable, y papá lo eligió basado en su impresionante expediente de seguridad.

—¿Estás segura? —murmuró Julia. De pie en su puerta, asentí. Resulta que la privación del sueño realmente afecta la toma de decisiones.

–La práctica termina a las cuatro, y la orientación no es hasta las cuatro y media –le respondí–. Eso me dará tiempo para ducharme, vestirme e ir al club; está a tan solo unas calles.

Ese martes marcaba el comienzo no oficial de la Temporada. Julia, las otras chicas y yo habíamos sido invitadas a tomar el té en el Turtle Creek Country Club con nuestra tutora, Ann Foster. La reunión sería para que nos conociera, nos dijera qué esperar y cómo comportarnos.

–¿No estarás acalorada?

–El clima está más fresco –dije rápidamente–. Y la práctica es solo una caminata y ejercicios. Además, si sucede algo, no quiero que ambas lleguemos tarde.

–Está bien –respondió ella, dejando caer su cabeza nuevamente sobre la almohada–. Te reservaré un asiento.

Con punzadas asfixiantes de celos, ya que yo nunca llegaba a dormir hasta tarde, cerré su puerta suavemente, bajé las escaleras y me dirigí al gimnasio, mis sandalias enganchadas sobre el manillar y mi vestido rojo, inmaculado y embolsado, ondulando detrás de mí como la capa de Superman.

Por desgracia, las cosas no salieron como había planeado. En primer lugar, el clima era como un horno caliente. Los veranos en Texas son siempre húmedos, pero para septiembre, el clima generalmente se retrotrae de extraordinariamente insoportable a casi tolerable. Pero no ese día. A las 2 P.M. la temperatura rondaba los 39 grados, con una humedad propia de la selva tropical.

Luego, una serie de pases descuidados y bufonería general

consiguieron que la entrenadora Nash llegara a su límite, por lo que el conjunto de "ejercicios y una caminata" fue reemplazado por correr en las escaleras del estadio.

–¡Vamos, vamos, vamos! –la entrenadora Nash gritaba mientras un grupo de chicas subían. En la parte superior giré a la izquierda y corrí hacia el siguiente pasillo. Luego abajo, abajo, abajo por las escaleras. Subes por un lado, bajas por el otro. Luego repites–. Están en el tiempo extra, han estado corriendo durante dos horas, están agotadas, y ellas también. Ahora es solo voluntad. ¿Quién quiere más?

–No es más difícil que escalar el Monte McKinley –me las arreglé para jadearle a Cat mientras subíamos la parte superior, usando tres respiraciones para sacar las nueve palabras.

–Por lo menos hace frío en Alaska –dijo Cat sin aliento.

De verdad. Las gradas de metal estaban calientes al tacto, el estadio estaba húmedo como un terrario y el sol ardía como una antorcha. Cuando la entrenadora finalmente nos liberó a las 4:15, estaba empapada. Peor aún, todo mi interior estaba caliente como un horno de pizza.

Entré en la ducha a las 4:19 y me quedé bajo el agua helada durante cinco minutos seguidos. Esto no fue suficiente para refrescarme, y cuando me paré delante del espejo a las 4:28 para aplicarme rímel, gotas de sudor salieron de mi frente roja como remolacha. Salí del vestuario, despegué mi vestido de mi trasero húmedo y eché un rápido vistazo a mi reloj. 4:37. Quería permanecer tranquila.

–¡Su Alteza! ¡Oh, su alteza! –gritó Mariah mientras yo

doblaba la esquina junto a la caseta de bicicletas. Lindsay y Lachelle inmediatamente comenzaron a soplar cornetas rosas y blancas de princesa y a hacer una reverencia mientras Cat estaba de pie en posición de atención y disparaba un cañón infantil de confeti. Explotó con tanto entusiasmo como un buen pedo, y el confeti voló quince centímetros antes de caer patéticamente en el césped.

–Qué fracaso –dijo Lachelle.

–¿Eso es todo? Un verdadero fracaso –espetó Cat, mirando el recipiente vacío–. Esta cosa costó $4,99 dólares.

–Divertido, chicas, gracias –respondí. No estaba tan sorprendida por la Brigada de las Bromas, ya que la noticia de mi debut se había extendido rápidamente a través del equipo. Al liberar mi bici, Cat corrió y me tendió el casco de la bicicleta.

–Su corona, milady –dijo ella, y luego se inclinó antes de romper en carcajadas.

–No deberías haberlo hecho –espeté. Pasé exactamente tres segundos tratando de remover la tiara que Cat había adherido con súper pegamento, luego me di por vencida y me puse el casco en la cabeza. Ni siquiera me molesté en tratar de quitar las cintas brillantes que salían del manillar.

–¡Diviértete en el baile! ¡Vuelve a casa a medianoche! –gritó Mariah.

–¡Cuéntanos si conoces al príncipe azul! –añadió Lachelle.

Saludé y me fui con el sonido de las cornetas a mis espaldas. A mitad de camino a través del campus noté que habían reemplazado mi vieja y desagradable botella de agua con una nueva de color rosa.

Y lo que había recordado como "unas pocas calles" desde la universidad hasta Turtle Creek Country Club resultaron ser diez, unos dos kilómetros y medio. Y había dos semáforos. Ahora estaba sentada en el segundo. Cuando llegué al primero, el cruce fue bloqueado por una columna de niños que regresaban del parque a su guardería.

Recordando mi vestido que ondeaba detrás de mí esta mañana, de repente deseé ser Superman, que podría volar o instantáneamente enfriar el mundo entero a temperaturas bajo cero. Sobre todo, deseaba girar la Tierra hacia atrás a una velocidad hipersónica, con lo que se invertirían los relojes por, digamos, una hora. A falta de todas estas habilidades yo estaba que ardía, por dentro y por fuera. Una última mirada a mi reloj: 4:45 P.M. En el mejor escenario llegaría con veinte minutos de retraso, toda roja y sudorosa.

La entrada a Turtle Creek Country Club era, naturalmente, cuesta arriba. Incapaz de calmar la creciente oleada de pánico, me puse de pie y pedaleé mi bicicleta en esa posición hasta la cima de la pendiente.

De repente, como si estuviera junto a mí, escuché a mi madre decir: "Megan, querida, *nunca* tienes una segunda oportunidad para dar una primera impresión". Gracias por eso, mamá.

Adelante vi el pórtico sombreado y las puertas delanteras. Imaginé a las otras muchachas que llegaron antes que yo

–más temprano, por supuesto– deteniendo sus coches sellados al vacío, con el aire acondicionado tan alto que llevaban suéteres de cachemira. Saliendo tan cuidadosamente –no despeines tu cabello o te quiebres una uña– que tomarían el boleto del aparcacoches y solo tendrían unos ocho pasos hasta los fríos confines del club. Sin tiempo suficiente como para derretir un M&M, y mucho menos arruinar su maquillaje Kabuki.

Perdida en mi amargo ensueño, me precipité en la entrada, frené chirriando mi bicicleta hasta detenerme, y miré a los ojos al aparcacoches. Era joven, vestido con pantalones cortos negros y un polo blanco. También era ridículamente guapo, con grandes ojos castaños, cabellos ondulados y un hoyuelo en la barbilla lo bastante grande como para tomar un baño en él. Me quedé esperando, pero él no se movió, solo se quedó con un boleto en la mano.

–¿Y bien? –dije. Se limitó a mirarme fijo, con la boca abierta. *Pobre chico, tiene la apariencia pero no el cerebro,* pensé–. ¿Qué, nunca has aparcado una bicicleta antes?

Eso lo hizo reaccionar. Se adelantó y sostuvo el manillar.

–Lo siento, buenas tardes… señorita –dijo. Ahora sonrió. Y qué sonrisa; más brillante que las luces de Westcott Field–. Bienvenida a Turtle Creek Country Club.

–Gracias –me quité el casco y se lo entregué. Notó la tiara y sonrió otra vez. Él era realmente apuesto. Debe llevarse bien con las señoras mayores. Pensé en explicarle lo de la tiara, pero en realidad, ¿qué explicación plausible podría ofrecer?

Y luego, atormentada y distraída por su mirada, enganché

el dobladillo de mi vestido en el asiento y lo rasgué mientras bajaba de la bicicleta. Ambos miramos hacia abajo, el sonido de la tela al romperse. Mi elegante vestido de lino rojo ahora tenía un tajo desde el muslo a la cadera, un generoso agujero a través del cual se podían ver mis interiores con flores de girasol y una cantidad decente de piel.

–Perfecto –dije–. Simplemente perfecto –él me dedicó una mirada comprensiva. Sujeté mi vestido y le entregué cinco dólares.

–Oh, muchas gracias, señorita –sentí una broma privada ahora, un tono suave en su voz. Probablemente la tiara.

–No es nada –indagué en su rostro por la respuesta, y su sonrisa creció. *Definitivamente la tiara.* Señalé con la cabeza mi bicicleta–. ¿La mantendrás andando?

–Sí, señorita –dijo, con una sonrisa cada vez más amplia. Hizo que mi corazón se acelerara. Él era más que solo tierno. Típico; en el umbral de la riqueza fabulosa me desmayo por el aparcacoches. Me alejé sosteniendo mi vestido.

–Y nada de salir a dar una vuelta –le grité por encima de mi hombro.

–No, señorita –cuando abrí la puerta le di una última mirada.

Apoyó mi bicicleta con cuidado contra la pared, y entonces un Mercedes AMG negro rugió y un hombre mayor vestido con un polo de Turtle Creek Country Club salió del auto. Mi "aparcacoches" fue hasta la puerta del conductor y le entregó *mis cinco dólares* al auténtico aparcacoches.

Hizo una pausa antes de entrar y me miró. Su sonrisa era aun más amplia y me saludó agitando su mano, claramente disfrutando el momento.

Mi sorpresa dio paso a la diversión. Bueno, bueno, estaba equivocada. Guapo y astuto. Lo saludé. *Hasta luego, extraño*, pensé mientras se alejaba. Incluso su coche tenía un gran trasero.

El interior del club estaba oscuro y frío como un iglú, y esperé a medida que mis pupilas se adaptaban del mediodía del Sahara hasta el cálido y sofisticado ambiente lujoso. Al sentir el aire proveniente de un conducto de aire acondicionado, levanté mis brazos y dejé que la brisa fresca llegara hasta mis axilas mojadas.

Santo Dios, era el cielo.

Habiendo estado allí unas cuantas veces antes, sabía que me encontraba en la entrada principal. Miré a mi alrededor para ajustar mi visión. ¿Suelo de parquet reluciente? Comprobado. ¿Empapelado color gris topo y revestimiento de nogal? Comprobado. ¿Grandes plantas en macetas de metal? ¿Lámparas de cristal? Comprobado. Comprobado. ¿Mujer que se sienta detrás del escritorio que me mira fijamente mientras aireo mis axilas? Eso era nuevo. Cambio y fuera.

–¿Puedo ayudarla? –preguntó ella, su tono era tan frío como la habitación.

Lentamente bajé mis brazos.

–Sí, hola, soy Megan McKnight. Estoy aquí para el té de orientación.

–Eso es en la Sala Magnolia. Baja este corredor y gira a la izquierda. Sigue todo el camino hasta el final y verás las puertas dobles.

–Muchas gracias.

–De nada.

–Hace mucho calor afuera –le dije.

–Sí, lo hace –respondió. *Bien, me alegra saber que coincide en ese punto.*

Comencé a caminar sujetando mi vestido.

Entonces la inspiración llegó. Me volví hacia la mujer.

–¿Tienes una engrapadora que pudiera pedir prestada?

–Sí, tengo –tomó una gran engrapadora de su escritorio y me la entregó. Manteniendo la costura lateral en su lugar, apreté la engrapadora tres veces en una sucesión rápida de movimientos: *taca, taca, taca.*

Dejé caer mi vestido y, ey, *presto*, el tajo estaba casi cerrado. Un destello de amarillo todavía se mostraba, así que añadí una grapa más. Burdo como las puntadas de Frankenstein, pero al menos el agujero se había ido, y con mi mano a mi lado casi no podía verse. Devolví la engrapadora, le guiñé un ojo a la recepcionista atónita, y me aventuré en busca del té.

*La Sala Magnolia.* Suaves y melódicas palabras para ser murmuradas, deleitadas. Solo diciéndolas evocaba imágenes de carne blanca con ensalada, pollo al curry recogido en camas de lechuga mantecosa, servilletas de lino, porcelana dorada, cubiertos de plata y copas sudadas de té helado adornadas con menta fresca. Nada realmente malo podría suceder en la Sala Magnolia, según creí, cuando las enormes puertas blancas se alzaban frente a mí.

*Probablemente ni siquiera hayan empezado*, fantaseé, reprimiendo el impulso de correr los últimos veinte metros. Aposté a que todavía estarían de pie, bebiendo té, haciendo eso de "conozcámonos mejor", y nadie se daría cuenta de que yo ya tenía *veinticinco minutos de retraso*.

Antes de ingresar, revisé la costura de mi vestido. Las grapas estaban en su lugar. Volví a ajustar mi cabello en mi cola de caballo, soplé aire de mi boca para secar el sudor que todavía me quedaba en la frente y alcancé la manija de la gigantesca puerta.

*Todo va a estar bien*, me dije, y entré.

CAPÍTULO 4

*En el que Megan descubre*
*que el té puede ser un deporte de alto riesgo*

La Sala Magnolia era lo suficientemente grande como para aparcar un Gulfstream, y sobraba espacio. En lugar de un avión, sin embargo, lo único que había en el hangar era una mesa redonda, rodeada de siete sillas formales. Una estaba vacía. Seis jóvenes ocupaban las demás, y una mujer muy alta y bien vestida estaba junto a ellas. Al oír el ruido de la puerta que se abría, las siete cabezas giraron en mi dirección. Aparentemente, habían comenzado.

–¿Sí? –preguntó la Amazona a cargo. Reconocí a Ann Foster inmediatamente. Su mirada era penetrante, incluso a nueve metros de distancia.

–Soy Megan McKnight. ¿Es este el té de orientación?

Pregunta brillante, Megan. Tu hermana está sentada allí. ¿Qué más podría ser?

–Lo es –Ann no dijo nada más. En cambio, me midió con la mirada como para un ataúd mientras yo caminaba hacia la solitaria silla vacía. Traté de no encogerme mientras me sentaba. Julia me lanzó una mirada esperanzada, y sonreí débilmente mientras la mujer volvía a hablar.

Mi prima Abby me hizo un guiño y yo puse los ojos en blanco. Las otras cuatro estaban estoicas, fijas en nuestra anfitriona.

—Ahora, como estaba diciendo, sería *imposible* pensar que es exagerada la oportunidad que tienen ante ustedes.

Ann ahora miraba atentamente a cada una de nosotras, dejando que las palabras se asentaran primero en el grupo y luego individualmente. Con los ojos fijos en mí, sentí que mi columna se enderezaba como si estuviera tirada por las cuerdas de un titiritero. Diré esto a favor de ella: sabía el valor de la efectividad del silencio. Dejó esa oración colgada durante unos quince segundos, tiempo más que suficiente para que el silencio fuera francamente incómodo. *Es un truco que necesito recordar.* Intenté no inquietarme.

—Se encuentran en la cúspide de un viaje histórico. Este año solo se han extendido siete invitaciones para la Temporada de debut 2016 del Club Bluebonnet. En los últimos ciento veinticinco años, quizás ochocientas mujeres de Texas se han sentado donde ustedes están ahora. Algunas son sus familiares (madres, tías, abuelas), las mujeres y familias que literalmente construyeron esta ciudad a través de su diligencia y su caridad. Y ellas las han seleccionado para recibir la antorcha de la tradición y la excelencia, y llevarla adelante.

El rostro de Ann Foster era suave, salvo por algunas

arrugas finas alrededor de sus ojos, y supuse que tendría unos sesenta años, pero podría haber estado equivocada por una década en cualquier dirección. No tenía un gramo de sobrepeso, y con el cabello recogido pensé que podría haber sido, hace mucho tiempo, una bailarina. Ciertamente tenía la postura y la actitud.

En menos de diez segundos supe por su voz de madreselva que era de Houston, y rápidamente completé el resto: campo de verano cristiano para chicas, como Camp Mystic o Waldemar; la Universidad de Texas, ya sea una Kappa o una Pi Phi; décadas como organizadora de bodas y coordinadora de eventos para los ricos y famosos; siempre alrededor de la burbuja pero nunca en su interior. Ahora vivía en (o cerca de) Highland Park o University Park, pero como era soltera (sin anillo) y aún trabajaba, esto significaba una casa de pueblo en Northwest Highway o algo pequeño al oeste de la Tollway.

–No se equivoquen –continuó Ann–. Las tradiciones formales exigen rigor y sacrificio. Resistencia e integridad. No es un compromiso para proporcionar un escaparate en el cual exhibir sus habilidades, sino para probarse a ustedes mismas, a su familia y a los demás, que ya son mujeres adultas capaces, confiables… mujeres de grandes obras; que serán la tela misma que formará a la próxima generación de esta sociedad. Si han venido aquí pensando que esto no será más que una serie de fiestas tontas, están muy equivocadas. Sí, habrá bailes de gala, cenas, almuerzos y tés, y asistirán a todos. Darán la mano, harán reverencias y sonreirán hasta que les duelan las mejillas; y cuando todo termine conocerán a todos los que valgan la pena conocer en esta ciudad, y ellos las conocerán a ustedes. Pero ante todo, su debut les proporcionará los medios para dejar un legado, un gran trabajo altruista. Cada una de ustedes, si aún no lo han hecho, seleccionará una organización caritativa de la que se preocupen apasionadamente, y para el fin de la temporada se espera que hagan una *considerable donación* a esta organización.

Hizo otra pausa. Pensé que podría ser larga, basada en la última. Debido al calor, el ciclismo y el estrés, tomé el vaso de té helado que había delante de mí y traté de tomar solo un sorbo. Pero cuando el líquido frío alcanzó mi boca seguí bebiendo: *glug, glug, glug*. A mitad de camino, me di cuenta de que Ann no había dicho otra palabra, y ella y las otras chicas miraban cómo yo drenaba todo el líquido.

–Lo siento –dije, devolviendo el vaso nuevamente a su lugar. Ann cerró los ojos, tomó una respiración profunda, se detuvo un momento y se centró de nuevo en el grupo.

–¿Qué quiero decir con una importante donación? Pues bien, el año pasado, una jovencita recaudó y donó más de cuatrocientos mil dólares a Hábitat para la Humanidad y, de acuerdo con las donaciones correspondientes, esos fondos construyeron diez nuevas casas para familias necesitadas. Una chica muy parecida a ustedes, el año pasado logró poner diez familias en sus nuevas casas, de las cuales ahora son propietarios. *Ese* es un regalo que vale la pena dar, un verdadero legado, y más de lo que la mayoría hará en su vida. Sin embargo, esta joven tiene apenas veintidós años y se graduará de la universidad este año. ¿Se imaginan lo que eso hace por su autoestima? ¿No creen ustedes que será capaz de grandes logros en el futuro? ¿Y no nos gustaría a todas tener algo así en nuestro currículum?

Hizo una pausa para dejar que la pregunta se impregnara en nosotras.

—Ahora me imagino que ustedes se estarán preguntando cómo reunirán este dinero. La respuesta es que, además de las fiestas dadas por parientes u organizaciones prominentes como el Club Petrolero, la Liga Juvenil, la Asociación de Abogados de Texas, etcétera; cada jovencita y su familia también ofrecerán una fiesta. Esta debe ser una expresión de quiénes son, el rostro que desean presentar al mundo. Pueden tener fiestas temáticas, pueden ser en diferentes lugares, pero se espera que vendan mesas en su fiesta, y el dinero que se recolecte será para la donación que ustedes harán. La joven de la cual les hablo, el año pasado vendió más de cien mesas para seis personas en su debut, cada una con un costo de cuatro mil dólares.

Esto hizo que todas miráramos a nuestro alrededor. ¿Cien mesas? ¿Cuatro mil dólares cada una?

—Así que sí, habrá fiestas, pero estas fiestas tienen un propósito mayor.

Varias chicas utilizaron esta pausa para un delicado sorbo de té. Zorras puritanas.

—Ahora, por favor, abran las carpetas que se encuentran

delante de ustedes –había estado tan ocupada aclimatándome que no había notado que en la mesa había siete carpetas de lino artísticamente arregladas en colores crema y detalles en dorado. En la portada se encontraba escrito en relieve *Debutante de Bluebonnet Temporada 2016*. En la esquina inferior derecha de mi carpeta, en una elegante caligrafía en oro, estaba mi nombre: *Megan Lucille McKnight*–. Esta –continuó Ann, sosteniendo la suya en alto–, es su biblia. Todo lo que necesitan saber está contenido en esta carpeta. En la sección de "Referencia" encontrarán estilistas, floristas, catering, coordinadores de eventos, papelería, modistas; todos personalmente aprobados por mí. Bajo "Organizaciones caritativas" encontrarán una lista exhaustiva, pero no completa, de ideas sugeridas. Hay una sección para retratos y una libreta de direcciones. Familiarícense con esto; van a escribir una gran cantidad de notas de agradecimiento. Ahora, abran la pestaña "Calendario" y lo repasaremos juntas.

Se abrieron las carpetas.

–Como pueden ver, he elegido a Abigail Lucas para realizar la primera fiesta debutante, que será a finales de octubre. Lauren Battle será la anfitriona de la segunda…

Suspiré aliviada. Mi tía y mi tío eran adinerados y tenían un gran gusto, lo que aseguraba una fiesta perfecta. Miré a mi prima Abby, que parecía emocionada. Avancé en el calendario y encontré que nuestra fiesta sería la última, justo antes de Navidad. Gracias a Dios. Cualquier retraso era bienvenido, ya que la sola idea de mamá planeando y organizando una fiesta de debut para seiscientos de nuestros más cercanos y queridos amigos y familiares era algo de lo cual no estaba lista para contemplar todavía. Además, si lográbamos el desempate, la temporada de fútbol sería alrededor de una semana antes.

Mientras Ann aburría con su discurso, me desconecté y comencé a mirar cuidadosamente. Otras seis chicas. Conocía a Julia. Y a su izquierda, Abby. Su vestido era azul marino con adornos blancos; lindo, discreto, diseñado para parecer delgada, ya que Abby luchaba contra su peso. Y entonces los rostros se volvieron extraños. Intenté recordar los nombres del periódico. Una rubia básica… ¿Ashley? Una morena interesante (Sydney algo), que me resultaba vagamente familiar. ¿Nos habíamos encontrado alguna vez en alguna parte? Busqué en mi memoria para averiguar dónde. Ella me dirigió una breve mirada y vi algo en sus ojos; me miraba… incómoda. Pero no pude recordarla. Y a su izquierda, otra morena ¿No había dos Ashley?

Justo enfrente de mí estaba sentada otra rubia, pero esta era *alguien*. Lauren Battle tenía "Chica Perfecta" escrito por encima de ella. Su cabello estaba rizado, su maquillaje de modelo era impecable y su vestido amarillo pálido combinaba muy bien con un profundo y hermoso bronceado que extrañamente trajo a mi mente el color de la Crayola Sienna Tostada. Los Battle habían comenzado a estar en el centro de atención en la década de 1920, cuando el negocio del petróleo floreció, y la fortuna original había generado una de las familias más ricas de Texas. Todavía poseían cerca de un tercio de Fort Worth. Yo nunca había visto a Lauren en persona, sin embargo, la había visto a ella, a su madre y a varios abuelos, tíos y primos en el periódico o en la portada de revistas de gente famosa, como la revista *D*.

Un rasgo que todas compartíamos era que éramos blancas. Fui a la escuela pública en DeSoto con una mezcla de niños de varias nacionalidades, y el fútbol era una meritocracia. Si podías pegarle al balón y que entrara a la red, la tez oscura era aceptable. Pero las chicas sentadas en esa mesa dejaron claro que incluso en 2016 un debut en Bluebonnet en Dallas todavía significaba chicas blancas de privilegios y riquezas; o en el caso de las chicas McKnight, legado serio arropado en la apariencia de la riqueza.

–El baile de gala será la noche anterior a Año Nuevo –continuó Ann–. Estará organizado por el Club Bluebonnet. Dicho club es, como ustedes saben, el patrocinador de la temporada, y este baile se celebra cada año desde 1882, una tradición ininterrumpida que ahora se extiende a ciento treinta y cuatro años; diecinueve años más de los que la Universidad de Texas ha jugado fútbol contra la Universidad de Oklahoma.

Se detuvo un momento para mirar a su alrededor y dejar que asimiláramos lo que acababa de decir. Y lo hicimos. Las tradiciones no suelen ser mayores que el Red River Shootout, una guerra fronteriza anual que se lleva a cabo en el campo de fútbol. Se celebra en Dallas, el punto medio neutral entre Austin y Norman, Oklahoma, donde cada mes de octubre, legiones de fanáticos vestidos en rojo carmesí y naranja convergen para un fin de semana de bebidas y peleas defendiendo sus serios derechos a la pedantería. ¿Y esta cosa del debut Bluebonnet superó eso en veinte años? Mátenme ahora.

–Para este evento deberán llevar vestido blanco y guantes blancos, sin excepciones. Cuando cada una de ustedes sea presentada, se les requerirá inclinarse formalmente… realizarán el Texas Dip. Cada mujer joven que ha hecho su debut en el estado de Texas ha realizado esto, y es una habilidad que deben dominar absolutamente. Por favor, recuerden que realizarán esta proeza solas, al final de una pasarela en el escenario, bajo el calor de las luces, delante de toda la ciudad y en tacones.

Nos examinó a cada una de nosotras buscando la fortaleza necesaria.

–Lo demostraré ahora.

Ann se enderezó logrando una postura alta y esbelta. Luego puso su pierna izquierda hacia atrás y comenzó a inclinarse. Su cabeza llegó a su cintura. Sus rodillas comenzaron a doblarse y su cabeza continuó bajando y bajando, su rostro volteado para evitar correr su lápiz de labios.

*¡Se va a caer!*, pensé mientras se inclinaba prácticamente hasta el nivel del suelo. Pero no, se mantuvo firme. Y luego, sin ningún balanceo, empezó a levantarse de nuevo. Miré su rostro para encontrar cualquier expresión de esfuerzo, pero era una hoja en blanco. Habiendo hecho un poco de trabajo abdominal en mi entrenamiento, quedé impresionada.

–Ahora quiero que cada una de ustedes lo intente. ¿Quién irá primero?

Todas miramos a nuestro alrededor. ¿Quién se atrevería?

–Yo lo haré –dije rápidamente, y me puse de pie. La fuerza y la flexibilidad eran mis acciones en el mercado bursátil: hacía sesenta saltos al cajón tres días a la semana, y diez repeticiones de cincuenta sentadillas. Y al ir yo primero estaba mostrando iniciativa, lo que podría hacer que Ann olvidara que había llegado tarde. Dos por el precio de uno.

–Solo relájate –indicó Ann. Tendió las manos hacia mí, con las palmas hacia arriba.

–Estoy bien –miré sus manos. ¿Estaba allí para opacarme?–. En serio, lo tengo controlado.

–Necesitarás ayuda.

–Creo que no –dije. En serio, ¿qué tan difícil podría ser?

Ann retrocedió a regañadientes, pero se reservó su opinión. Cerré los ojos, respiré hondo. Traté de recordar cómo lo había hecho ella. Abrí mis brazos hacia los lados y luego empecé a bajar.

Los primeros quince centímetros fueron geniales, y dejé que mi pierna izquierda cayera detrás de la derecha. Los siguientes quince centímetros fueron bastante bien, hasta que mi rodilla derecha quedó paralela al suelo. Entonces, algo extraño sucedió. Mi pierna izquierda se detuvo y la derecha se negó a moverse. Intenté forzarla con mi torso, y entonces mi pierna derecha tembló. Empujé más fuerte, y mi muslo derecho se tensó y el músculo sufrió una contractura, y bajo la coacción extrema las grapas en mi vestido se soltaron. Eso causó que mi cadera saliera volando, y me fui de nalgas sobre los codos y caí al suelo. Me había hecho una toma de jiu-jitsu a mí misma. Abby se murió de risa, una risa plena y contagiosa.

—Es más difícil de lo que parece —dijo Ann secamente.

Ella me ofreció una mano, pero avergonzada y confundida por mi fracaso, me negué. Me levanté, tomé mi vestido y me senté. Julia palmeó mi hombro, y yo hice una mueca. Lauren me dedicó la mirada de "Estoy tan triste por ti". Después de mi épica hazaña, las otras chicas subieron cautelosamente, y tomaron las manos de Ann como apoyo.

—La clave es mantener el peso sobre los pies —explicó Ann, sujetando las manos de Abby mientras se inclinaba tres cuartas partes antes de detenerse. Sydney fue a continuación, y lo hizo tan bien como Abby. Luego las Ashley. Ashley I era claramente una bailarina, y con la ayuda de Ann llegó más cerca del piso. Ashley II parecía tener vértigo, y apenas se movió. Julia se acercó bastante, al igual que la Chica Perfecta, pero aún necesitaban las manos de Ann para sostenerse.

—Comiencen a practicar enseguida —dijo Ann—. Utilicen una barra de baile o el respaldo de una silla para sostenerse e intenten primero tener suficiente flexibilidad como para acercarse al suelo, y luego traten de mantenerse con una sola mano —satisfecha de que tuviera un reconocimiento por la tarea que teníamos por delante, Ann continuó—. Ahora, vayan a la sección "Acompañantes".

Las páginas comenzaron a moverse entre risas tranquilas. Una de las ventajas reales del debut era la garantía de conocer muchos chicos lindos (con un poco de suerte) en los próximos meses, e incluso yo tenía curiosidad por saber quiénes podrían ser. Escudriñé una lista de sesenta o setenta nombres. Leí *Bryson Alexander Perriman* y *Benjamin Francis Horton* y mis ojos brillaron.

—Estos jóvenes varían en edad, pero todos están en sus veinte —dijo Ann—. Algunos todavía están en la universidad, pero varios ya han entrado al mundo. Muchos son hijos de familias bien conocidas, aunque también encontrarán abogados, oficiales de la marina, empresarios. Cada uno tiene algo que destacar. Para los bailes de gala y el debut en sí mismo les asignaré un escolta, un joven distinto para cada acontecimiento. El único caso en el que yo no elijo su escolta es si ustedes están actualmente comprometidas, o si se comprometen durante la temporada, y desde luego estarán con su prometido. Ahora bien, los caballeros suelen hacer peticiones específicas, y trato de honrar esas peticiones cuando son sinceras y apropiadas. Para otras fiestas durante la temporada ustedes podrán elegir siempre un acompañante de su opción, o puede ser que los jóvenes de esta lista se pongan en contacto con ustedes. Si es así, pueden estar seguras de que yo personalmente los he seleccionado a todos. ¿Se entiende esto?

Todas asentimos.

—Bueno. Ahora, finalmente, quiero que todas comprendan que individual y colectivamente representan una tradición, un ideal, y se apegarán a los más altos estándares de conducta. El fracaso en este aspecto tendrá prontas y graves consecuencias. ¿Ha quedado claro?

Todas asentimos rápidamente con la cabeza.

–Excelente. Sé que será una temporada exitosa. Ahora, por favor, disfruten de la comida, conozcan a las demás y las veré dentro de unas semanas.

Al parecer, por telepatía, las puertas se abrieron y entraron varios camareros con bandejas de sándwiches, que dispusieron en la mesa. El olor del eneldo que provenía del queso crema y los emparedados de salmón ahumado me sorprendieron, y me di cuenta de que estaba famélica. El instinto y el hambre feroz me incitaron a abalanzarme sobre ellos y tragar sin respirar. Estaba en mi segundo bocado cuando una voz me llamó desde detrás de mí.

–¿Tiene un momento, señorita McKnight? –maldita sea, *refrigerius interruptus*.

Miré hacia atrás, y Ann Foster me estaba hablando. Ella me indicó que debía seguirla, así que tragué y me levanté. A un paso detrás de ella, volví a mirar a Julia.

Su mirada me levantó el ánimo, hasta que noté a la Chica Perfecta sonriendo. *La pequeña perra probablemente esté triste porque se va a perder la barbacoa*, pensé. Ann se detuvo junto a los enormes ventanales que estaban al otro lado de la habitación. El paisaje a la vista estaba rodeado de montículos y calles delineadas con mucho cuidado, árboles de pecan, pequeños arroyos y lagos, y los banderines de golf.

Nos ubicamos lo suficientemente lejos como para no ser escuchadas por las demás, pero claramente a la vista; cualquier cosa que sucediera, todas las chicas allí lo verían.

—No hemos sido presentadas adecuadamente —comenzó ella—. Soy Ann Foster —extendió su mano y la estreché, firmemente. Era más alta de lo que creía.

—Megan McKnight.

—Es un placer conocerla, señorita McKnight —era sincera.

—Encantada de conocerla también, señora Foster —enmascaré mi miedo con mi sonrisa más franca.

—Conozco a su madre y a su tía, por supuesto. Y estoy bien informada sobre la historia de su familia —dijo—. Su hermana Julia parece encantadora.

Hizo una pausa y ambas comprendimos la distinción que estaba marcando. Permanecí en silencio, no mordí el anzuelo.

—Señorita McKnight, quiero ser sincera con usted. El Club Bluebonnet me contrata para planear y llevar a cabo la temporada de debutantes. He mantenido esta posición de confianza durante más de veinte años, y lo hacen para asegurarse de que todo salga sin ningún problema. Organizo este té para que pueda, en un ambiente informal, conocer a cada joven seleccionada, y no solo explicar el significado de hacer un debut, sino también verificar, con toda satisfacción, que cada joven entiende, acepta y está preparada para la prueba que se avecina. De suma importancia es la prontitud…

—Siento haber llegado tarde —intervine—. La práctica de fútbol se extendió más de lo pensado.

–La práctica de fútbol no es de mi incumbencia, señorita McKnight. Lo que me preocupa es su tardanza y... –ella señaló mi vestido abierto y manchado de sudor–... su apariencia bochornosa, que demuestra claramente su falta de respeto hacia mí y las otras jóvenes seleccionadas.

–Ya me he disculpado –dije, sintiendo que mis mejillas se ruborizaban–. Prometo que no volverá a suceder, y estoy segura de que dada la oportunidad, puedo aprender a hacer la reverencia tan bien como las otras chicas.

Las fosas nasales de Ann se dilataron, y ella se tensó. Ahora se veía menos como una bailarina y más como un tigre siberiano ansioso por su almuerzo. Su cambio me sorprendió tanto que casi di un paso hacia atrás.

–*Reverencia*, señorita McKnight –dijo con frialdad–, se conecta con la palabra *cortesía*, una palabra y un concepto que claramente le son ajenos.

*Demonios.*

–Una reverencia correcta no es frívola ni sumisa, es una postura de respeto. *Respeto*... otra palabra que acumula polvo en el estante de su vocabulario.

–Señora Foster, yo...

–Señorita McKnight –prosiguió Ann–, no veo en usted nada más que a una egoísta y egocéntrica niñita, tan común hoy en día. Usted no tiene ningún pensamiento más allá de su propia comodidad, y el intelecto que posee lo emplea exclusivamente para realizar un módico deporte. Esto no es un juego, señorita McKnight, no para mí ni tampoco para las personas que asisten a este evento; y no tengo ninguna intención de trabajar para cambiar su obvio desdén por las instituciones que yo represento, y tengo pocas esperanzas de que usted misma lo haga. Por lo tanto, creo que es mejor que se retire voluntariamente.

Estaba tan abrumada por la mordaz descarga dirigida hacia mí, que debían haber pasado unos buenos veinte segundos antes de que yo pudiera hablar. Ella esperó pacientemente mientras yo vacilaba como un luchador aturdido, en peligro de caer a la lona.

—Creo que me ha juzgado mal –contesté.

—Lo dudo mucho.

Mi corazón golpeó contra mi pecho, y mis mejillas estaban rojas como cerezas. ¿Retirarme? Ni siquiera habíamos empezado…

—No quiero retirarme –empecé a hablar con cautela–. Esto es importante para mis padres, y yo no soy, y nunca lo he sido, una persona que se rinda. Haré lo que tenga que hacer para demostrar que soy capaz.

—Agallas –dijo ella en tono llano–. Aunque admirable, no será suficiente, señorita McKnight.

Esta cosa de *señorita McKnight* empezaba a fastidiarme.

—Está muy claro que no puede caminar correctamente –continuó–, así que naturalmente seguirá que no puede bailar... y no me refiero a Zumba.

—Nuestra madre ya nos ha anotado para tomar clases de baile.

—Ojalá fuera así de simple. Tendrá que aprender a mantenerse erguida, vestirse apropiadamente y comportarse con cierto sentido de modestia y decoro. Está a kilómetros de distancia de lograr un Texas Dip satisfactorio y, francamente, dado el tiempo permitido y la lista de requisitos, dudo que esté a la altura de las circunstancias.

De repente, no solo me insultaba, sino que me volvía loca.

—Le sorprendería, señora Foster —afirmé con imprudente confianza—, lo que puedo lograr en un corto período de tiempo.

Me miró de nuevo, todavía dudosa. ¿Por qué estaba peleando por esto? Esta era mi oportunidad de irme. Podría decirle a mamá que Ann sentía que yo no estaba a la altura, que ella sabía, como yo, que no estaba hecha para debutante. Pero pensé en que papá me había rogado que lo hiciera, y aunque no estaba segura de por qué, estaba claro que él *necesitaba* que me quedara.

—Por favor, señora —le dije, suavizando mi tono y sonriéndole con todo el encanto texano que pude reunir—, me doy cuenta de que hoy no comencé adecuadamente, pero le agradecería mucho que me permitiera probar que pertenezco aquí.

Ella pesó mi "señora" y la frase que siguió por un momento, insegura de si eran burlonas o sinceras.

—Señorita McKnight, tiene un mes —dijo—. Sorpréndame.

Y con eso se dio la vuelta y salió de la Sala Magnolia.

Me tambaleé hasta la mesa. Julia y Abby se levantaron.

—Te ves pálida —dijo Julia.

–Esa perra es dura.

–Lo es –respondió Ashley I–. Hace dos años hizo que a mi prima le diera un ataque de pánico; ella se retiró y terminó en el hospital.

–Bueno, ¿qué te dijo? –preguntó Abby.

–Me pidió que me retirara –respondí. Soltaron un jadeo audible y colectivo–. Pero, por el momento, la persuadí de quedarme. Estoy en una especie de período de prueba de debutante.

Eso las hizo reír. Y a mí también. Me dejé caer en mi silla.

Desesperada por comida sólida para calmar el tóxico cóctel de adrenalina y miedo en mi estómago, me tragué un bocadillo entero. Sintiéndome mejor, tomé otro.

–No es demasiado tarde para cambiar de opinión –susurró Lauren, con voz sonora. Me sonrió con sus ojos esmeraldas y dientes perfectos, pero el efecto era más a tormenta que día soleado.

–¿Disculpa? ¿Nos hemos presentado? –pregunté.

–Megan, ella es Lauren Battle –intervino Abby–. Lauren, Megan McKnight.

–Me alegro de conocerte –dijo Lauren, y se puso a mitad de camino para estirar una mano sobre la mesa. Yo también me levanté y estreché su mano, resistiendo el impulso de aplastársela–. No estoy tratando de ser mezquina –continuó Lauren, mirando al resto de las chicas–, pero esto es muy importante para todas nosotras. Y bueno… una cadena es tan fuerte como su eslabón más débil.

–¿En serio? –dije, mirando a Julia. Volví a observar a Lauren–. Bueno, entonces ciertamente haré todo lo posible para no ser el eslabón débil.

–Genial –respondió–. Honestamente, solo quiero lo mejor para el grupo.

–Sí, puedo ver eso –resistí poner los ojos en blanco.

Ella me sonrió y yo le devolví la sonrisa. Ella sonrió aún más, y yo también, y muy pronto toda aquella tensión derritió el hielo en los vasos de té.

○ ✗ ✗

Una vez afuera me paré junto a mi bicicleta, esperando con Julia y Abby mientras los aparcacoches traían los automóviles. Ashley I y Sydney habían desaparecido, y Ashley II y Lauren estaban "alejadas" hablando en voz baja, pero lo suficientemente alto como para que pudiéramos escuchar.

–¿Vino en su *bicicleta*? –Ashley II miró de reojo–. ¿Qué está tratando de probar?

–¿A quién le importa? –preguntó Lauren, mirándome–. La pusieron a prueba. Apuesto a que se habrá ido para Halloween –dijo sonriendo–. ¡Me encanta el casco! –exclamó en voz alta.

*¡La maldita tiara!*

–Simplemente ignóralas –dijo Julia. El coche de Ashley II se detuvo; un Land Rover, por supuesto. Le dio al aparcacoches solo un dólar, y Lauren entró en el asiento del pasajero.

–Adiós, Julia. Adiós, Abby. Adiós, Megan. ¡Nos vemos pronto! –dijo Lauren, saludando.

Todas saludamos con mucho más entusiasmo del que yo sentía.

–¡Adiós, Lauren! ¡Adiós, Ashley! –respondimos. Los aparcacoches cerraron las puertas con un golpe seco.

–¡Conduzcan con cuidado, la vida es corta! –grité, sabiendo que no podían oírme ahora con las ventanillas cerradas.

–Por eso te quiero tanto –dijo Abby.

–¡Megan! –exclamó Julia–. No puedes decir cosas así.

–¿No puedo?

–No. Porque nosotras entendemos que estás bromeando. Pero otras personas no te conocen tan bien.

–¿Quién está bromeando?

–Nunca cambies, Megan –dijo Abby.

Nuestro coche llegó. Julia vaciló.

–Esto es bueno, ¿verdad? –preguntó. Se refería a que hubiera eludido mi experiencia cercana a la muerte.

–Por supuesto –respondí–. Ahora ve.

–¿Cenamos en Café Express?

–Ya sé qué ordenaré.

Julia se marchó.

–Me alegra que te quedes –dijo Abby–. Va a ser mucho más divertido.

–Es para eso que estoy aquí, para poner la vara tan baja que tú y Julia simplemente pasen por encima de ella.

Su coche llegó, me dio un abrazo, y luego se fue.

Yo era la última. Salí lentamente del Turtle Creek Country Club con mi bicicleta, y luego me quedé en la acera, dándome un tiempo, pensando en mi encuentro con el "aparcacoches" y luego en mi encuentro con Ann. Por un lado, me alegré de no tener que contarle a papá que me habían expulsado el primer día. Por otro lado, estaba legítimamente asustada ante la perspectiva de lo que había por delante.

Después de todo, esto era solo el té de orientación. La temporada real ni siquiera había comenzado.

CA
PÍ
TU
LO

5

## En el que Megan come mucho

—Solo ten la mente abierta —dijo Julia—. ¿Quién sabe lo que podría suceder, o a quién podrías conocer? Incluso podrías divertirte.

—Por favor, es una exposición de perros —respondí, devorando una hamburguesa de pavo.

—Dios, eres tan crítica.

—Pero es realmente sentencioso… ¿O no? —dije mientras sumergía un puñado de patatas fritas en kétchup, para luego tragármelas. Ella puso los ojos en blanco al oír mi pregunta, pero yo estaba siendo casi seria. ¿Cuál era la diferencia entre el buen juicio y el completo prejuicio, de todos modos? ¿No era acaso un asunto de precisión?

Café Express estaba lleno de gente para ser un martes por la noche. Esta era una cena regular para nosotras, ya que quedaba cerca de nuestro apartamento, el lugar no era demasiado costoso y la comida era buena y venía en porciones grandes. Como dije, me encontraba ocupada devorando mi hamburguesa de pavo, ya había liquidado un plato de salmón asado, judías verdes y puré de patatas, y ahora estaba mirando el resto de la ensalada Cobb de Julia.

Sí, como mucho, y con buena razón. Una mujer joven promedio puede comer mil quinientas a mil ochocientas calorías al día y crecer muy bien, pero yo no soy una chica promedio. Mido un metro setenta, y peso sesenta y un kilogramos. Cada semana, entre entrenamientos, prácticas y juegos, incinero unas asombras veintiocho mil calorías. (Lo sé porque los entrenadores me hicieron análisis). Mi metabolismo trabaja 24/7 como una colmena, y cuatro mil calorías al día solo impiden que no pierda peso, y necesito más para agregar músculo. Créanme, no es fácil encontrar mucha comida, mucho menos masticarla y tragarla toda. Nota para mí misma: detenerme camino a casa para comprar una malteada.

–Mira –continué, tragando el último bocado de hamburguesa–. Entiendo por qué estás emocionada. Pero tú eres buena en esto. Yo, en cambio, soy socialmente… disléxica.

Tomé su ensalada, pero luego me detuve cuando vi la expresión de shock en su rostro.

–Lo siento, pensé que habías terminado –dije confundida. Habitualmente, yo termino su plato.

–No es eso –susurró, con cierta urgencia.

Seguí su mirada y allí, en el mostrador, se encontraba Tyler Stanton.

–Mierda.

Ella me usó como escudo, esperando que él no la viera.

–¿Cómo está de todos modos? –susurré.

–Ni idea. No hemos hablado en un mes.

–Bien –le respondí–. Es una bomba de tiempo y no quieres estar cerca la próxima vez que explote –Julia se puso de pie cuando terminé de hablar y sentí, más que ver, su masa detrás de mí.

–Hola, Tyler –dijo ella sin demostrar ninguna emoción.

–¿Cómo estás? –preguntó él. Me paré y lo enfrenté, interponiéndome perfectamente entre ellos. Tyler, el apoyador del medio en el equipo de fútbol americano de la UMS, medía casi un metro noventa, tenía brazos abultados y una cabeza del tamaño de un microondas. De pie allí en jeans y camiseta parecía un superhéroe de dibujos animados. Pero me mantuve firme incluso mientras miraba directamente a Julia.

–Me alegro de verte, pero nos estábamos yendo –tomé a Julia por el brazo y empecé a alejarla.

–He oído hablar de tu debut –dijo él–. Felicitaciones –mi hermana se detuvo y miró hacia atrás. Le puse el brazo. Ella se resistió.

–Gracias –respondió. Podía ver que quería hablar con él, aunque no podía comprender por qué–. ¿Cómo estás? –preguntó. Yo bufé audiblemente.

–Bien. Bueno. Ya sabes… –respondió él, su voz destilaba autocompasión.

Enfadada de que Julia se hubiera detenido, pero contenta

de que estuvieran a unos tres metros de distancia, les di un poco de espacio.

–Voy a comprar comida para llevar –dije, y me dirigí hacia el mostrador, con los ojos clavados en Tyler, advirtiéndole que no se acercara más a ella. Seguían hablando.

Julia y Tyler comenzaron a salir la primera semana del último año de la escuela secundaria. Tyler, un brebaje embriagador de buena apariencia, impecable e imponente musculatura, era el ejemplo de joven estadounidense, así como un estudiante perfecto, y ese otoño se distinguió en la portada de *Texas High School Football Magazine*, un paso seguro en el camino a la santidad. Los estudiantes votaron a Julia como la reina de la reunión de exalumnos y, como prueba de que ella era más que una cara bonita, dio un discurso de apertura, por ser el segundo mejor promedio en una clase de seiscientos alumnos. Colmados con ofertas de becas, inseparables y enamorados, eran la envidia de la escuela y de casi todos los padres que los conocían. Ellos eligieron ir juntos a la UMS, y se asumió ampliamente que reinarían allí hasta que se graduaran, se casaran y se fueran a acabar con el hambre en el mundo.

El primer año fue de acuerdo a lo planeado, pero el otoño pasado Tyler se rompió el ligamento cruzado anterior y durante la larga rehabilitación se puso de mal humor, a menudo estaba completamente enojado, y mes a mes empezó a excluir a Julia. Para mayo, su relación estaba por el piso. Desesperada, segura de que algo más grande estaba ocurriendo, ella lo confrontó, le rogó que la tuviera en cuenta, que confiara en ella. Por respuesta, él la tomó por el hombro, gritó "¡Déjame solo, mierda!", y la lanzó lejos. Su viaje a través de la habitación se detuvo cuando su cabeza golpeó con la puerta de su dormitorio.

Ambos entre lágrimas, aparecieron en nuestro apartamento y me despertaron. Después de una mirada le grité que se fuera, y luego llevé a Julia a la sala de emergencias. El médico le dio tres puntadas, y le supliqué que presentara cargos. Ella se negó, pero rompió con él. Eso fue hace cuatro meses, y por lo que yo sabía, no se habían visto desde entonces; aunque se habían enviado mensajes de vez en cuando y se habían llamado un par de veces.

Volví con mi comida para llevar, llevaba todo lo que tuviera muchas calorías.

–… así que, no sé, tal vez podríamos tomar un café alguna vez –dijo Tyler. Luego se puso sentimental–. Te extraño… realmente me gustaría verte, solo para ponernos al día.

–Estaba pensando que será difícil encontrar un lugar lo suficientemente grande para la orden de restricción –intervine, moviéndome de nuevo entre ellos.

–Megan… –dijo Julia, pero Tyler la interrumpió.

–La misma Megan de siempre –se burló–. ¿Cómo va tu vida amorosa?

–¿Ansioso por la cárcel? –repliqué, sin retroceder ni un centímetro.

–Megan, vámonos –dijo Julia. No necesitaba que me lo pidiera dos veces.

–Mira –Tyler se suavizó, volviendo a Julia–. Realmente me preocupo por ti, y no quiero perder el contacto. ¿Está bien? –sus ojos imploraron su aceptación.

–Ya veremos –respondió ella.

–De acuerdo, entonces estuvo muy divertido ponerse al corriente –solté, y jalé a Julia con firmeza hacia la puerta.

–Nos vemos –dijo Tyler.

–Espero que no –susurré, a mí misma pero lo suficientemente alto como para que Julia lo oyera.

Una vez fuera, conduje a Julia al coche.

–¿Estás loca? –pregunté–. Ese maníaco te envió al hospital, ¿recuerdas?

–Se siente terrible por eso.

–Por supuesto que debería sentirse así. Y salió ileso de la situación.

–Solo espero que encuentre una manera de convertir esto en algo positivo. Es realmente una buena persona.

La miré. Lo decía en serio.

–Eres la buena de las dos, Julia –la sostuve por los hombros–. Y sé que quieres pensar lo mejor de él, pero confía en mí cuando te digo que Tyler hizo algo muy malo y merece cualquier castigo que le llegue. ¿Me prometes que no lo verás a solas?

–Te lo prometo –la abracé, y ella me abrazó.

–Te quiero y no quiero verte lastimada. Nunca.

–Lo sé. Yo también te quiero.

Subimos al auto y puse el motor en marcha. La miré de

reojo y noté sus hombros caídos y sus ojos abatidos. Los últimos meses habían sido difíciles para ella, y ver a Tyler claramente trajo de vuelta la desdicha.

—Oye, esta cosa del debut será genial para ti –le dije alegremente–. Cuatro meses de compras, fechas y fiestas… Justo lo que necesitas para olvidar todo sobre él.

O ✗ ✗

Tyler nos había hecho un favor. Él era responsable de nuestro impresionante apartamento de dos dormitorios a menos de cuatro calles del campus. Cuando dos jugadores de fútbol americano, Quinn y Brady, abandonaron el apartamento a medianoche, Tyler nos avisó, y nosotras corrimos con la chequera en mano. Nos pareció un poco menos impresionante cuando abrimos la puerta.

—¡Oh, Dios! –gritó Julia, retrocediendo cuando el hedor la golpeó.

Imagínense esto: un espacio cerrado donde dos grandes linieros ofensivos de fútbol americano y sus cuantiosos clones comieron pizzas congeladas y comida china, bebieron cerveza, y nunca limpiaron el baño, o ninguna otra superficie, durante dos años. Añadir a esto varios insectos nativos y ropa sucia, fétida, cocida durante siete meses de verano, multiplicarlo por mil, y tendrán un caldo sucio, rancio y crujiente de testosterona, o sea, nuestra nueva casa.

—No puedo hacerlo –dijo Julia.

—Pero podemos quedarnos tres años –le supliqué.

Llamamos al propietario y partimos hacia Home Depot, donde compramos guantes de goma, limpiadores industriales, esponjas, una cubeta, un trapeador, veneno para insectos y una caja de máscaras de papel. Fumigamos todas las habitaciones, luego restregamos la comida de los zócalos, lavamos las paredes, los pisos, las ventanas e incluso el ventilador de techo. La habitación de Quinn estaba vacía y solo necesitaba la misma rutina que habíamos hecho en la sala de estar. La habitación de Brady era un sitio postapocalíptico de desechos tóxicos que rivalizaba con la locación de *Mad Max: Furia en la carretera*.

—Esta es tu habitación –dijo Julia, olisqueando el aire.

Dos bolsas de residuo tamaño extra gigante después, y estábamos casi listas. El último artículo era un futón, que descansaba en el suelo. Nos colocamos los guantes de goma hasta arriba y cada una tomó un lado y levantó. Jadeando, lo empujamos hacia la puerta, y ahí fue cuando lo vimos, el ejemplar de marzo de 2015 de la revista *Pistol* escondida debajo.

—¿Eso es…? –preguntó Julia, mirando la portada. Un hombre muy musculoso y bien desnudo nos miraba. En una mano sostenía una llave de tubo y en la otra… bueno...

—Santo cielos –dije, dejando caer mi extremo del futón mientras me inclinaba para recoger la revista.

—¡No la toques! –gritó Julia, pero la ignoré. Después de

todo, llevaba guantes de goma. Eché un vistazo a algunas páginas.

–Brady, Brady, Brady –dije, pensando en el futbolista que había vivido aquí–. Qué chico travieso eres –se la ofrecí a Julia, pero ella la rechazó.

Logramos llevar el futón hasta el basurero y lo abandonamos allí, junto con la revista.

–Nunca volveremos a hablar de esto –Julia se estremeció.

–Hecho.

Luego de un viaje a IKEA con papá, compramos ropa de cama y un tapete tejido en Target, colgamos algunas fotos y colocamos algunas cosas de Fiestaware en los gabinetes, y el lugar se sentía como nuestro. Esa primera noche estábamos viendo la televisión y noté que Julia parecía triste.

–¿Qué pasa? –pregunté.

–Me siento mal por él.

–¿Por quién?

–Brady –el jugador de fútbol gay–. Se debe sentir… solo.

Como dije, Julia es la buena de las dos.

O X X

La noche que vimos a Tyler en el Café Express, Julia vino y se paró junto a mi cama.

–¿Sigues pensando en Tyler? –pregunté.

Ella asintió, así que le hice lugar y se acostó a mi lado y

nos quedamos allí, espalda con espalda, cada una perdida en sus propios pensamientos. Yo también había estado pensando en él. No sobre lo cretino que era, sino sobre su comentario sarcástico sobre mi patética vida amorosa. Nunca lo admitiría, pero dolió.

Me gustaban los chicos. Simplemente no tenía idea de cómo atraerlos. El coqueteo era un misterio absoluto para mí. Yo era categóricamente incapaz de la comunicación tácita que atraía a los chicos, o despertaba su curiosidad o los encendía. Tenía varias teorías para eso. La primera, era que el desodorante en barra que usaba en gran cantidad, porque realmente funcionaba, neutralizaba las feromonas femeninas.

La segunda, era que los senos impartían realmente la capacidad de "hablar con un chico," y si una no tenía bastante busto, quedaba en alguna parte entre un desagradable impedimento del discurso y un positivamente mudo. Los míos estaban decididamente en el lado magro, carecían de peso real, un par de ciruelas que competían por la atención en un mercado repleto de naranjas, pomelos y melones maduros. A veces me preocupaba que una década de someterlos a sostenes deportivos hubiera atrofiado su crecimiento.

–No te preocupes. Estaré allí contigo –dijo Julia, leyendo mi mente.

–No estoy preocupada –repliqué con demasiada rapidez, sin sorprenderme por su clarividencia.

–Claro –Julia no estaba convencida. Más que cualquier otra persona, sabía comprender que a metros, debajo de mi coraza superficial, se encontraba al acecho una descarga de ansiedad acerca de las citas, los chicos en general y la temporada de debut, que sería la última prueba pública de mi feminidad.

*Un espectacular fracaso será, por lejos, el resultado más probable.*

CAPÍTULO

6

*En el que Megan prueba la segunda
ley de movimiento de Sir Isaac Newton*

C uando mamá agregó "show de perros" a mis otras
identidades como "estudiante universitaria" y "atleta
de la División I", mis días ya ocupados se convirtieron
en un sprint ininterrumpido de entrenamientos, clases, compras, prácticas, clases de baile, compras, tareas, juegos y, oh,
sí, ir de compras.

Los lunes, miércoles y viernes comenzaba a las cinco de
la mañana con el desayuno: una taza de avena cargada
de arándanos, mantequilla de maní y miel. Luego subía a
mi bicicleta y me dirigía al gimnasio, donde levantaba pesas y hacía saltos de cajón hasta que acababa agotada y a
menudo, mareada. Después de darme una ducha, bebía
dos Muscle Milks de chocolate como segundo desayuno
en mi camino a la clase de las ocho. Como no tenía entrenamientos los martes y jueves, dormía lujosamente hasta
las 7 A.M.

Debido a mi horario de fútbol, solo había tomado clases por la mañana, y aunque ese semestre solo tomé las doce horas requeridas para mi beca, elegí cursos que no requirieran mucho esfuerzo; mi único curso real fue Historia de la Antigua Roma, y rellené con optativas como Arte Maya, Construcción de Escenografía Teatral y Finanzas Personales. Después de clase me llenaba de miles de calorías en la cafetería de atletas, y luego realizaba las prácticas cinco días a la semana de 2:30 a 4:00 P.M.

Después de una cena temprana (¡nunca olvidar la comida!), la segunda mitad de mi día comenzaba. Los lunes y miércoles por la noche estaban reservados para la tarea, y las noches de los martes y jueves, durante un mes, Julia y yo practicábamos en la pista de baile de Studio 22. Éramos ocho en la clase de Introducción al Baile de Salón: dos parejas de mediana edad que buscaban reavivar la pasión, una pareja de novios nerviosos por ese primer baile en su boda y nosotras.

Ernesto y Gloria, nuestros instructores, tuvieron cuatro semanas para enseñarnos a bailar. Las mujeres llevaban vestidos y tacones, los hombres, los pantalones y zapatos de suela de cuero, y la primera vez que pisé el suelo encerado con mis zapatos de tacones inmediatamente concluí que caminar con ellos en la pista de baile no era para los débiles de corazón, y bailar en ellos era absolutamente peligroso. Durante dos semanas me aferré a Ernesto, aterrorizada de que si lo soltaba me desvanecería como un solitario planeta en la galaxia exterior, o peor, volaría a través de la puerta, pasaría la barandilla y acabaría en el aparcamiento de abajo.

Julia, una experta en ballet y jazz desde la infancia, y fiel a los tacones, utilizó ese mes de baile como una puesta a punto, y varias noches después de la clase me guio por nuestra sala de estar lentamente contando los pasos. Con su ayuda y mucho estímulo, en algún momento de la semana número tres, algo hizo *clic*. Por supuesto que yo no iba a ganar *Bailando con las Estrellas*, pero al menos era capaz de moverme suavemente en un círculo alrededor de una habitación sin tropezar con los muebles.

Los fines de semana comprábamos implacablemente. Julia y yo nos reunimos con prontitud aquel primer sábado a las diez menos cuarto, con mamá y su tarjeta Platinum, antes de que abriera el Northpark Mall.

–He contratado a una estilista –anunció mamá mientras nos encontrábamos de pie, fuera de la tienda Neiman Marcus–. Una altamente recomendada.

Me asusté. *¿Recomendada por quién?*, me pregunté, y entonces recordé mi Biblia para la Debutante. Sin duda, nuestra estilista ocupaba un lugar destacado allí.

Mamá parecía atormentada y distraída, como una joven madre en la tienda de comestibles tratando de empujar el carro, leer su lista, encontrar los Cheerios y mantener un ojo en un par de niños pequeños.

Ella volvió a mirar su reloj.

–Dijo que estaría aquí a las diez.

–Todavía faltan cinco para las diez –comenté, pero en el mundo de mamá cinco minutos antes era tarde.

–Ella cobra una fortuna… –dijo mamá, y suspiró. Ahora yo estaba atenta a ver a una mujer seria y fuertemente maquillada de más de cincuenta años, un buitre sin sangre en un vestido de punto color negro y tacones, que llevaría gafas pequeñas en una cadena. Sus cejas, desde hacía mucho tiempo depiladas y desaparecidas, se dibujarían con lápiz negro para ojos, y sus labios fruncidos estarían tan arrugados como el papel de aluminio usado. Una vez en el sanctum sanctorum (los vestidores de damas de Neiman), nos examinaría con un ojo frío y calculador como si fuéramos suéteres en un estante de venta, y a sus espaldas, Julia y yo especularíamos que le gustaba dar nalgadas a hombres traviesos y que hacía dinero extra como dominatrix los fines de semana. Su nombre sería Doris.

Una polvorienta Vanagon de color café, modelo 2005 aproximadamente, rechinó en el estacionamiento, con placas deportivas de Minnesota y una calcomanía gastada en el parachoques de la banda de rock Widespread Panic. Se detuvo con brusquedad, y una chica muy bronceada salió de la Van. Estaba en esa zona gris entre los treinta y los cuarenta. Su cabello era un nido de rastas, y llevaba unas gafas de armazón grueso, una camiseta sin mangas con la bandera irlandesa, jeans sueltos y unos zapatos verdes, los más incómodos que había visto en mi vida. Se colgó una mochila de nylon sobre su hombro y cerró la puerta, pero no se cerró bien, así que la golpeó con más fuerza. Luego le puso llave, y la guardó nuevamente en el bolsillo delantero. *Probablemente se detuvo para abastecerse de aceites esenciales de pachulí,* pensé. Pero cuando nos vio caminó directamente hacia nosotras. Mamá se puso rígida cuando se acercó.

–¿Señora McKnight? –preguntó ella. Su voz era muy baja, ronca, y tenía un fuerte acento francés. *¡Ella probablemente fuma cigarrillos!,* pensé. *Y hierba, durante la gira de verano. ¡Genial!*

–¿Sí? –respondió mamá con tristeza.

–Soy Margot Jaffe –ella extendió una mano y todas vimos que tenía vello sin rasurar bajo las axilas. Mamá estaba indecisa entre señalarlo o caer de rodillas en estado de shock.

–Oh –alcanzó a decir, intentando desesperadamente no mirar sus axilas sin rasurar. Julia y yo compartimos miradas. Si mamá estaba buscando conseguir pases para el detrás de escena del Coachella, había ganado la lotería. Pero vestidos de cóctel y de gala para cautivar a una multitud en el debut de Dallas, tal vez no tanto.

–Tú debes ser Julia –su pronunciación del nombre era tan exótica que yo casi esperaba que una pluma de humo azul saliera de su boca.

–Sí, es un placer conocerte –respondió ella, conteniendo una sonrisa traviesa. Cuando se dieron la mano, ambas disfrutamos de la evidente incomodidad de mamá. Ella estaba absolutamente hipnotizada, y probablemente un poco mareada, de que Margot no se rasurara las axilas y de que tuviera el descaro de llevar puesta una camiseta en plena luz del día para ir de compras a Northpark con sus clientas.

–¡Soy Megan, es un placer conocerte! –dije, encantada de mantener a mamá retorciéndose.

–Megan, *enchantée* –respondió, pronunciando mi nombre con una "e" larga, *Meegan,* y entonces miró a mamá sin una mota de malestar–. *Bon, allons.*

Como nadie se movía, repitió:

–¿Vamos?

–Sí, por supuesto –respondió mamá con voz distante, y Margot sostuvo la puerta para nosotras. Entramos en la sección de cosméticos, y los pobres tontos que vivían allí apenas estaban abriendo la tienda. Parecían pálidos y sedientos bajo la dura luz del día. En el segundo mostrador, una alta mujer de tez oscura con hombros cuadrados sonrió al ver a Margot.

–¡Margot! *Ça va?* –preguntó ella, agitando sus brazos como si estuviera en la carroza de un desfile.

–*Ça va, cherie. Et toi?*

–*Comme ci, comme ça* –dijo la mujer, encogiendo sus enormes hombros–. *À bientôt.*

–*A bientôt* –saludó Margot.

De una manera extraña esto funcionó para establecer la buena fe de Margot, y mamá reflexionó sobre su siguiente movimiento mientras avanzábamos hacia la sección de alta costura.

–¿Así que ayudaste a la nieta de Claire Munson, Mackensie, con su debut el año pasado?

–*Oui* –asintió Margot–. Es una muñeca de verdad, ¿no?

–Sí, ella es... Sus fotos eran absolutamente fantásticas

–respondió mamá. Y eso era suficiente respuesta por parte de ella, aunque claramente tenías sus reservas.

–Ahora, no vamos a necesitar vestidos blancos para el baile de gala final. Mi hermana y yo llevaremos a las chicas a Nueva York junto con su prima…

Julia y yo nos miramos. ¿Viaje de compras a Nueva York? ¡Eso era un bonus!

–Pero ambas necesitarán vestidos de cóctel y para los otros bailes de gala, y muchas fiestas son temáticas, así que tendremos que ser conscientes de eso. Y lo que las otras muchachas vayan a usar, por supuesto. Y entonces necesitarán zapatos y bolsos…

–Señora McKnight –interrumpió Margot, y se detuvo en el pasillo. Mamá la miró.

–Lucy, por favor –Margot inclinó la cabeza y miró hacia arriba, para poder ver a mamá por encima de sus gafas.

–Lucy. Comencemos con la toma de medidas. Debemos dejar que nuestros ojos y mentes se abran a su belleza natural, y luego esperar a que cada una nos muestre su estilo. Más tarde, vamos a discutir exactamente qué fiestas y qué vestidos. ¿Oki doki?

Margot esperó mientras mamá absorbía todo esto.

–Oki doki –contestó mamá, y sonrió por primera vez.

En el vestidor, Julia y yo estábamos en interiores. Por supuesto, Julia llevaba un conjunto de seda color verde botella con ambas piezas haciendo juego, mientras que yo había ido con mi habitual interior de algodón marca Hanes y un sujetador deportivo gris. Éramos parecidas pero nunca copias exactas, y los años continuaban alejándonos. Julia era delgada y femenina, y todas sus curvas eran suaves. En cambio yo era más... desigual.

Margot extrajo una cinta anaranjada con forma de caracola y una caja de alfileres de su mochila y se puso a trabajar. Primero midió a Julia, con precisión de milímetros.

−¡Una perfecta talla 4! −exclamó Margot a nadie en particular, y luego empezó a tomar notas con un Sharpie rosado en una libreta Moleskine color café−. Un metro setenta centímetros con dieciocho milímetros, busto noventa centímetros, cintura sesenta y ocho centímetros con cincuenta y ocho milímetros, caderas ochenta y ocho centímetros con noventa milímetros −ella se alejó unos tres metros y miró a Julia. Mamá se paró a su lado, y Margot tuvo un diálogo interno con ella misma−. *Alors*, cabello rubio, maravillosa tez, cálidos ojos verdes con amarillo, largo cuello, piernas esbeltas… Bien, podemos hacer prácticamente cualquier cosa con ella, pero creo que primero deberíamos probar con los clásicos. Ella se verá fantástica, por supuesto, pero la ropa hablará de ella, le dirá a todo el mundo quién es, y no solo lo que lleva puesto −se volvió a mamá.

−*Oui* −dijo mamá, y Margot sonrió. Ahora me midió.

−Un metro sesenta y nueve centímetros con cincuenta y cinco milímetros −dijo.

−¡Un metro setenta! −protesté, pero ella me ignoró y escribió *1 m 69 cm 55 mm* en la libreta.

—Busto, ochenta y ocho –dijo, después de medir mi pecho.

—¡Noventa! –grité. *¿La perra me va a engañar con el tamaño de mi taza?*

Pero escribió *88 cm* en su libro.

—La cintura de setenta y un centímetros con doce milímetros, las caderas de noventa y uno con cuarenta y cuatro milímetros, cabello castaño –todo entró en la libreta. Estaba empezando a sudar, dándome cuenta de que no tenía la talla 4 perfecta, y ni siquiera había llegado a las cosas realmente malas, como mi bronceado de agricultor y mis piernas cicatrizadas y musculosas. Margot se alejó un poco y me dedicó su mirada, y mamá se preocupó a su lado, como un tipo que había apostado en grande a un mal caballo y ahora estaba obligado a ver a la maldita cosa correr.

—Podemos conseguirle un sujetador *push-up*. Y almohadillas de relleno para los vestidos –dijo mamá.

—¡No las usaré! –exclamé.

—Y un bronceado de spray...

—Nop –dije.

—Un corte de cabello y tintura, y...

—¿Qué hay de malo con mi cabello? –pregunté, pero mamá me estaba ignorando.

—Podemos hacer que estilicen sus cejas y agregarles tintura, y tal vez sus labios teñidos y...

—¡No voy a hacerlo! –grité.

—Así es ella –le dijo mamá a Margot–. Te peleará todo el camino y tendrá algo que decir sobre todo.

–Solo porque me parece justo –añadí–. Yo soy la que tiene que usar y hacer todas estas cosas, así que creo que es bastante razonable que pueda decir algo al respecto.

–¿Lo ves? –mamá miró a Margot, que nos había estado observando atentamente.

–Lucy, creo que hay un Starbucks en el centro comercial –dijo–. ¿Te importaría mucho ir a buscarme un café?

–Oh, está bien –respondió mamá–. ¿Solo un café?

–Un venti macchiato con crema, con poca espuma.

Mamá se dirigió en busca del café de Margot. Cuando se marchó, ella se acercó y me llevó a un banco en el vestidor, lejos de Julia, que desapareció entre los vestidos. Me sentó y me tomó la mano.

–Megan, por favor, escúchame. Tu madre me está pagando para darles un estilo impecable, y así lo haré. Pero el vestido más hermoso del mundo lucirá horrible si no te sientes cómoda en él. Además, habrá muchas fiestas y debes vestir algo, ¿no?

–Sí –dije.

–Así que por favor, debes confiar en mí. Prometo que hay un punto medio, un lugar donde tu madre estará feliz, pero tú también.

–¿Lo prometes? –si tuviera que ponerme en las manos de alguien, mejor esta loca francesa que mi madre.

–Lo juro –aseguró Margot, y parecía como si lo dijera en serio–. Estás llena de fuego, y vamos a encontrar una manera de sacar a relucir eso.

–Oki doki –dije, y Margot rio.

–Ahora, ¿qué es lo que odias absolutamente, lo que no puedes usar?

–Nada rosa –dije–. Y sin lazos.

Ella extendió su mano y cerramos el trato con un apretón.

Resultó ser que Margot tenía un gran ojo y me trajo una gran cantidad de cosas durante el siguiente mes que yo nunca habría elegido, en colores que habría evitado, pero cuando las probé se veían mucho mejor de lo que esperaba. Me relajé un poco y ella y mamá charlaban durante los fines de semana mientras las cuatro asaltábamos Neiman, Saks, Barneys y Nordstrom en una guerra relámpago de mirar y comprar que se estaba acercando al producto bruto interno de un modesto país europeo. Era embarazoso y agotador.

–¿Te gustó el lavanda para el almuerzo del museo? –preguntó mamá, mientras yo me dejaba caer en una silla. Margot, Julia y la vendedora se habían ido por cuadragésima vez ese día.

–Mamá, en serio, usaré cualquier cosa que quieras. Por favor, haz que esto se detenga –la habitación estaba llena de cajas de zapatos y los vestidos llenaban varios anaqueles metálicos enormes.

–Debes tener alguna opinión.

–Mi opinión es que tú y papá están gastando demasiado dinero en todo esto.

–No necesitan preocuparse por eso. Tu abuela me dejó un pequeño fideicomiso específicamente para su debut.

–No creo que un pequeño fideicomiso sea suficiente –respondí, pero sabía que mi abuela estaría encantada de que sus chicas estuvieran gastando su dinero en sombreros, vestidos, bolsos y tacones.

Justo en ese momento, Margot apareció con una carga aplastante de vestidos de cóctel. La vendedora la siguió con una pila de cajas de zapatos tan alta y tan precaria que pensé que el Gato en el Sombrero había llegado.

–¡Lucy, espera a ver el Versace! –gritó Margot. De alguna manera encontró sitio para los vestidos en un estante y empezó a hurgar entre ellos.

Mamá se levantó de un salto.

Yo me hundí más en la silla.

o ✗ ✗

–Por favor, Megan, ¿no puedes faltar solo a este juego? –mamá me rogó esa noche. Era la noche anterior a la fiesta de Abby.

–Mamá, la fiesta empieza a las siete. Eso me da tres horas, lo cual es una eternidad para una chica de bajo mantenimiento como yo.

–Pero es el comienzo de la temporada. Nunca…

–Nunca tienes una segunda oportunidad para dar una primera impresión. Lo sé. Confía en mí, todo va a estar bien.

La tarde siguiente abrí mi casillero y encontré mi camiseta, mis pantalones cortos y calcetines bien doblados con mis protectores de tibias en el estante superior. Pero no estaba el calzado de fútbol, el sujetador deportivo ni los interiores en la parte inferior. En su lugar, alguien había dejado una caja de Victoria's Secret.

Miré por encima de la puerta de mi armario y, por supuesto, Cat, Lindsay, Mariah, Lachelle y la mitad de las demás chicas estaban observando, esperando que yo descubriera su último "regalo". Desde el incidente de la tiara, había sido víctima de interminables bromas. Y todas sabían que hoy estaba jugando un inusual doble juego: como delantera titular contra la Universidad del Estado de Colorado durante la tarde, y como una verdadera *fashionista* en la fiesta de Abby por la noche. Arranqué la cinta con un ademán, abrí la caja y sostuve en alto el sujetador de satén rosa.

—Lindo —les dije, modelándolo sobre mi camiseta en medio de ovaciones y aplausos.

—Sabíamos que no tenías uno —comentó Cat tímidamente.

—En realidad, sí. En varios colores.

—¡No, no tienes! —jadeó Cat.

—Sí. Incluso tengo las almohadillas que pones dentro. Y esta noche, voy a usarlas. Sí señoras, esta noche, por primera vez en mi vida, voy a tener… —apreté mis pechos juntos y me incliné—. ¡Escote!

Esto provocó enormes risas, con algunos silbidos de aprobación.

—Te los dejaré tomar prestados si lo deseas —le ofrecí a Cat.

–Puaj, manos abajo, no gracias –respondió.

–¡Solo enjuágalas!

–De acuerdo, dejemos de hablar de esto ahora –dijo.

Sonreí, y me di cuenta de que en ese momento las otras debutantes ya estarían profundamente concentradas en algunas de sus fiestas de embellecimiento, masajes y manicura. Mamá y Julia estaban disfrutando de un día de spa. Estaba muy segura de que yo era la única debutante que estaría atando los protectores a sus piernas justo en ese momento.

Dos horas más tarde, me incliné y ajusté los protectores de tibias. Ahora estábamos en el minuto ochenta y ocho, empatadas 3 a 3, y yo acababa de ganar un tiro de esquina cuando, después de una larga carrera por el lado derecho, un defensor bloqueó mi pase y el balón cruzó la línea final.

Extrañamente, aunque había estado corriendo sin parar durante una hora y media, no estaba particularmente cansada. Mis piernas se sentían fuertes y mi mente, clara. Trotaba hacia el borde del área chica cuando miré hacia atrás y vi a Mariah lista para ejecutar el tiro de esquina, y de repente fui superada por un desfasaje en el tiempo y una poderosa sensación de estar fuera de mi cuerpo. Esto había ocurrido antes y yo sabía, con absoluta certeza, que estaba a solo unos segundos de anotar.

Me dejé llevar por aquella sensación, me detuve en el área de penales con mi espalda hacia Mariah. Sentí que alguien se sujetaba de mi camiseta cuando la jugadora de la UEC me marcó, ella estaba ahora entre el balón y yo. Cerré los ojos, respiré hondo y empecé a seguir una señal intuitiva, baja e imperceptible, excepto para mí, pero que me aseguraba que acabaría con el balón en la red.

Primero, quité la mano de la defensora de mi camiseta y luego di dos pasos rápidos hacia el mediocampo. Sentí su confusión mientras se preguntaba por qué me alejaba del área de gol. Entonces giré y empecé una fuerte carrera por afuera, hacia el palo más lejano del arco. Ella fue conmigo, satisfecha de que todavía estaba entre el balón y yo.

Corrimos juntas a la par, hasta que me detuve de golpe y giré directamente hacia Mariah. Mi defensora trató de invertir el rumbo conmigo, pero la dirigí para que fuera derribada por otra jugadora y ahora yo estaba libre, corriendo paralela al arco.

Mariah siempre golpea el balón con mucha fuerza, y escuché el sonido sordo cuando lo lanzó, levantándose en el aire, curvándose sobre la cabeza de una defensora. Seguí corriendo mientras el balón continuaba inclinándose suavemente hacia la posición de gol.

La portera, a mi izquierda, percibió el peligro y se inclinó hacia delante. El balón estaba demasiado alto para la otra defensora central, que saltó pero falló; di un paso más y ahora la portera corrió hacia delante, las campanas de alarma estaban sonando. Demasiado tarde, lo sabía, pero ella estaba decidida a intentar despejarlo.

Salté lo más alto que pude y roté mi hombro y las caderas, almacenando energía cinética como una goma elástica torcida. El balón se dirigió hacia mí, y esperé a que llegara. Cuando lo hizo le di un limpio, crujiente y rápido golpe con mi cabeza, volviendo mi rostro directamente hacia el arco. Alcancé a ver el borroso color oro de la camiseta de la portera, vi el balón pasando por su puño extendido y llegando a la malla blanca, capturado como un pez en la red de un bote pesquero. Luego, conmocionada, vi el puño de la portera. Habiendo perdido el balón por completo, su mano cerrada del tamaño de un ladrillo ahora apuntaba a mi rostro frágil y expuesto.

En esa fracción de segundo recordé el día en que mi profesor de Física de secundaria nos había llevado al exterior para demostrar la segunda ley de Newton: la fuerza es igual a la aceleración por la masa. Todos nos pusimos bolsas de basura sobre nuestras ropas y ajustamos nuestras gafas mientras él ponía un melón sobre una mesa de metal junto a dos martillos. Primero, apenas golpeó el melón con un martillo de bola; no pasó nada. Luego lo golpeó con el mismo martillo, con más fuerza y más rápido; más aceleración pero aún baja masa. Escasamente marcó la superficie. Luego tomó el mazo (más masa) y apenas golpeó el melón. Se hundió, pero permaneció intacto. Entonces retrocedimos y, con un poderoso golpe, aplastó el melón con el mazo, enviando pulpa, corteza y zumo a toda la clase reunida.

No lo había pensado desde entonces, pero al mirar ese puño que venía a toda velocidad me di cuenta de que si la fuerza efectivamente igualaba la aceleración de las masas, esto iba a doler.

CAPÍTULO 7

*En el que Megan descubre que*
*la mejor defensa es una buena ofensiva*

e senté a la mesa de la cocina con una bolsa de guisantes congelados presionada contra mi rostro.

–Déjame ver –dijo mamá.

Quité la bolsa.

–Oh, Dios mío.

Se tapó la boca con la mano y secó otra lágrima. No estaba muy segura de por qué ella estaba llorando, porque era yo la que había recibido el golpe, pero por lo que fuera, era algo digno de ver. Mi ojo derecho, púrpura e hinchado y medio cerrado, proporcionaba la pieza central, pero todo el lado derecho de mi rostro estaba inflamado y moteado de azul. El lado derecho de mi labio superior estaba tan grande que parecía que había tenido una inyección de colágeno sin cuidado y mal dirigida, y estaba cortado en dos por una desagradable escisión que todavía emanaba sangre, a pesar de las dos dolorosas tiras autoadhesivas de sutura colocadas por los entrenadores.

Presioné los guisantes congelados contra mi rostro, más por compasión por mamá que por el efecto antiinflamatorio. Después de dos horas, cualquier hinchazón que pudiera haberse prevenido ya había pasado. Sin embargo, probablemente era mejor no recordarle eso en este momento.

–Mira el lado bueno, mamá. No perdí los dientes –dije a través de la bolsa.

–No hagas bromas ahora, por favor –mamá vació su copa de vino chardonnay, y lo volvió a llenar.

–¿Quién está bromeando? Si me hubiera golpeado dos centímetros más abajo, estaría en cirugía dental ahora mismo.

–No sé cómo se lo diré a Camille –comentó, más para sí misma que para mí.

–¿Decirle qué?

–Que no vas a ir –respondió mamá.

–¿Quién dijo que no iba a ir? –pregunté. Honestamente, no se me había ocurrido que un ojo morado y una probable conmoción cerebral me diera un pase de "Fuera de la cárcel de Debutante" por esa noche; quizás no debería haber sido tan rápida para responder.

–Megan, no puedes ir a esta fiesta como… –ella calló.

–¿Sí? –dije, mordiendo el anzuelo.

–Bueno… Así.

–¿Por qué no?

–¿Qué dirán las personas?

Típico. Mientras yo estaba preocupada por cosas pequeñas como mantener todos mis dientes y si era seguro ir a dormir, mamá se centró en aspectos más importantes, como el de mi apariencia y cómo le afectaría socialmente.

—Oh, iré —dije, de repente sintiendo una ráfaga de energía.

Lancé los guisantes al bote de basura, y aterrizaron con un golpe satisfactorio. Me levanté y me serví una copa de vino.

—¿Estás *segura* de que te sientes bien?

—Mejor que nunca —dije, dirigiéndome hacia el piso de arriba—. Además, no tiene sentido desperdiciar el vestido —no me complacía el hecho de que ahora desafiaba a mi madre asistiendo a la fiesta de Abby.

Sin embargo, una vez arriba en mi habitación, tuve que enfrentar la realidad. Mi ojo palpitaba, mi mandíbula dolía, mi labio ardía y un puñado de bateristas se había instalado en mi sien derecha. Stef, el entrenador principal, me había dado ochocientos miligramos de Tylenol, y luego, al salir, un Vicodin, por si acaso. Pensé que si las horas de baile y fiesta no contaban como "por si acaso", no sabía qué lo sería, así que tragué la píldora con el chardonnay. Píldoras para el dolor y alcohol: eso debería animar las cosas un poco.

En el gran cuarto de baño de arriba, Julia se sentó en una silla de director frente al espejo. El tema de la fiesta de Abby era "La edad de oro de Hollywood", y Margot había canalizado a la joven Grace Kelly con un maquillaje simple y dramático que sacaba a relucir las características clásicas de Julia.

Soltó un solo rizo gigante del cabello de Julia, y cayó a un lado en una hermosa curva. Lo cepilló vigorosamente hasta que brilló como miel tibia, luego lo tomó con su mano y le colocó laca.

—Te ves fantástica —le dije a Julia.

—Y tú también —respondió ella, mirándome en el espejo.

—¿Verdad? —asentí. Todas nos reímos.

—C'*est le pied* —le dijo Margot a Julia, y luego se volvió hacia mí. A su favor, ella no se estremeció cuando me ofreció la silla. Me senté. Nos miramos en el espejo.

Tomé un sano trago de vino y dejé la copa.

—Haz lo que puedas.

Los cuatro nos sentamos en el salón, vestidos y listos, en un silencio de piedra. La ira de mamá ante mi condición, y ante mi decisión de ir de todos modos, colgaba palpablemente en el aire.

El timbre sonó.

—Yo iré —dije, ansiosa por escapar. Caminé en dirección a la puerta principal. Por alguna razón, no podía sentir mis pies.

Al otro lado de la puerta estaría mi cita, Hunter Carmichael. Habíamos hablado un par de veces en la última semana, pero no lo había conocido en persona. Era abogado, al parecer, en un bufete del centro. Me acerqué a la puerta con un poco de ansiedad; después de todo, no estaba en contra de la idea de conocer a alguien, y por teléfono sonaba amable, aunque un poco nervioso. ¿Quién no lo estaría?

Abrí la puerta y le eché mi primer vistazo a Hunter Carmichael, vestido con un esmoquin negro de época, con el cabello recogido con aceite de motor, un ramillete en la mano y sonriendo como un castor. Al instante concluí que, aunque estaba bien arreglado y serio, no era mi tipo, ni en diez kilómetros a la redonda.

–¿Megan? –preguntó, y por supuesto también me miró por primera vez. Había vuelto mi rostro al lado bueno, solo un poco, para retrasar el shock.

–Tú debes ser Hunter.

–Encantado de... finalmente conocerte.

–Gracias.

–Luces...

–Lo sé –dije, contenta de dejarlo así.

Trató de no mirar, pero eso resultó imposible. Me sentía un poco triste, porque de un lado me veía bien. Margot había logrado más de lo que yo creía posible, y en mi vestido lavanda, con el cabello recogido en un elegante moño, estaba bastante linda, excepto por la parte del accidente de tren que arruinaba todo.

Mamá y papá estaban de pie para saludar a Hunter, quien me miró una última vez. Sonreí dulcemente.

–Esta es mi madre, Lucy, mi papá, Angus, y mi hermana, Julia. Mamá, papá, Julia: Hunter Carmichael.

–Hunter –dijo papá.

–Señor –se estrecharon la mano.

–Encantada de conocerte –saludó mamá, ofreciéndole la mano.

–Es un honor conocerla, señora McKnight –ronroneó Hunter–. ¡Y qué bonito vestido! –se estaba poniendo demasiado adulador para la ocasión. Julia y yo intercambiamos miradas a sus espaldas, como si dijéramos: "Ah, bueno".

–Muchas gracias, Hunter –dijo mamá, sonrojándose ligeramente.

–Es un placer conocerte a ti también, Julia –comentó, volviéndose.

Me ofreció la caja que aún sostenía.

–Traje esto para ti.

–Qué amable.

–¿Puedo? –preguntó.

–Por supuesto –asentí. Abrió la caja, sus dedos temblaban ligeramente mientras ataba una hermosa orquídea violeta en mi muñeca.

–Es hermosa, Hunter. Y el color va perfectamente con mi rostro –dije, sin un rastro de ironía. Hunter trató de reírse, pero salió más como una tos tuberculosa en su última etapa.

–Hunter, ¿te invito con una copa de vino, o… una bebida? –preguntó mamá.

–No, gracias –me miró–. Probablemente deberíamos irnos.

–Sí, deberíamos.

La cita de Julia, Simon Lucas, llegó cuando nos íbamos. Simon era el hermano mayor de Abby, y habíamos pasado vacaciones en familia junto con ellos dos desde que éramos niños. Simon era el acompañante perfecto: divertido y gracioso, y como eran primos, no había nada de presión en cuanto a lo romántico.

—Estaremos justo detrás de ustedes –dijo papá, saludando desde la puerta principal.

Hunter abrió la puerta galantemente para mí y, en un supremo desperdicio de recursos, dos parejas abordaron dos enormes limusinas justo una al lado de la otra, ambas en dirección al mismo lugar.

Una vez sentados, en la seguridad del interior de la limusina, Hunter finalmente preguntó.

—Megan… ¿qué te ha pasado?

—Me robaron el coche –repliqué secamente. Hmm, ¿era esa la emoción o las píldoras hablando?

—Debe haber estado relacionado con pandillas –dijo, emocionado–. Había un artículo sobre esto justo el otro día. La policía ha notado una gran alza en los despidos en el metroplex, la zona metropolitana de Dallas. Dijeron que muchos de estos incidentes son provocados por miembros más jóvenes que quieren hacer "valer sus derechos".

*¿Valer sus derechos?* Suspiré. Iba a ser una larga noche.

El viaje de treinta minutos a Dallas cementó mi impresión

inicial de Hunter Carmichael. Pasablemente inteligente, demasiado ansioso por dar cumplidos, y no tan mundano como imaginaba, lo haría bien en el estéril pero muy bien recompensado mundo de las leyes corporativas, lo que era su pasión.

En ese breve período aprendí más de lo que esperaba de su bufete, Kemper Dean, que tiene poco que ver con la práctica de la ley y todo con el negocio de ganar dinero. Hunter ya estaba planeando su ascenso de esclavo a amo. Mientras hablaba, traté de fingir interés, pero no era un trabajo fácil.

*Lástima que no sea sexy*, pensé, mirando por la ventanilla los edificios que pasaban, *porque si había una noche que podría ser alocada...*

Salimos de la autopista girando en Harry Hines Boulevard, y de inmediato la limusina se detuvo, convirtiéndose en otro furgón de cola en un tren de limusinas que entregaban huéspedes en Brookline Country Club. Parachoques con parachoques avanzamos con lentitud hasta que finalmente llegamos a las puertas. Construida en los años cuarenta en el sitio de una vieja guardería infantil, Brookline era el club más hermoso de la ciudad, un oasis donde antiguos pinos italianos se alzaban sobre enormes edificios de ladrillo cubiertos de hiedra. Durante el día era sombreado y tranquilo; por la noche, dramático y fresco. Esta noche era más que dramática.

–Santas vacas –dijo Hunter. En efecto.

Más adelante, girando, los grandes focos como de cine disparaban flechas de luz en el cielo nocturno. Bajo el pórtico, los aparcacoches se apresuraban a sostener las puertas mientras la Alta Sociedad trepaba y los fotógrafos, vestidos con trajes de los años 40 y armados con antiguas cámaras Speed Graphic, bullían en la alfombra roja. Los invitados posaban, los dientes destellaban, los flashes saltaban y se desvanecían. Podría haber sido un estreno de cine en el Teatro Chino de Grauman setenta años antes.

Con solo unos cuantos coches delante de nosotros, me di cuenta de que pronto estaría allí, bajo las luces calientes. Y en este rincón... Rocky Marciano.

–Es tan *emocionante* –dijo Hunter inclinándose hacia delante para mirar a través del parabrisas.

No era la palabra que yo hubiera elegido.

–Sabes –continuó, volviéndose hacia mí con una sonrisa de oreja a oreja–, trabajé duro para ser escolta de las fiestas de esta temporada.

–¿De veras? ¿Por qué?

–Estoy en el mercado, en busca de una esposa.

–¿En serio? –pregunté, ahora incapaz de ocultar mi desdén–. ¿No eres un poco joven?

–Tengo veintiséis años... Muchas personas se casan a mi edad. Y las fiestas de debutante son una excelente manera de conocer chicas cultas, bien educadas y de las mejores familias.

–Mi padre habla de vacas de la misma manera –dije.

–Sabes –continuó, ajeno a mi sarcasmo–, algunos de los chicos pasan por el anuncio de debutantes como si fuera un formulario de carreras. Clasifican a las chicas por su apariencia, tratan de elegir a las ganadoras, cosas así. Pero no yo –Hunter notó mi reacción y se dio cuenta de lo que había implicado acerca de mi propia apariencia, y luego añadió apresuradamente–: Estoy buscando a alguien para el largo plazo. Casarse es dar un paso muy grande en el camino para hacerse socio en una compañía como Kemper Dean; demuestra que eres sólido, comprometido.

Nunca había conocido a nadie con tantas frases poco románticas. *¿Formulario de carreras? ¿Largo plazo? ¿Sólido?* Para Hunter, el matrimonio sonaba a algo parecido a una vida de acarreo.

–Ya veo. No creo que el amor figure en tu… ¿ecuación?

–El amor es muy importante, no soy insensible.

*El jurado está deliberando sobre eso, abogado.*

–Pero el amor no se trata solo de fuegos artificiales. También puede resultar de valores y metas compartidas, una visión común de lo que es importante en la vida, ¿no crees?

La limusina se detuvo y un aparcacoches abrió la puerta.

–Bueno, odio decepcionarte –dije–, pero solo estoy aquí por el sexo.

# CAPÍTULO

# 8

## En el que Megan lamenta su decisión de mezclar píldoras con bebidas alcohólicas

**M**ientras nos acercábamos a la alfombra roja, Hunter valientemente tomó mi mano. Una vez allí sonreímos como idiotas, y no fue hasta que las cámaras bajaron que vi las expresiones perplejas de los fotógrafos.

Caminamos y esperamos mientras Julia y Simon llegaban para su momento. Sus fotos serían todo lo que las mías no... magníficas, atemporales, algo que conservarían.

Papá y mamá llegaron detrás de ellos, en su camioneta. Como endulzante para mamá, él la había lavado, pero era la única no-limusina a la vista, y mamá se esforzó por no lucir mortificada al salir del interior de la camioneta. Por su expresión, supuse que habían estado discutiendo, sin duda porque papá no había alquilado una limusina para el evento. Él tomó el ticket del servicio de aparcado y la llevó a la alfombra roja, y se pusieron de pie para las fotos. Papá lucía elegante en un traje negro, y cuando mamá sintió las cámaras se relajó, y vi por un breve instante a la mujer elegante e inteligente con quien él se había casado.

Nos reunimos frente a las puertas, bajo un letrero de neón violeta que destellaba *Mocambo*. Las mujeres ajustaban sus vestidos, los hombres acomodaban sus chaquetas, y todos nos dimos unos a otros una mirada rápida de tranquilidad. Mamá se languideció un poco cuando me miró, pero papá, no. Él me sonrió, y yo le devolví la sonrisa.

–¿Entramos? –dijo mamá. Y así lo hicimos.

Si el exterior lucía divertido y glamoroso, el interior era increíble. Pasadas las puertas entramos a un mundo del pasado, el mundo de los clubes de la década de 1940. Las cacatúas chillaban desde los árboles de plátano, un radiante maître esperaba, y la música de una gran banda flotaba como humo a través de las cortinas detrás de él. Le dejamos nuestros abrigos a una chica con un vestido corto de seda y un sombrero que hacía juego. Con sus tacones altos y pantimedias de red, podría haber salido de las páginas de la revista *Life*.

–Bienvenidos, bienvenidos –repetía suavemente el maître, sosteniendo la cortina de la entrada.

Tras esas cortinas, un mundo de fantasía nos esperaba, una deformación del tiempo de tal proporción épica que me quitó el aliento. El salón de baile principal de Brookline, un espacio aburrido y utilitario, se había transformado en "El Club Mocambo". Todos nos quedamos boquiabiertos y sin habla ante las cabinas de época, las mesas, la pista de baile, el bar, el coro y un bosque de brillantes árboles selváticos. Un grupo de gallardos hombres y mujeres sofisticadas llenó la inmensa sala, mientras decenas de camareros uniformados entregaban cubas libres, copas rebosantes de Martini y champán. Las cigarreras se abrían camino entre la multitud ofreciendo cigarros, caramelos hechos a mano y rosas frescas de color amarillo, mientras en la pista de baile de parqué, las parejas se balanceaban al compás de "Mack the Knife" con sabor latino, interpretado por una banda de treinta músicos en esmoquin azul.

Asombrada por el espectáculo, sentí que el miedo me apuñalaba. Sabía que mi tía Camille y mi tío Dan estaban llenos de dinero: él era un socio importante en un bufete de abogados muy grande; pero esto estaba más allá de lo que cualquiera pudiera imaginar, y un día, en un futuro no muy lejano, tendríamos que organizar nuestra propia fiesta. No sabía exactamente cuánto había guardado nuestra abuela bajo el colchón, pero si era menos de un cuarto de millón, papá tendría que empeñar algunas vacas para cubrir la diferencia. Mientras él miraba a su alrededor, me pregunté si estaba pensando lo mismo.

Nos unimos a la línea de recepción. Al frente, Abby, la tía Camille y el tío Dan saludaban a los invitados. Abby llevaba guantes negros hasta el codo y un vestido de terciopelo negro del que desbordaban sus senos. El vestido la abrazaba en los lugares correctos, y con su cabello largo, rizado, rojo, recogido sobre su cabeza, parecía extra fabulosa. Los tres mostraron esa actitud fácil y graciosa que simplemente no se puede falsificar ni comprar. Está codificado en tu ADN, o no lo está. Lamentablemente, yo había perdido esa secuencia.

Hasta ahora, había escapado de cualquier revuelo sobre mi apariencia permaneciendo dentro de nuestro grupo cerrado, pero nos movíamos inexorablemente hacia delante, en dirección a los anfitriones, acercándome a la exposición completa.

Mamá se relamió los labios, y su boca se crispó en una media sonrisa, medio una mueca, que sutilmente traicionó su ansiedad. Hunter me apretó la mano, y una vez más volví el rostro ligeramente haciendo un esfuerzo, aunque solo fuera por unos segundos más, para retrasar el encuentro.

Y luego apareció Ann Foster detrás de Abby.

*¡Mierda!*, pensé, y el impulso de girar y correr se apoderó de mí. Pero, bloqueados por los invitados, tropecé hacia delante. La tía Camille vio a mamá, y Abby vio a Julia.

—¡Julia! —gritó, feliz de ver un rostro verdaderamente familiar. Ella dio un paso adelante y se abrazaron. Abby abrazó a mamá.

—Abby, esto es increíble. Te ves preciosa —dijo Julia. Nuestra prima sonrió.

—Gracias. Todo fue idea de mamá —explicó. Eso tenía sentido. La tía Camille tenía un juicio infalible, y había pensado claramente el mejor lugar para los sustanciales "bienes" de Abby.

Julia y mamá se trasladaron a la tía Camille, y Abby me

buscó. Detrás de ella, los ojos de Ann se estrecharon cuando notó algo que no lucía bien en mi rostro.

*Oh, qué diablos*, pensé, y di un paso adelante.

—¡Abby, felicitaciones! —el rostro de Abby se apagó cuando me miró a los ojos.

—Oh, Dios mío, Megan. ¿Qué te pasó? —preguntó, realmente preocupada. Pensé en la verdad, probé unos cuantos comentarios ingeniosos en mi cabeza, vi a Ann ladear su cabeza, esperando una explicación adecuada.

—Yo, yo, bueno, lo siento mucho, me…

—La asaltaron en su automóvil. Una pandilla.

Creo que si yo, o cualquier otra persona, excepto Hunter, lo hubiera dicho, todo el mundo se habría echado a reír. Pero era tan pesadamente sincero, tan claramente incapaz de humor en tan gran escala, que simplemente tenía que ser verdad.

—¿Has ido a la policía? —preguntó Abby, horrorizada.

Una voz dentro de mi cabeza gritó: *¡no hagas esto!* Sabía que debía invertir el curso, pronto, y aclarar esta mentira vulgar y ofensiva. El retraso solo podía conducir más profundamente al pantano. Sin embargo, no pude evitarlo.

—Yo… todavía no —balbuceé.

El vino y el Vicodin habían nublado mi juicio. De hecho, mezclar vino con Vicodin era una mala idea. Probablemente tuve una conmoción cerebral. Sea cual fuera la explicación, en ese momento solo sonreí y continué.

Ann Foster no lo creyó ni por un instante. Prácticamente

había salido vapor de su nariz, pero no iba a interrogarme en público.

–¡Oh, pobrecita! –dijo la tía Camille mientras me abrazaba.

–Si los encuentran –aconsejó el tío Dan–, puedes demandarlos por daños y perjuicios. Es civil, así como criminal –asentí, sintiendo la repugnante persona que era.

Afortunadamente, otros invitados se juntaron detrás de nosotros, y me arrastré con algunos últimos abrazos y miradas finales de preocupación. Hunter, mi valiente defensor, se había mantenido junto a mí con galantería, y sentí que mentalmente marcaba la casilla de "leal" en su solicitud de socio.

–Necesito un trago –dije. Trescientas o cuatrocientas personas habían llenado la habitación, y nos tomó unos minutos atravesarla. Pasamos por el lugar donde estaba la banda, que ahora tocaba "The Boogie-Woogie Bugle Boy of Company B", y entramos en el bar. El camarero hizo una mueca cuando vio mi ojo.

–¿Sí, señorita? –preguntó.

–Tequila. Y deje la botella –él levantó sus cejas.

–¿En serio?

–Es una broma –dije–. Solo un vino blanco, por favor.

–¿Y para usted, señor?

–Chivas con soda.

Hunter me sonrió. Le devolví la sonrisa, y miré alrededor. Detrás de la barra colgaba un gran espejo antiguo. En el reflejo, a mi derecha, se erguía un hombre alto, de hombros anchos, con el cabello castaño ondulado, ojos de chocolate, labios rellenos y una barbilla cuadrada y con hoyuelos. No podía ser… ¡pero era! ¡Mi aparcacoches, el magnífico hombre que había estacionado mi bicicleta! *Ahora sí hay alguien con quien podría ser alocada.* Lo seguí en el espejo mientras se volvía y se alejaba, sosteniendo dos copas de champán.

–Muchas gracias –le dije al camarero cuando trajo mi vino, e inmediatamente tomé algunos tragos. Estaba frío y tonificante a la vez, justo lo que necesitaba. Sintiéndome un poco temeraria, me volví, ansiosa por ver hacia dónde había ido el chico sexy. Por desgracia, no tuve que mirar lejos. Directamente delante de nosotros, Lauren Battle se encontraba con su acompañante y suspiré mientras él le entregaba un champán.

*Suerte para ella,* pensé. *Yo tengo a Hunter, y ella tiene esta alta copa de agua como su acompañante. Ann Foster realmente la tiene contra mí.*

Su vestido era negro hasta el piso, Lauren estaba bellísima.

Junto a ella había otro chico de cabello rubio, jovial, con el que compartían nariz; pensé que tenía que ser su hermano. Ashley II estaba a su derecha, ignorando por completo a su cita, un imbécil arrancado de un anuncio de cerveza. Tomé otro sorbo de vino y otro sorbo secreto de la cita de Lauren.

Ella no nos había visto aún, y con la habitación tan llena había muchos lugares para esconderse, pero Julia y yo éramos debutantes, dos de tan solo siete, y se esperaba que nos mezcláramos.

Julia me miró y, sabiendo que no podíamos quedarnos allí indefinidamente, dio un paso adelante.

—Hola, Lauren —la saludó. Ella examinó fríamente su competencia por el centro de atención.

Sus trajes de aquella noche contaban toda la historia: Lauren se había dedicado al sexo en su totalidad, mientras Julia se mantenía con un estilo puro. Su vestido, de seda pálida color paja, colgaba directamente de sus hombros sobre unos diminutos tirantes y luego caía en cascada por su largo y delgado contorno, como una hermosa catarata hasta el suelo. Era de alguna manera increíblemente sexy y elegantemente recatada.

—Julia —respondió Lauren—. ¡Qué vestido tan fantástico!

—Gracias. El tuyo es precioso también.

—¡Oh, gracias! —dijo Lauren—. Este es mi hermano, Zach. Zach, Julia McKnight —el rubio se adelantó y tomó la mano ofrecida de Julia.

—Ey —dijo.

—Encantada de conocerte —respondió ella, hizo una pausa y luego miró hacia abajo—. Um, ¿puedo recuperar mi mano?

—En un segundo —dijo, todavía sosteniéndola. ¡Cuánto coqueteo!

Inmediatamente me gustó este tipo, tan claramente la antítesis de Lauren. Sus ojos eran brillantes y traviesos, y su cabello ya se había aflojado en un estilo infantil. A juzgar por la reacción de Julia, a ella también le gustaba.

Zach finalmente soltó su mano.

–Lo siento, hombre –le dijo a Simon–, pero tu cita es… maravillosa. Zach Battle –se presentó, y se dieron la mano.

–No te preocupes –respondió él–. Simon Lucas –se presentó a su vez, y luego señaló a Julia–. Somos primos.

–¿Primos? –preguntó Zach esperanzado, con los ojos fijos en Julia. Simon asintió con la cabeza, él sonrió ampliamente, y Julia brilló.

Lauren se volvió hacia el atractivo chico a su lado.

–Y este es Andrew Gage, de los Gage de Nueva York –junto a mí, Hunter se tensó. Su nombre no significaba nada para mí, pero claramente significaba algo para él.

–Andrew –saludó Julia, ofreciéndole la mano.

–Es un placer conocerte, Julia –respondió él. Andrew Gage se quedó muy quieto y, sin embargo, zumbaba como un generador: se podía sentir la energía quemándose en él.

*Lauren no lo presentó como su novio*, pensé. *Buena señal, tal vez podría ser mi acompañante para una de estas fiestas.* Mi corazón se aceleró al pensarlo.

Julia presentó a Simon y se estrecharon la mano.

–Lauren, recuerdas a mi hermana, Megan –dijo. Era el momento de acercarme.

–Hola, Lauren –saludé, entrando en el grupo. Ella me dedicó una mirada y se echó a reír.

–Oh, Megan –trató de cubrir su deleite, aunque no mucho–. No pensé que pudieras superar tu apariencia en el té, pero estaba equivocada… tan equivocada.

—Cuidado, Lauren —dije, lo suficientemente alto como para que todos pudieran oír—. Deberías ver a la otra chica.

—¡Zing! —dijo Zach mientras me inclinaba hacia Lauren para darle un beso en el aire. Sus ojos se arrugaron, sin saber si estaba bromeando. La dejé reflexionar y me volví hacia los dos hombres.

—Megan McKnight. Encantada de conocerte —saludé a Zach.

—Lo mismo digo —respondió, y me estrechó la mano—. ¿Duele?

—He tomado ochocientos miligramos de Tylenol, un Vicodin y media botella de vino. Honestamente, no siento nada.

Zach rugió, pero Lauren y Ashley II se burlaron.

—Cuánta clase —dijo Lauren.

—Realmente —añadió Ashley II.

—Así que eres Megan —comentó Andrew.

—Es un placer conocerte… de nuevo —le dije.

—¿Se conocían? —preguntó Lauren.

—No formalmente.

—Pero viste mis interiores favoritos de girasol —respondí.

Sus hombros se pusieron rígidos. Lauren lo acercó.

—Fue un malentendido —dijo, todavía mirándome—. La conocí fuera, cuando te dejé en el té de orientación. Se le había roto el vestido.

—Oh —soltó Lauren, trabajando duro para encontrar cualquier doble sentido escondido en todo esto.

*¿La dejó en el té?*

—Entonces, ¿son gemelas? —le preguntó Zach a Julia.

–Casi –respondió Julia.

–Mellizas –aclaré–. Ella consiguió el óvulo bonito –Zach rio.

Todo este tiempo Andrew me miró, y mis mejillas ardieron. Me daba cuenta de que mi rostro estaba horrible, pero su mirada era grosera.

–Me estás mirando fijo –le dije finalmente.

–Lo siento –respondió, mirando hacia abajo de inmediato. Era increíblemente torpe, todo lo opuesto al día en que nos conocimos. Hunter, esforzándose como un perro con una correa, dio un paso adelante.

–Señor Gage. ¿Puedo llamarte Andrew? –Hunter farfulló, ofreciendo su mano–. Hunter Carmichael. Es un placer conocerte.

–Gracias –dijo Andrew, distante.

–Sé todo sobre tu familia. Leí las memorias de tu madre. La sección sobre la muerte de tu padre fue absolutamente desgarradora.

Entonces el nombre se hizo familiar para mí, así como su rostro, y me di cuenta de por qué Hunter fue tan efusivo. Andrew Gage aparecía de vez en cuando en revistas semanales bajo titulares como "El soltero más sexy de los Estados Unidos" o "Treinta billonarios menores de treinta". No es que comprara esa clase de basura, como la mayoría de las personas que se respetan; las leía por arriba en la fila del supermercado, y luego las devolvía.

Hunter extrajo de su bolsillo y le entregó una tarjeta de presentación, y le dijo unas palabras. La mirada fulminante de Andrew lo dijo todo, y sentí una punzada de simpatía por Hunter. Claro, era un imbécil, pero Andrew no tenía que hacérselo saber tan públicamente. Incómoda, vi a papá en el bar.

—Disculpen —sonreí y me fui. Hunter se quedó atrás, poco dispuesto a separarse de Andrew Gage tan pronto.

Pedí otra copa, y papá y yo estábamos lado a lado, de espaldas al bar, disfrutando el circo.

—Estoy muy orgulloso de ti —dijo después de un momento.

—¿De veras? ¿Por qué? —pregunté, genuinamente curiosa.

—No conozco a otra niña… joven mujer —se corrigió—, con las agallas de venir a una fiesta así.

Levantó la botella de cerveza.

—Brindo por ti, Megan McKnight, la mujer más valiente que conozco.

Yo acepté su brindis. *Chin-chin*. Mi noche se iluminó, hasta que vi a mamá frunciendo el ceño hacia nosotros desde el otro lado de la habitación, resentida de que pudiéramos estar pasando un buen rato en este momento de tragedia familiar.

—No estoy segura de que mamá se sienta exactamente igual —dije.

—Mira, tú no le diste el mejor día, pero no está realmente enojada contigo. Está enojada conmigo.

—¿Por qué?

—Se enteró de que aún no he llamado al comprador.

—¿Por qué no?

—Porque sé lo que va a decir.

Noté que Hunter buscaba a su alrededor, y vi las piezas en su cabeza caer en su lugar: *Regla nº 4. No debes dejar sola a tu cita.*

*No, por favor, siéntete libre,* pensé, *deja sola a tu cita.*

Se excusó y continuó abriéndose paso hasta nosotros.

—Papá, haz algo –susurré–. Cualquier cosa.

—¿Quieres bailar, Megan? –preguntó Hunter al llegar a mi lado.

—En serio, Hunter, no tienes que bailar conmigo. Sé cómo me veo.

—Pero yo quiero.

Yo no. Tomar clases no había empañado mi opinión de que el baile de salón era tonto y anticuado, y me habría gustado evitarlo por completo. Especialmente esa noche.

—Por supuesto, gracias –dije, y le di a mi padre una mirada de "gracias por tu ayuda", solo para verlo sonreír y levantar su cerveza en fingido saludo.

En la pista de baile, Hunter me tomó como a una escalera y me llevó con buen ritmo. *Tranquilo, marinero, tengo una herida en la cabeza,* pensé mientras dábamos tumbos, pero Hunter avanzó, ajeno a mi miseria.

—Zach y Andrew son socios –dijo, sin aliento por la emoción–. Los rumores dicen que están comprometidos.

—¿Zach y Andrew están comprometidos? –pregunté, mi cerebro procesaba todo con mucha confusión. Pasamos junto a Julia y Zach bailando, y luego Lauren y Andrew. Me concentré en el horizonte, rezando para superar mis náuseas. Estaba lamentando activamente mi decisión quijotesca de mezclar alcohol y píldoras.

–No, Andrew Gage y Lauren Battle –respondió Hunter.

*¿Comprometidos?*, pensé. *Puede ser guapo y ocasionalmente ingenioso, pero debe estar muy mal si quiere pasar el resto de su vida con ella.*

–Su bisabuelo era un magnate del acero, ya sabes –continuó Hunter–, y su padre fue consejero del presidente Clinton. Murió hace unos años y dejó una fortuna. Su madre es prácticamente la reina de Nueva York. Incluso su perro, Mitzy, es famoso. Van a pasear al Central Park con un guardaespaldas.

–¡Imagínate! –dije, pero Hunter volvió a ignorar mi sarcasmo, todavía atrapado en la emoción de los Gage y su estilo de vida de primera clase.

–Le di mi tarjeta de presentación –continuó–. ¿Crees que estuvo bien?

–Estoy segura de que sí –mentirle a Hunter se estaba convirtiendo en un hábito regular.

–Creo que ha salido bien –dijo, su rostro era un muro de preocupación sobre cómo había salido este encuentro casual. La música se detuvo y Hunter dejó de bailar. Me aferré a él unos segundos más, esperando a que mi cabeza dejara de girar. Respiré hondo, solté sus manos y no me desplomé en el suelo.

–Gracias, Hunter, por tal... exuberante vals.

–Es un placer –sonrió. Bendito su corazón demasiado serio, nunca notaba el sarcasmo.

–¿Podrías disculparme por un momento? –código de las debutantes para "Tengo que ir a orinar ahora mismo".

–Por supuesto. Encontraré nuestra mesa.

–Genial –dije, y di mi primer paso. Tambaleándome un poco, puse mi mano en el hombro de Hunter, me estabilicé y salí. Solo unos pasos más, y estaría sola. Esperaba que tuvieran una silla en el baño. Necesitaba sentarme.

Alguien se colocó a mi lado. Ann Foster. Le ofrecí mi mejor sonrisa y ella me devolvió una mirada severa e infeliz. *Dios, ¿y ahora qué?*

Me sostuvo la puerta y me siguió por el pasillo vacío.

Era una emboscada.

CA
PÍ
TU
LO

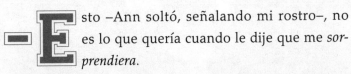

En el que Megan da una
larga mirada en el espejo

**E**sto –Ann soltó, señalando mi rostro–, no es lo que quería cuando le dije que me *sorprendiera*.

–*Esto* fue un accidente. Me golpearon en un partido de fútbol esta tarde.

–Qué interesante. Porque ochocientos invitados en la fiesta creen que fue atacada por una banda –Ann estaba furiosa, una leona al ataque.

–¡Dije eso como una *broma*!

–No me divierte.

–Bueno, no tenía ni idea de que mi tonta cita lo tomaría en serio y se lo diría a todo el mundo.

Me dedicó una larga mirada de reproche.

–Rara vez estamos en control de las acciones de las otras personas, Megan. Sin embargo, estamos en absoluto control de las nuestras. Y así, con su apariencia ridícula y esta fantástica historia, se ha hecho el motivo de charla de la fiesta. Espero que esté orgullosa de sí misma.

—Anoté el gol de la victoria —me aventuré. Ella dio una fuerte inhalación.

—Debería haber seguido mis instintos —dijo, sacudiendo la cabeza—. Simplemente usted no es material para esto. Espero su renuncia escrita por la mañana.

—Dijo que tenía un mes. ¡Me queda una semana! —exclamé—. Lo siento, pero soy… yo estoy… —no estaba completamente segura de hacia dónde iba, pero me hacía sentir bien intentar defenderme—. Soy inteligente y atlética. Y creo que es bueno que pueda jugar fútbol e ir a clases a tiempo completo y hacer esto también. Estas otras chicas se desmayarían en una semana con mi agenda. No merezco esto, así que si quiere que me vaya ahora, écheme. ¡De lo contrario, aún tengo una semana para *sorprenderla*!

Ann consideró ese estallido, pero durante un largo momento no respondió. Era más difícil de leer que los símbolos de un templo asirio que se desmoronaba.

—Estoy de acuerdo en que sus intereses variados son un activo —dijo finalmente—. Hasta cierto punto. Y admiro su espíritu. Pero su juicio es profundamente defectuoso. ¿Por qué no me llamó? Si me hubiera contado sobre el ojo morado y cómo sucedió, le habría dicho que hiciera un buen trabajo en su maquillaje, y por el amor de Dios, que se asegurara de que su prima supiera que estaba bien *antes que nada*. Tendría que haber hecho todo lo posible para no distraer la atención de ella en su gran noche, y estar allí apoyándola. Podría haberla presentado ante los invitados como una de nuestras debutantes más consumadas y dedicadas, y todo este accidente se habría convertido a su favor. En lugar de eso, mintió y lo tornó en una broma ofensiva, y en el proceso dañó una noche, en la cual su prima trabajó incansablemente para que saliera perfecta.

–Lo siento, de nuevo. Esa no era mi intención.

–Sin intención o no, ha caído más de lo que yo esperaba, señorita McKnight. Puede que tenga su semana, pero le sugiero que la ocupe con una plegaria ferviente y regular.

–Sí, señora.

Me dejó allí con mi dolorida cabeza y mi gran ojo negro, sintiéndome como si me hubieran dado un puñetazo por segunda vez en el día.

$$o \times \times$$

Vestirse para la noche había sido una aventura. Comenzó con mis interiores, o lo que Margot me ofreció por ropa interior.

–¿Qué es eso... un paño? –pregunté.

–Spanx –respondió–, son reductores. Te harán lucir suave y perfecta, y te darán una bonita silueta.

Eran los más diminutos pantalones cortos que había visto. Protesté: nunca me quedarían; pero Margot me animó y Julia asintió con la cabeza, así que jalé, salté, me embutí, y finalmente conseguí que quedaran a mitad de camino. Luego me tumbé sobre la cama y pateé y me retorcí y jalé otra vez hasta que, de algún modo, pasaron mis caderas.

Con la ayuda de Margot, los subimos y alisamos un poco más, y por fin estaban prensando desde la mitad del muslo hasta justo debajo de mis pechos.

Caminé lentamente por la habitación, y luego sentí una inesperada y fresca oleada de aire allí abajo.

—Oh genial, los míos están rotos —le dije a Margot, mostrándole la escisión en la entrepierna. Julia y Margot se rieron de mi ignorancia.

—Eso es para ir al baño —comentó Julia, ya cómodamente instalada en el suyo.

—Tienes que estar bromeando —dije—. Necesitaría una mira de precisión de la Fuerza Aérea para lograr eso, y definitivamente habría daños colaterales. Además, no voy a ir así por toda la fiesta.

—Nadie lo sabrá —dijo Julia.

—Yo lo sabré.

—Puedes usar bragas debajo, si quieres —ofreció Margot.

Con un gran esfuerzo, de alguna manera conseguí sacarme el Spanx, deslizarme en la tanga más pequeña que había visto jamás, y después luchar de nuevo con las malditas cosas. Con mis órganos centrales bajo asedio, nos trasladamos a mi escote. Margot me amarró en un sujetador sin tirantes extremadamente apretado y luego introdujo dos almohadillas de silicona para darme volumen. Finalmente entré en mi vestido, y Margot me encerró en él. Sentía que llevaba un traje para bucear, y pensé que habíamos terminado. Pero no, luego vino el encintado. Margot usó cinta adhesiva de doble faz y selló los bordes de mi vestido a mi piel para eliminar cualquier boqueado o arrugado. Veinticinco minutos de esfuerzo para meterme en unos interiores engaña-hombres y pechos falsos, y encintarme a mi vestido. Sexy.

Entonces, luego de una hora en la fiesta, tenía que orinar. Subí corriendo las escaleras hasta el baño de damas, y allí me di cuenta de que lo que había hecho en una gran sala con ayuda, ahora tenía que deshacerlo en un retrete, sola. Levanté y amontoné material hasta que pude sostener mi vestido en una mano, y con la otra mano me arranqué y jalé del Spanx. No se movía. Jadeando, sudando y desesperada por ir, finalmente fui capaz de hacerlo bajar por detrás de mi trasero. Me desplomé sobre el asiento del retrete con alegre alivio.

Escogiendo la maniobrabilidad sobre el pudor, salí del cubículo del baño para conseguir colocar los pantaloncitos de nuevo en su lugar, solamente para descubrir que había despegado toda mi cinta. Pasé unos buenos tres minutos levantando mi sujetador de nuevo y poniéndolo en su lugar, acomodándolo y volviendo a sujetarme. Debería haber intentado orinar por el agujero.

Me acerqué al lavamanos para limpiar mi sudor y lavarme las manos.

Al cerrar el grifo, di una buena y larga mirada en el espejo. Volví la cabeza de un lado a otro. Bastante cerca de Dr. Jekyll y la Srta. Hyde. La mitad era una morena joven bastante atractiva y con estilo que parecía lista para una noche en la ciudad. La otra mitad era una bestia temible con rasgos púrpuras hinchados que parecía hambrienta de una ardilla viva. Mostré mis dientes en el espejo, *grrrrr*.

Repetí mentalmente mi desacuerdo con Ann. Lo peor era que tenía razón. No pude evitar la paliza que recibí esa tarde, pero podría haberla manejado mejor. *¿Y por qué no lo hice?* No me consideraba egoísta y absorta en mí misma, pero tal vez no estaba siendo lo suficientemente atenta. Me sentía horrible por apartar la atención de Abby o por arruinar su fiesta de cualquier manera.

No había manera de evitarlo. Tenía que disculparme con Abby, la tía Camille, el tío Dan y con Hunter Carmichael. Era una lista bastante larga, sería mejor empezar de inmediato. Descubrir cómo sorprender a Ann con solo una semana restante tendría que esperar hasta que mi cabeza se aclarara.

El baño de las damas estaba en el segundo piso, y cuando me acercaba al borde de la escalera oí voces abajo y el nombre "Julia". Me detuve y eché un vistazo por el pasamanos y vi a Zach Battle y Andrew Gage abajo. La alfombra pesada había silenciado mis pasos, y no me habían sentido por encima de ellos. Como cualquier chica lo haría, hice una pausa para escuchar, esperando oír algunas palabras amables sobre mi hermana.

–Es una maravilla, ¿no? –preguntó Zach.

–Concedido. Pero…

—Realmente me gusta –continuó Zach.

—Recién la conoces.

—¿Y qué? Ella vino con su primo, eso es una buena señal –¡Zach estaba enganchado! No podía esperar a contarle a Julia–. Voy a trabajar para ser su acompañante en la próxima fiesta.

—Creo que deberías hacerlo, si te gusta.

—¿Y su hermana? –preguntó Zach–. ¿Con ese ojo y esa actitud? Una debutante jefa total.

*¿Soy una debutante jefa? Gracias, Zach.*

—Lauren piensa que ella está interesada en las chicas –dijo Andrew.

*¿Qué? ¿Esa es la impresión que di?*

—De ninguna manera –respondió Zach. Miré por encima de la barandilla.

—Juega al fútbol –continuó Andrew–. Y conduce un Subaru. Solo digo…

Ahora estaba enojada. Había estado lidiando con este estereotipo toda mi vida. Sí, hay lesbianas en los deportes femeninos, pero practicar deportes no te convierte en una lesbiana. Y de todos modos, ¿qué si lo fuera? Conocía a muchas lesbianas: mi entrenadora, para empezar, y Mariah, una de mis mejores amigas del equipo. *Primero actúa como si nunca nos hubiéramos conocido y no puede esperar para salir de una conversación con una plebeya como yo, ¿y ahora esto?* Andrew Gage era un esnob que necesitaba ser bajado de un escalón o dos.

Empecé a bajar las escaleras: *clomp, clomp, clomp.* Sus

cabezas se levantaron, y supieron que los habían descubierto. Cuando bajé, tomándome mi hermoso tiempo, la pregunta candente estaba en el aire: ¿cuánto había oído?

*Dejémoslos retorcerse,* pensé.

Andrew parecía particularmente incómodo. Bien. *Lo asaré al espiedo con una manzana rellena en su boca.*

–Ey, Megan –dijo Zach–. Le estaba diciendo a Andrew cuánto me gusta tu hermana.

Me detuve en el último escalón y le sonreí maliciosamente.

–¿De verdad? Qué casualidad. Realmente me gusta tu hermana también –caminé paseándome más allá de él, luego le hice un guiño a Andrew con mi buen ojo–. Ella es muy sexy.

Seguí caminando, decidida a no mirar hacia atrás. Detrás de mí, Zach se echó a reír, y estoy bastante segura de que golpeó a Andrew en el brazo.

*¿Qué te parece eso?,* pensé, y la llama que había encendido un mes antes, ahora estaba firmemente apagada. En silencio, le dije adiós a Andrew Gage.

Cuando regresé a la mesa, Julia y Simon estaban comiendo. Hunter me había esperado. Qué dulce, probablemente sería socio algún día.

–Lo siento mucho. Ann Foster me atrapó arriba y no me dejaba ir.

–¿Está todo bien? –preguntó Julia.

–Todo bien. Pero necesito hablar con Abby. Y Hunter –dije, volviéndome hacia él–. ¿Sabes? No fui realmente asaltada.

–¿No fuiste asaltada?

–No. Me golpearon en un partido de fútbol.

–Oh –dijo, ponderando la nueva información–. Pero ¿por qué dijiste eso?

–Porque soy psicótica. Sabía que no éramos buena pareja.

Hunter y yo nos detuvimos junto a la mesa de Abby, donde realicé un acto de penitencia digno de Jesucristo. Les dije la verdad y me disculpé profunda y sinceramente, tanto por la forma en que lucía como por causar una escena. Abby se echó a reír, y todo el mundo se sintió aliviado al saber que no estaba involucrada en un verdadero delito, sino en una confrontación legal. Les dije nuevamente lo maravillosa que estaba la fiesta, y nos fuimos a la línea de bufé.

Llamar a eso bufé era un sacrilegio. Los casinos y las cafeterías tienen bufé. Eso era un festín. Hambrienta, opté por todo. ¿Filete de lomo ahumado? ¡Sí, por favor! ¿Cola de langosta a la parrilla? ¡Por supuesto! Salmón de Alaska. ¡No te olvides de la salsa bernesa! ¿Ensalada de carne? ¡Tocino extra! Los mozos servían, disfrutando de ver a esta chica con un ojo morado cargar su plato. En cambio, Hunter quedó conmocionado, lo cual no es que me hubiera importado. Me detuve para agregar bollos y mantequilla, y observé los sándwiches de helado casero.

Cuando volví a la mesa, vi a Andrew Gage mirándome;

a mí y mi gigantesco plato de comida. No se acercó, no hizo ningún gesto, no dijo nada, solo me miró durante unos buenos diez segundos mientras caminaba. *Tipo raro.*

Durante los siguientes veinte minutos comí ininterrumpidamente mientras Hunter, Julia y Simon mantenían una conversación sin importancia. Después, me sentí mucho mejor. Mis pensamientos flotaron y me di cuenta de que la noche había salido como había temido. No quería estar aquí, no encajaba, y tenía pocas esperanzas de que las cosas mejoraran en un futuro próximo. Tal vez debería tomar la oferta de Ann de retirarme mientras me quedaba un fragmento de dignidad.

–¿Me disculpas, Hunter? Quiero ir a buscar el postre.

–Por supuesto –dijo. Su frente se arrugó ante la idea de mí buscando más comida, pero él permaneció de pie y sonrió galantemente mientras yo marchaba hacia el bufé.

De hecho, mi búsqueda de postre era una artimaña. Yo estaba más que satisfecha, y pasé de largo el bufé hacia las puertas de la galería, y de allí hacia afuera para tomar un poco de aire fresco.

Las noches de Texas en octubre son frescas pero raramente frías, y esa noche se ajustó a su formato. Caminé por la terraza vacía hacia un muro de piedra que contenía el arroyo. Feliz de estar sola me quité los tacones, subí mi vestido, me senté en la pared y dejé mis pies colgar sobre el agua. Tomé varias respiraciones profundas, exhalé, y por primera vez desde el juego, mi cabeza realmente se despejó. Miré fijamente el agua negra abajo, donde la luna blanca y redonda flotaba como un plato de porcelana, y me di cuenta de que realmente habían sido ocho horas llenas de acción.

Desde pequeña, nunca me perdí la oportunidad de hacer saltar rocas en el agua, así que cavé hasta encontrar una piedra plana y la hice saltar, rozando apenas el agua. Uno, dos, tres saltos y un chapoteo. La luna brillaba en las ondulaciones, y mi estado de ánimo se iluminó levemente. Mis dedos buscaron otra roca. También bailó en la oscuridad. Otro chapoteo satisfactorio. Pensé en pedir un deseo.

—Buen brazo.

Asombrada, ya que no había oído ni sentido que alguien se acercara, giré y encontré a un chico parado detrás de mí. Llevaba pantalones color caqui debajo de una chaqueta militar de color verde oscuro repleta de botones del ejército, charreteras y algunas decoraciones en el pecho. Sostenía una gorra bajo el brazo y se encontraba erguido, sin parecer rígido. Era bastante lindo, si a uno le van los cortes rapados y calzado ultra brillante, pero los infantes de marina no son generalmente mi tipo.

—Gracias —respondí, y me volví, preguntándome qué había hecho para atraer su atención.

—¿Te importa si me uno a ti?

—Es un país libre —murmuré—, gracias a usted, capitán.

Se sentó a mi lado.

—Teniente —corrigió señalando su chaqueta—. Una barra. Henry Waterhouse, señorita —dijo formalmente mientras me ofrecía su mano—. Mis amigos me llaman Hank.

–Encantada de conocerte… Hank. Megan McKnight –nos estrechamos la mano y noté su fuerza–. ¿Es un uniforme de verdad, o simplemente te gusta jugar al soldado? –pregunté, indicando la chaqueta de batalla rasgada y los pantalones de sarga a juego.

–Ambos. Este es un verdadero uniforme M44 de la Segunda Guerra Mundial, con la chaqueta Eisenhower –declaró.

–Elegante –dije–. Así que estás en… ¿el ejército?

–Estuve en el Cuerpo de A&M –señaló las medallas en su solapa–. Lo extraño a veces, así que pensé que esta sería una buena oportunidad para lucirlo.

–*Aggie*, ¿eh? –pregunté, sin entusiasmo.

–Pues sí –respondió–. ¿Tú?

–Pony –dije, usando la jerga para la UMS–. La especialización en Historia, pero sobre todo juego al fútbol –descansamos allí, ambos contentos de disfrutar del resplandor de la luna y de un manantial de agua fresca.

–Sabes –dijo, después de un rato–, ese ojo es el tema de la fiesta.

–¿En serio? –respondí–. No me había dado cuenta –esta era una mentira escandalosa, por supuesto, ya que casi todos en la fiesta me habían mirado o señalado.

–Ha causado una buena parte de especulación. Algunos dicen que fuiste asaltada por una pandilla, y otros dicen que fue una pelea callejera con un chico. Una señora me dijo que oyó que fingiste todo y no es más que maquillaje.

–La gente sí que habla.

Él rio y yo estaba sorprendentemente feliz de haberlo hecho reír, casi todo hasta ahora había sido desalentador, y aunque él realmente no era mi tipo, era muy lindo cuando sonreía.

–Entonces, ¿cuál es? –se las arregló para que su tono quedara entre juguetón y curioso.

–Opción "d". Ninguna de las anteriores. Una chica a la que nunca había visto antes me dio un puñetazo en la cara.

–Bueno, eso es grosero. ¿Qué le hiciste?

–Anoté un gol. Y no le gustó.

–Ah. Muchachas duras y sudorosas corriendo por ahí, rompiéndose unas a otras –reflexionó–. Tengo que admitir que es un estimulante más grande que cualquiera de las otras explicaciones que he oído.

–Además, después… todas nos tomamos una ducha juntas –alzó las cejas. *Guau, Megan, acabas de conocer al chico.* Pero no pude evitarlo, las palabras se habían apresurado. Se me ocurrió que Hank Waterhouse consiguió aflorar el coqueteo en mí.

Él sonrió y nos sentamos uno junto al otro en un silencio cómodo.

–Entonces, ¿eres debutante o de la familia? –preguntó.

–Ambos. Abby es mi prima, y mi hermana Julia y yo también somos debutantes.

–Bueno, claramente eres una luchadora. Creo que lo lograrás –dijo.

–Aprecio el voto de confianza –respondí. Pensé en decirle cuán frágil era mi posición en el asunto del debut en este momento, pero pensé que estropearía el momento–. ¿Qué hay de ti?

–Oh, ya sabes, en casa de permiso –murmuró–. Mi compañía está a punto de partir a Alemania, a salvar al mundo de los nazis y demás. Tengo la esperanza de encontrarme con una chica simpática que se apiade de mí, y tal vez me dé su foto. No quiero morir virgen –dijo él. Yo me quebré. Tenía una mirada tan abierta y honesta, tan decente, que no había esperado nada tan astuto y francamente gracioso. Miré más de cerca y noté que sus ojos grises estaban llenos de humor e inteligencia.

–Bueno, soy patriota –dije un momento más tarde–, pero es un pedido bastante adelantado, teniente, ya que acabamos de conocernos.

–Tienes razón. ¿Qué tal si empezamos con un baile? –preguntó.

–¿Realmente vas a bailar con una bravucona como yo? Podría bajar tu reputación.

–Me arriesgaré.

–Entonces acepto.

Se puso de pie, luego me ayudó a levantarme. Me puse los zapatos y volvimos a cruzar la galería. Él sostuvo la puerta para mí y, mientras pasaba por ella, me choqué con Andrew Gage.

–Oh, disculpa –dijo.

–Está bien –respondí, y nos miramos a los ojos.

–Realmente quería hablar contigo, Megan.

–Ok –¿qué tendría para decirme el joven maestro Gage?

–Solo quería decirte que… –se detuvo cuando vio a Hank entrar. Él se detuvo también. Claramente se conocían, y no de buena manera. Sus mandíbulas apretadas se batieron a duelo justo allí, en la puerta. *¿Qué demonios?*

–Ehm, Andrew, este es Hank…

Pero Andrew se dio la vuelta y se alejó antes de que yo pudiera terminar, sin más palabras ni explicaciones.

–Oh, lo siento –le dije a Hank–. No tengo ni idea de qué fue eso.

–Está bien –respondió.

–Honestamente, acabo de conocer al chico y, bueno, él es un poco idiota.

–Lo sé –dijo Hank–. Fuimos amigos por un tiempo, pero ya no.

–Eres afortunado.

–¿Todavía quieres bailar? –preguntó Hank.

–Claro.

Tomó mi brazo y, una vez en la pista de baile, me sostuvo una mano y colocó la otra en la parte baja de mi espalda. De pie frente a mí, mirando hacia abajo con sus ojos grises, parecía más alto, y de repente muy guapo. Sentí una pequeña oleada pasar entre nuestras manos mientras la banda empezaba a tocar "What a Wonderful World", y nos deslizamos fácilmente con la canción lenta y romántica. Mientras nos movíamos en un arco suave, quedé impresionada por los pasos graciosos y meticulosos de Hank y, en contraste con las bromas de Hunter, parecía contento de no hablar.

Yo zigzagueaba entre disfrutar bailando cerca de Hank y la curiosidad persistente sobre la escena entre él y Andrew. Andrew me había estado buscando: ¿por qué? Y la expresión de su rostro cuando se dio cuenta de que estaba con Hank, era casi... protectora. Parecía que quería golpearlo antes de irse. Pensé en preguntarle a Hank, pero sabía que iba a romper el encanto.

—Me encanta esta canción —dijo Hank, interrumpiendo mi dilema.

Así que él era guapo, divertido, un fantástico bailarín y ¿un romántico también? *Suerte para mí.*

—A mí también —respondí suavemente, y le sonreí. Cerré los ojos y escuché la música. Me aferré a Hank y dejé que mis pies fueran adondequiera que él los condujera. Los pensamientos sobre Andrew Gage se deslizaban como hojas frágiles de otoño en un viento fuerte.

○ ✗ ✗

Julia y yo dormimos en nuestras antiguas habitaciones en la hacienda esa noche. Justo cuando apagué la luz, ella se pasó a la cama conmigo. Sabía que quería hablar de Zach, pero nunca fue abierta sobre sus sentimientos, ni siquiera conmigo. Afortunadamente, yo tenía la herramienta que necesitaba.

—He oído que Zach hablaba de ti.

—¿De veras? —preguntó. Yo asentí, y ella esperó expectante.

–Le estaba diciendo a Andrew Gage lo maravillosa que eras, y lo mucho que le gustabas…

–¡Él no estaba diciendo eso!

–Sí que lo estaba diciendo –le aseguré–. Entonces… ¿te gusta?

–Por supuesto –dijo ella–. Es gracioso y lindo, y ese mechón de cabello que tiene…

–Bueno, él va a pedirte ser tu escolta para el próximo baile –mirándola, podía decir que la esperanza floreció, pero Julia siempre mantuvo sus emociones a resguardo.

–Ya veremos –dijo finalmente.

Pasó un momento.

–¿Qué hay de ti? –preguntó ella, cambiando de tema sin mucha sutileza–. ¿Alguna expectativa?

–Hmm –dije–. La noche comenzó escabrosa con el aburrido lame botas y busca esposa, y luego empeoró con los insultos desagradables de la hija de la primera familia de los Estados Unidos.

Julia frunció el ceño ante mi infeliz relato. Yo le sonreí.

–Pero terminó con un guapo e intrigante joven oficial de uniforme.

–Eso no suena mal –dijo Julia.

No estaba nada mal. Por primera vez desde que descubrí mi nombre y mi imagen encuadrados en *The Dallas Morning News*, pensé: *todo esto de ser debutante puede no ser una completa pérdida de tiempo, después de todo.*

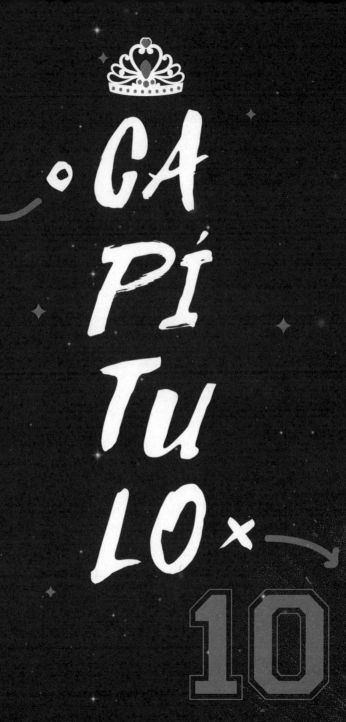

CAPÍTULO

10

## En el que Megan casi lanza sus galletas

*ua-juu-gah!* El sonido del claxon de un viejo automóvil me despertó con un sobresalto.

–Megan.

–¿Qué? –dije somnolienta.

–¡Es tu teléfono!

Estaba acurrucada en mi cama bajo un edredón de plumas. Julia yacía a mi lado, con la cabeza apoyada en su mano.

–Déjame en paz –le dije.

*¡Gua-juu-gah!*

–¿No vas a ver quién es? –preguntó ella, claramente descontenta de que el sonido la hubiera despertado. Mi teléfono estaba al otro lado de la habitación en una silla, muy lejos.

–No.

–¿Eres realmente mi hermana? –se acomodó de nuevo y giró. Esto de no contestar ponía loca a Julia y era un punto de disputa entre nosotras, ya que los textos y los llamados que

146

ella me enviaba a menudo quedaban sin respuesta durante horas, incluso días. Al igual que la mayoría de las chicas, Julia estaba umbilicalmente unida a su teléfono, y no leer y responder un mensaje inmediatamente era inconsistente con la vida tal como ella la conocía.

Pero tenía sed. Me senté muy despacio, tratando mi cabeza como un raro huevo Fabergé. Me dolía, y mi labio estaba tan grande como un *croissant*, pero estaba viva. Me paré, me arrastré al baño y bebí un vaso de agua.

En mi camino de regreso, me incliné cuidadosamente y recuperé mi teléfono.

–Es de Hank –dije, sentada en la cama.

–¿Quién?

–El *Aggie*, infante de marina.

–¿De verdad? –Julia se incorporó, intrigada–. ¿Qué dice?

–"Tengo un problema" –leí el mensaje en el teléfono en voz alta–. Apuros con el coche, apuesto.

Julia suspiró audiblemente, como si yo fuera un pájaro dodo trabajando en un problema de matemáticas en la arena.

–Megan, no te está mandando mensajes de texto a las nueve de la mañana por un problema con el auto.

–¿No? Entonces, ¿qué pasa?

–Pregúntale.

–No sé cómo –gimoteé.

–¿En serio? –preguntó. Yo asentí.

–Ya sabes que soy una tonta en esto –le ofrecí el teléfono y ella lo tomó.

Miré por encima de su hombro mientras ella escribía rápidamente:

> Oh no, ¿qué sucede?

Luego presionó "enviar". *Guuush*, se fue. Esperamos, y en un momento pudimos ver que Hank estaba escribiendo. *¡Gua-juu-gah!*

> No puedo dejar de pensar en ti.

—Oh —dijo Julia, mostrándome el teléfono. Lo tomé, y leí y releí el mensaje. Julia me sonrió y yo le devolví la sonrisa. *¡Gua-juu-gah!*, en efecto.

Volvió a escribir:

> ¿Cómo está tu cabeza?

—Muy bien, entonces contesta —ordenó Julia. Escribí "Bien", y se lo mostré a Julia.

—Oh, Dios mío, Megan, no tienes arreglo.

—Entonces, ¿qué debo responder? —ella suspiró por segunda vez.

—Sé juguetona.

—¿Cómo se es juguetona con *esto*? —pregunté, indicando mi rostro. Ella pensó por un momento.

—De acuerdo, dile: *Estoy mejor de lo que esperaba. Pero mi labio está muy delicado.*

Mi mirada lo dijo todo.

–No voy a escribir eso.

–¿Quieres coquetear, ¿verdad? –preguntó.

–Sí, pero ¿no crees que eso es ir demasiado… avanzado? –motivo para otro de sus suspiros.

–Si no me equivoco, *avanzar* es lo que estás intentando hacer, Megan.

–Está bien, está bien –escribí lo que me había sugerido. Comprobé con Julia una última vez, luego presioné enviar.

–Ahora ¿qué?

–Espera a ver si responde.

En el cuarto de baño me cepillé los dientes, ansiosa por borrar la película dejada la noche anterior. Yo no era muy bebedora, y nunca tomaba drogas, y juré esa mañana que sería más cautelosa en el futuro. Su siguiente mensaje llegó mientras estaba enjuagando mi boca, y me sorprendí corriendo de regreso para ver lo que había escrito.

Labios delicados... me gusta cómo suena eso.

–¡Julia, eres una genia! ¿Ahora qué? ¿Más sobre los labios?

–Sí, pero no en tono romántico –dijo Julia–. Cambia el tema.

–¿Cómo?

Ella se quedó pensativa. Esperé. Me miró el labio.

–¿Qué te parece: *Confía en mí, es el tipo incorrecto de delicadez*?

–¡Eres tan buena en esto! –exclamé, escribiendo rápidamente. Envié el mensaje y la miré.

–Ahora, antes de que te responda, hazle una pregunta. Algo básico, como: *¿Qué estás haciendo?*

Escribí con alegría y presioné "enviar".

```
Estoy en la oficina, trabajando :(
```

–Pregúntale lo que lleva puesto –dijo Julia.

–¿Estás segura?

–Megan, está en la oficina. Está completamente vestido, y saber lo que lleva te dará una idea de qué tipo de hombre es. Además, obtienes puntos por condimentar tu mensaje con una pregunta inofensiva pero semi-sexy.

–Guau –dije. Escribí:

```
¿Qué llevas puesto?
```

```
Un traje.
```

```
¿Color?
```

```
Gris.
```

```
¿Corbata?
```

–¿Por qué me preocupo por esto? –le pregunté a Julia, después de enviarlo.

–Solo confía en mí, ¿de acuerdo? –respondió. *¡Gua-juu-gah!*

Carmesí.

Muy profesional. Estoy segura de
que te ves muy guapo.

¡Ven a verme! Estoy en la deplorable
oficina de ejecutivos junior.

–¡Quiere que vaya a verlo!

–No puedes ir –dijo Julia enfáticamente. Dejé de escribir.

–¿No puedo? –ella negó con la cabeza.

–Es demasiado pronto, y tu labio se ve terrible. Y decir "no" será una provocación, y por lo tanto, un perfecto coqueteo.

–No tengo ni idea de lo que estás hablando –le dije, pero obedientemente escribí.

No puedo. Mucha tarea :(

Pero ¡quiero verte!

¡Tendrás que esperar!

:( ¿Tienes una cita para
el picnic del próximo sábado?

–Bingo –dijo Julia.

–Eso fue mágico –estaba genuinamente impresionada–. Eres una maestra titiritera.

–No es ciencia espacial, Megan.

–Tal vez para ti, pero yo no entiendo nada de esto.

–No hay nada que entender. Solo tienes que actuar interesada, darle algunas pistas de vez en cuando. Ya sabes, que sepa que está en el camino correcto.

–¿No puedo decirle que está en el camino correcto?

–No.

–¿Darle un pulgar hacia arriba?

–¡No! ¡Megan!

–¿Por qué no?

–Porque esa no es la forma en que se juega este juego. Tienes que… Oh Dios, no lo sé. Solo sonríele, juega con su cabello, muérdete los labios, lo que sea. Y responde a sus mensajes cuando él te los envíe, y escríbele tú de vez en cuando, cuando él no lo haga, pero no respondas con demasiada rapidez, y no estés de acuerdo con él demasiado fácilmente, en especial al principio. Provócalo, y como hoy, no puedes verlo, aunque puedas, pero acuerdas en verlo el próximo fin de semana, así tiene algo que esperar, y por lo tanto pensará en ti toda la semana.

–Así que… ¿a pesar de que estoy interesada, y él está interesado, no debo decirle directamente que estoy interesada, pero debo actuar un poco interesada y esperar que él sepa que estoy interesada por responderle mensajes hoy, pero no estoy de acuerdo en verlo hasta la próxima semana?

–¡Exactamente!

–No puedo hacer esto.

–¡Ya lo hiciste!

–No, tú lo hiciste. ¿Y si no estás allí?

–Estaré. Pero tienes que hacer algo de esfuerzo, porque si no lo haces, sabes lo que sucederá: dejará de intentarlo y se irá.

No me gustó cómo sonaba eso. Julia se puso de pie.

–¿A dónde vas?

–Por un poco de café.

–Pero todavía no le he contestado.

–Ok. ¿Qué fue lo último?

–Que si tengo una cita para el picnic del próximo sábado.

> Aún no.

La tienes ahora. Te recogeré a las 2.

> :)

¿Dirección?

> En el gran estadio de Mockingbird.
> No te puedes perder.

¡Nos vemos entonces!

> :)

Después de que Julia se marchara, me senté en mi cama. Con su ayuda, de repente tenía una cita para la semana siguiente con un chico muy lindo que me gustaba y que parecía gustarle. Un chico que ayer por la noche me había visto en mi peor momento, con un rostro después de una pelea de jaula, y que a la mañana siguiente me envió un mensaje de texto.

Mientras digería todo lo que había sucedido en las últimas veinticuatro horas, el encuentro en las escaleras con Andrew Gage todavía ardía. Ahora deseaba haber dicho algo mejor pensado y más a favor de una causa, algo así como: "¿Cómo te atreves a actuar como si ser lesbiana sea algo de lo que avergonzarse? Conozco a muchas lesbianas, y son grandes personas, no como tú, ¡mezquino y prejuicioso! Y déjame decirte algo más: los Subaru son coches muy confiables".

Me sonreí a mí misma, feliz de discutir con él una vez más, aunque solo fuera en mi mente. Y luego, en un instante, me di cuenta de cómo conocía a Sydney, la incómoda debutante del té de orientación. Había salido con Mariah el año pasado: ella venía a todos los juegos, salían, incluso las había visto estar juntas una vez. Rompieron en algún momento el año pasado, y yo no la había visto desde entonces, pero definitivamente era ella.

No era de extrañar que se hubiera puesto nerviosa cuando me vio. Una debutante lesbiana… estaba bastante segura de que los dinosaurios del Bluebonnet Club no estarían de acuerdo con eso.

## o X X

–Solo café –dije. Mamá me sirvió mientras me sentaba a la mesa. Junto a mí, Julia comía un plato de cereales mientras papá leía las noticias deportivas en su iPad.

–Hay huevos, tocino, fruta, bagels –ofreció mamá.

–No tengo hambre, gracias –ella dejó pasar la inusual respuesta sin hacer comentarios, pero Julia miró hacia arriba.

–¿Qué? –susurré.

–Nada –dijo, y enterró su sonrisa en su cuchara.

Me hizo pensar… ¿por qué no tenía hambre? Probablemente porque me dolía la cabeza, tuve al menos una leve conmoción cerebral, y bebí mucho más anoche que lo habitual, y además tomé la medicación para el dolor. Y esta mañana he coqueteado durante media hora con un chico lindo que parecía gustarle. Era mucho para digerir sin agregar comida real.

–Megan, tenemos que hablar –dijo mamá, sentada a mi lado.

–Seguro, ¿qué pasa?

–Anoche fue… un desastre.

–¡¿Qué?!

–Me has humillado, Megan. Públicamente, frente a un grupo de personas que conozco de toda mi vida, que no te han visto desde que eras una niña, que te vieron allí luciendo… como si hubieras estado en algún tipo de *pelea de bar.*

Sin palabras, mi boca se abrió. En mi versión de los

acontecimientos, yo era la heroína. Anoté el gol de la victoria, superé una lesión en la cabeza, y logré charlar y bailar en la fiesta de debut de mi prima.

Deseaba que Margot estuviera aquí para amortiguar la conversación entre mi mamá y yo.

—Ahora, cuando todo esto empezó —continuó mamá—, te pedí que renunciaras al fútbol para esta temporada, y bajo presión —entonces miró a papá, quien no levantó la vista—, estuve de acuerdo en que hicieras ambas cosas. Si ayer demostró algo, resultó ser que era un error.

—Mamá, no voy a renunciar al fútbol. Voy a dejar el debut —dije—. Con mucho gusto.

—Megan, sé realista. Es demasiado, y estamos gastando una fortuna para que ustedes tengan lo mejor, y…

—¡No te pedí que lo hicieras! —casi grité. Julia, que odiaba el conflicto, recogió su cereal y se fue a la sala de estar. Antes de que mamá pudiera volver a hablar, sonó el teléfono. Lo cogió sin contestar, miró el número y luego le extendió el teléfono a papá.

—¿Quién es?

—Sam Lanham, por la oferta.

—Dile que vuelva a llamar —dijo papá, y volvió a las noticias.

—No, Angus, se lo dices tú —el tono de mamá tenía cierto enojo real ahora. Papá la miró.

—Es domingo por la mañana, Lucy, no estoy…

—Puesto que no le devuelves los llamados, probablemente piensa que es el único momento en el que te encontrará.

El teléfono sonó por tercera vez. Uno más, y se dirigiría al correo de voz.

—No atenderé —dijo papá con firmeza. Mirando directamente hacia él, mamá contestó la llamada.

—¿Hola? Sí. Bien, Sam, gracias, ¿cómo estás? —una pausa. Papá estaba mirando a mamá con puñales en los ojos, pero a ella no le importaba nada—. Sí, aquí está. Espera un momento, ¿quieres?

Ella le pasó el teléfono a papá, quien hizo una mueca.

—Hola —se levantó y caminó hacia el pasillo—. Muy bien, Sam, gracias. Claro.

Mamá se volvió hacia mí. La riña de mis padres me había dado tiempo para planear mi siguiente movimiento.

—Ann Foster no me pidió que dejara el fútbol.

—¿Has hablado con ella?

—Por supuesto. Ella estuvo de acuerdo en que esto era... desafortunado. Pero piensa que el fútbol me hace completa.

—¿De veras?

—Ajá.

Oí una serie de murmullos, el ocasional "Sí" o "Entiendo" y luego un final "Lo haré, lo haré", antes de que papá colgara.

Como mamá había escogido pelear una guerra en dos frentes esta mañana, se volvió hacia papá, quien le devolvió el teléfono.

—Bueno, ¿qué dijo?

—Justo lo que pensaba —respondió. Mamá esperó con impaciencia los detalles.

Él caminó hacia la ventana de la cocina, que ofrecía una magnífica vista de Aberdeen al oeste. Miró hacia fuera.

–Así es, Lucy, por una pila de dinero en efectivo, XT Energy pondrá felizmente sus pozos y tuberías, bombeará arena y agua y lo destrozará todo. ¿Es eso lo que quieres?

–No, claro que no. Nadie quiere ver la tierra de nuestra familia destruida –dijo apresuradamente–. Pero estamos atrapados. Ya vendes pequeñas parcelas de tierra cada vez...

–¡Pequeñas parcelas! ¡No todo el terreno! ¡Y no a los buitres!

–Estoy cansada de esto, Angus. Este ciclo me está desgastando. Los gastos de alimentos entran, vendemos doce hectáreas; se debe la matrícula, vendemos un poco más; no podemos cumplir con la nómina...

–¡Lo entiendo! –interrumpió. Ahora mamá estaba llorando, y la mandíbula de papá se había tensado.

–No puedo seguir viviendo de esta manera –dijo mamá entre sollozos.

–No voy a aceptar el trato. No *vamos* a aceptarlo. Y saber que está ahí solo lo hace peor.

–Bueno, lamento que te sientas así –respondió mamá.

–Bueno, lamento que hayas respondido el teléfono –papá se marchó sin decir nada más.

Repugnada por lo que acababa de ver, tomé mi café y subí las escaleras. Mis padres *nunca* pelearon así; tuvieron peleas, seguro, pero esto era algo nuevo.

Recordé que mi padre me había pedido en el granero que "hiciera este debut", diciéndome lo mucho que significaba para mamá, y cuando le pregunté por qué, su respuesta críptica fue: "No tienes idea". Desde que Julia y yo nos fuimos a la universidad, mamá definitivamente parecía malhumorada, pero yo no sabía lo infeliz que era. Estaban peleando como nunca antes, y me preocupaba que su matrimonio fuera un verdadero problema.

Anoche, Ann había dejado en claro que a falta de un milagro, en una semana estaba fuera. Pero papá dependía de mí. Cuando me había pedido que lo hiciera por él, en realidad se refería a *ellos*.

Tomé un sorbo de café, y mi estómago se estrujó.

*Tenía* que hacer que esto funcionara.

# CAPÍTULO

## 11

## En el que Megan hace un pase largo

El problema con el plan brillante de Julia de hacer esperar a Hank una semana para verme era que yo también tenía que esperar una semana para verlo. Y no soy buena esperando, soy más de la gratificación instantánea. Afortunadamente, fue en una semana muy ocupada: tuve dos exámenes, entrenamientos matutinos y prácticas, un juego el miércoles por la tarde, y si bien las clases de baile habían terminado, la Temporada de Debut había comenzado oficialmente y los eventos estaban alineados como aviones en el horizonte acercándose al aeropuerto de Dallas. El lunes, la Liga Juvenil organizó un almuerzo en Brookline, y apenas puede volver con el tiempo justo para ir a la práctica. El martes, el Petroleum Club celebró una cena en Renaissance Tower, lo que significaba que ahora me había perdido seis noches de ver la televisión con Cat. Y el jueves, la Iglesia Presbiterana de Highland Park celebró una tarde "social", y quiero decir realmente social. La iglesia tenía tres mil miembros. Mi mano derecha se sentía ampollada de saludar a tanta gente nueva, y me dolían las mejillas de sonreír sin parar durante tres horas.

Peor aun, mi semana para "sorprender" a Ann Foster estaba a un día de terminar, y todavía tenía que pensar en una idea decente. Me pregunté si aceptaría una vaca como soborno… pensé que, dadas las circunstancias, papá me dejaría tomar una, y la entrega de una vaca viva a su puerta tenía que calificar como una sorpresa, aunque quizás no el tipo que impresionaría a Ann. Desesperada y exhausta, a medianoche del jueves Julia y yo leímos de arriba abajo mi biblia de debutante, pero no pudimos encontrar nada útil. Estaba condenada.

Y luego, en la página 16, enterrada en los detalles, Julia encontró la respuesta: "Etiqueta y decoro para jóvenes señoritas", con Ann Foster.

–¿Clase de comportamiento? –pregunté mirándola–. Me dijo *sorpréndeme.*

–Y es lo que vas a hacer, estás mostrando buena voluntad e iniciativa –asintió Julia–. ¿Y cómo puede echarte del Debut si eres *su* estudiante?

Me quedé impresionada. Esto era una pelea de judo de la alta sociedad en su mejor expresión.

–Comienza mañana por la tarde –comenté, después de buscarlo en línea.

–Perfecto, justo a tiempo –respondió Julia.

Así que a las 2:30 de la tarde del viernes me paré en el

medio de nuestro apartamento llevando puesto solo un sostén de seda e interiores, contemplando lo que debería vestir para la clase de "Etiqueta y decoro para jóvenes señoritas". Julia y yo teníamos tantas opciones de vestimenta, junto con las instrucciones de mamá y de mi manual de debutante de nunca, *nunca* usar lo mismo dos veces, por lo que habíamos transformado nuestra sala de estar en un gran armario. Habíamos empujado el sofá contra la pared, quitado la mesa de café e instalado dos bastidores: uno "por usar" y otro "ya usado", cada uno marcado por la mitad con la etiqueta "J" y la otra mitad con una "M". Había cajas, cada una con una foto pegada al exterior del zapato que contenía, porque Julia era obsesiva sobre este tipo de cosas. Bolsos de mano, bufandas y diversos accesorios colgaban de un estante para sombreros hecho de cedro nativo y de los cuernos de bueyes que habíamos traído del rancho.

Pensé en el estante de lo apenas "ya usado". Calculé el costo de la primera semana solamente y decidí que alimentaría a una familia de cuatro en Kansas durante un año, y que incluso podrían comprar en tiendas de primera calidad. En países en desarrollo alimentaría a toda una aldea, y a su ganado también.

Disgustada, me concentré en qué ponerme para sorprender a Ann Foster y elegí la armadura completa: un top de Calvin Klein de lana Merino, una falda de seda mocha que terminaba decididamente por debajo de la rodilla, y unos zapatos de color negro mate con tacones conservadores de cinco centímetros. Acentué el recatado conjunto con los aretes de diamantes de Julia y una cadena de perlas de agua dulce que había heredado en mi cumpleaños número dieciséis. *Todo excepto un chaleco a prueba de balas,* pensé.

Después, trabajé en mi rostro. La hinchazón alrededor de mi ojo prácticamente había desaparecido, y para enmascarar los magullones latentes, ahora delicados tonos de verde y amarillo, me puse una capa de base y esparcí un poco de maquillaje. Me peiné el cabello hacia atrás y hacia arriba, y apenas le coloqué una delgada capa de gel; luego le di una segunda mano de lápiz labial rojizo a mi labio agrietado, coloqué un poco de rímel en mis ojos y me perfumé con Jo Malone Vanilla & Anise. Unas amplias gafas de sol de Prada proporcionaron el toque final. Me miré al espejo. *Perfecta,* pensé.

Llegué al Hotel Crescent exactamente a las 3:45 p.m., fresca, radiante, y quince minutos antes. Le sonreí al hombre de la puerta, y pasé por el vestíbulo a la recepción del conserje.

–¿Puedo ayudarla? –preguntó.

–Sí, hola, estoy aquí para la clase de etiqueta para jóvenes.

La mujer hizo una pausa, parecía a punto de decir algo, luego cambió de opinión.

–¿Hay algo mal? –pregunté–. ¿Ha sido cancelada?

–No, no –dijo–. La encontrará en la Sala Burdeos. Pase por delante de la recepción y luego por el pasillo hasta el final.

–Gracias.

–No es nada.

¿La Sala Burdeos? ¿Qué pasaba con todas las habitaciones de lujo en estos lugares? El complejo de Crescent fue construido con un tema parisino, grandes bloques de hormigón gris con mansardas de tejas de pizarra, así que supongo que tomaron la cosa francesa en serio. Mientras caminaba por el pasillo me reí conmigo misma. *Si yo hubiera preguntado por el baño, me habría dirigido a la Salle de Poo Poo.*

○ ✗ ✗

Fuera de la Sala Burdeos me alisé la falda, revisé que mi jersey no tuviera ni una pelusa y miré mi reloj. Era temprano, y estaba vestida impecablemente, por lo que abrí esa puerta con confianza, ni una gota de sudor en mí.

–Hola –dijo una niña, de pie y sonriendo, alisando su vestido como yo lo había hecho afuera. Tenía una pila de rizos rubios y llevaba un vestido de seda roja con rosas, pantimedias blancas y unos zapatos Mary Jane negros y brillantes. *No puede tener más de diez años,* pensé, y todos mis planes para sorprender a Ann y salvar mi pellejo se estrellaron a mi alrededor. Claramente había entendido mal la definición de "jóvenes señoritas".

–Hola –respondí.

–¡Yo soy Carli! –me tendió su mano. Sonreí para ocultar mi pánico y nos estrechamos la mano.

–Soy Megan, Megan McKnight.

–Es un placer conocerte –dijo Carli con cortesía.

–Es un placer conocerte también.

Otra muchacha, de una edad similar, sonreía ansiosa. Llevaba un vestido blanco brillante con una enagua de encaje y brillantes sandalias blancas adornadas con Diamelas.

–Soy Hannah. Un placer conocerte.

–Megan McKnight. Un placer conocerte a ti también, Hannah –respondí, y nos estrechamos las manos con recato. Había tres más: Isabelle, Jayla y Paige.

–¿Eres la maestra? –preguntó Carli.

–No, no soy la maestra –volví a mirar hacia la puerta, pensando que aún había tiempo para partir antes de que Ann llegara. Iba a pensar que yo era la persona más tonta que había conocido si no salía en ese momento.

–Entonces ¿estás aquí para la clase? –Carli continuó presionando.

–Um, bueno…

–¿Estás haciendo el curso para niñas? –Carli no podía detener sus preguntas.

–No, estoy haciendo mi debut.

–¿De verdad? –preguntó Hannah–. ¿En la sinfónica?

–No, estoy en Bluebonnet.

Todas las chicas me miraron boquiabiertas.

–¿De veras? –preguntó Paige, admirada.

Algo sorprendida de que supieran la diferencia, asentí. Esta era la gran división en Dallas en lo referente a debuts. El debut de la Orquesta Sinfónica de Dallas era una temporada mucho más corta, mucho más económica y más de solicitud que de invitación, mientras que el debut de Bluebonnet era conocido como "El Debut".

–¿Cómo te eligieron? –preguntó Carli, agonizante. Dijo la palabra *eligieron* casi como alguien se referiría a Jesús.

–Bueno, mi mamá debutó, y también lo hicieron mis abuelas, una tía y mi bisabuela. Mi familia ha sido parte de esta tradición durante mucho, mucho tiempo.

–Genial –dijo Hannah.

–¿Así que están haciendo el curso para niñas? –pregunté. Todas las chicas asintieron.

–Mi hermana Julia lo hizo –de hecho, probablemente Lauren y las dos Ashley, y todas las otras debutantes, excepto yo, habían hecho el curso para niñas. Tenía que admitir que las fotos eran las más tiernas; todas las chicas con vestidos blancos bailando con chicos en esmoquin, tan deliciosamente incómodas. La mitad de las chicas eran más altas que los chicos.

–¿Hizo su debut también? –preguntó Carli.

–Lo haremos juntas este año, somos mellizas.

–¿Ambas fueron elegidas? –preguntó Paige. Asentí.

–Tu familia debe ser importante –dijo Jayla.

–Bueno, llevamos mucho tiempo en Texas.

–¿Qué le pasó a tu ojo? –preguntó Carli. Ella había estado mirando mi rostro.

–Juego fútbol para la UMS, y una chica me golpeó en un juego la semana pasada.

–¿También juegas fútbol universitario? –preguntó Isabelle. Al parecer, yo era la persona más genial en la Tierra, y me dio un estremecimiento de orgullo y confianza. Por lo menos había impresionado a alguien, aunque fuera un grupo de preadolescentes.

–¡Yo también juego al fútbol! –dijo Isabelle.

–Yo también –añadió Carli–. ¿Te *encanta* Alex Morgan? –miró el techo mientras decía su nombre: Alex Morgan era una religión entre las niñas.

–Sí. Es genial –dije.

–Quiero ser como ella –comentó Isabelle con un rastro de vacilación.

–Trabaja duro –le aconsejé.

Revisé mi reloj. Un minuto para las cuatro. Empecé a caminar hacia la puerta, pero antes de que pudiera moverme, esta se abrió y Ann Foster entró. Ella vio a las niñas primero y luego su mirada cayó sobre mí. Se detuvo en seco.

–Señorita McKnight. ¿Qué está haciendo aquí?

Había estado planeando correr de allí. Esa clase claramente no era para mí, y no tenía intención de parecer más tonta ante Ann, pero la mirada en su rostro en ese momento era *la mirada* que necesitaba: un delicioso remolino de sorpresa y asombro. Jugué mis fichas en ese momento.

–¡Sorpresa! –dije, improvisando un poco. Rápidamente se recompuso.

–Qué amable de su parte unirse a nosotras –dijo ella formalmente, y se volvió hacia las chicas–. Buenas tardes, señoritas. Comencemos con las presentaciones. A la señorita McKnight ya la conozco.

La vi presentarse con cada una de las chicas: primero Hannah, luego Carli, Isabelle, Jayla y Paige. Ella lo estaba ocultando bien, pero definitivamente la había sorprendido, y me encantó.

–Ahora, ¿quién puede decirme qué significa la palabra conducta? –preguntó Ann.

–Mmm, significa cómo actúas –ofreció Jayla.

–Muy bien. Y más aun, cómo vamos por la vida, la imagen que proyectamos al mundo a través de nuestro porte y comportamiento. La conducta adecuada se puede resumir en una palabra: equilibrio.

Y luego nos miró.

–*Equilibrio* para los franceses significa pesar. Significa un estado de balance, o armonía, como dos cosas de igual peso. Piensen en una balanza –dijo. Extendió las manos tomando la forma de una báscula–. El equilibrio se caracteriza por compostura, estabilidad y constancia, pero no confundan esto con una falta de esfuerzo. No somos flojas o perezosas cuando estamos preparadas. Más bien, estamos en equilibrio, en perfecto control de nuestras emociones y nuestras acciones, nuestros pensamientos y especialmente nuestros cuerpos. Imaginen a una bailarina –Ann se paró en una pierna y dejó que la otra se levantara sin esfuerzo detrás de ella. Ahora estaba segura de que había sido bailarina–. Cuando se pone de pie en una de sus piernas y mantiene esa postura, decimos que está en *equilibrio*. Pero inténtenlo y encontrarán que se necesita el máximo esfuerzo para permanecer así, y mantener tu expresión tranquila y no vacilar es aun más difícil –ella regresó a ambos pies–. Este talento no es fácil, es el resultado de un trabajo duro y largas horas de práctica. Tal equilibrio es un músculo que debe ser ejercitado. Y ese es el propósito de la clase de conducta: ejercitar el equilibrio en todas sus variaciones hasta que hayan construido la confianza para llevar esa compostura en el mundo.

Mis mundos habían chocado oficialmente. El sermón de Ann sobre el equilibrio bien podría haber sido dado por la entrenadora Nash, si le agregaba un traje deportivo y escupir ocasionalmente. La entrenadora nos enseñaba acerca de compostura prácticamente todos los días. En un juego solo teníamos un milisegundo para hacer jugadas decisivas, por lo que el éxito exigía el máximo equilibrio y control absoluto, sin importar las circunstancias. Independientemente de la fatiga o lesión, cuando el momento se presentaba se tenía que estar preparado para ello. La entrenadora había dejado en claro que mi gol errado al final del juego contra la Universidad de Oklahoma había demostrado una trágica falta de equilibrio, no muy diferente a mi llegada tardía y el vestido rasgado en el primer té.

–Hoy, sin embargo, nos enfocaremos en lo básico. Por favor, pónganse de pie delante de sus sillas –lo hicimos.

»La mayoría de la gente cree que una buena postura implica tirar de los hombros hacia atrás y levantar la cabeza, lo cual es cierto. Pero eso comienza desde los pies y fluye a través de sus caderas. Ahora quiero que todas estén de pie con los pies firmemente debajo de ustedes, justo debajo de sus caderas.

Nos pusimos de pie y revisamos nuestros pies. Ann hizo pequeños ajustes.

—Bien. Ahora giren su pie izquierdo ligeramente. Y aquí viene una idea muy importante: nuestros hombros no están *atrás* porque los mantenemos allí con nuestros músculos; nuestros hombros están naturalmente hacia atrás y nuestra cabeza se sienta encima de ellos cuando nuestra columna está correctamente colocada en nuestras caderas. Así que ahora, quiero que dejen que su columna se hunda en ellas, y eso permitirá esa suave curva en la parte baja de su espalda. ¿Pueden sentir eso?

Todas asentimos. Como persona desgarbada esto era incómodo, pero cuando lo hice, de inmediato sentí mis hombros retirarse cómodamente y mi trasero naturalmente apareció detrás de mí. *¿Quién hubiera adivinado? ¡Apuesto a que se ve bien desde atrás!*

—Ahora, con los pies firmemente debajo de ustedes y su columna alineada, quiero que se imaginen que su cabeza es un globo lleno de helio. Se levanta sin esfuerzo, como en una cuerda, y se mantiene flotando.

Respiré profundamente e imaginé que mi cabeza estaba llena de helio. Para mi sorpresa, mi cabeza hizo exactamente lo que se suponía que debía hacer: se levantó ligeramente y flotó.

—Bien. Ahora, respiren desde su estómago y continúen de pie.

Seguro. Me paré y respiré, como lo hicieron todas las chicas. Diez segundos. Quince. Ann no se movió.

Treinta segundos. Cuarenta y cinco.

–Hannah, tu barbilla está cayendo –dijo, y la niña levantó su barbilla–. Eso es un minuto. Vamos a esperar cinco minutos.

Corría durante horas, levantaba pesas, montaba mi bicicleta por todas partes, ¿y ahora esta fulana me estaba amenazando *con estar de pie* durante cinco minutos? ¡Hagámoslo!

Pero ocurrió algo extraño. Antes de que hubieran pasado dos minutos, mis piernas comenzaron a doler y sentía comezón en lugares que no sabía que tenía. A los tres minutos, estaba gritando dentro de mi cabeza, y las niñas sudaban. *Esto es ridículo,* pensé. *No puede ser tan difícil aguantar cinco minutos.* A los cuatro minutos entré en pánico, contaba los segundos en mi cabeza mientras mis oídos zumbaban, mi trasero se entumecía y mis tobillos temblaban.

–Jayla –la sola palabra apuñaló a la niña y la hizo volver a la posición vertical, ya que había comenzado a tambalearse–. Treinta segundos más –Ann permaneció tan quieta como nosotras, solo observándonos.

Mi rostro se ruborizó, mis pies hormiguearon y mis pupilas se dilataron. *¿Todo esto solo por estar de pie?* Fue una agonía y suplicaba que terminara. Lo único que me impedía colapsar y rascarme toda, era el orgullo. Me negué a ser la peor de todas en una habitación llena de niñas de diez años.

–Pueden sentarse –dijo Ann finalmente. Exhalé bruscamente, y contenta me senté–. ¡No se desplomen, mantengan el control! –todas nos sentamos derechas–. Ahora, siéntense firmemente en sus traseros, con su espina dorsal acomodada en las caderas. Rodillas juntas, pies juntos. Cabeza arriba, señorita McKnight –me erguí–. Pongan las manos en el regazo. Bien. Ahora nos sentaremos por cinco minutos.

Sentarse era peor. No entendía cómo, pero era peor. Después de dos minutos, mi cabeza se sentía como una bola de boliche y me dolían los hombros. Luego de los tres minutos sentí náuseas y empecé a sudar. Sentarse sin moverse era brutal. Tras cuatro minutos, mis hombros comenzaron a temblar y había empezado a respirar por la boca. Ahora tenía un gran respeto por las princesas y celebridades que permanecían estoicamente durante horas en balcones o la alfombra roja.

Ese primer día, todo lo que hicimos fue estar de pie durante cinco minutos y luego sentarnos durante cinco minutos. Estar de pie durante cinco minutos. Sentarnos durante cinco minutos. De pie. Sentarse. ¡No te muevas! ¡No te rasques! ¡No suspires! ¡No grites! ¡No saltes y dejes a Ann Foster sin sentido con tu silla! Fue uno de los días más difíciles que había soportado. Mis pantorrillas estaban en llamas, mis pies dolían, mis hombros temblaban, y me sentía mareada y con náuseas, todo al mismo tiempo. Ann hizo todo lo que hicimos, y no pareció importarle en absoluto; parecía como si pudiera sentarse y ponerse de pie durante una semana. Ocasionalmente, ella reprendía a una de nosotras por inclinarse o tambalearse, y en la cuarta ronda de pie, Isabelle juntó las rodillas y casi se desmayó. Ann nos habló sobre los peligros de juntar las rodillas y volvimos a estar de pie y sentadas.

Ann habló la hora entera nada más que de equilibrio. El equilibrio no ocurría por casualidad, no se concedía o se daba, era el resultado de una mente fuerte y el cuerpo trabajado con un propósito; y la parte más difícil era lograrlo *sin esfuerzo*. A medida que nos acercábamos a la hora, en nuestra quinta ronda de pie, casi me quebré. Una vez más, solo el orgullo me mantuvo en pie.

Mientras la clase terminaba, Ann dijo simplemente:

–Espero que todas tengamos una mejor comprensión del equilibrio. Las veré la próxima semana.

Me lancé hacia la puerta con las otras chicas.

–¿Señorita McKnight? ¿Un momento? –sus preguntas no eran realmente preguntas, sino declaraciones. Carli me dio una última mirada de simpatía y la puerta se cerró, y nos quedamos solas. Esperé.

–Le agradezco que viniera hoy, realmente, pero…

–¡Sin peros! Admítalo, se sorprendió –mi voz era un poco histérica, pero me mantuve firme.

–Me sorprendió un poco.

Ann se concentró y escogió cuidadosamente sus palabras.

–Señorita McKnight, puedo ver que es una persona muy competitiva, pero además de *sorprenderme*, ¿por qué está aquí? *¿Por qué* quiere hacer su debut?

–Porque mi papá me lo rogó y nunca me pide nada, y creo que podría ayudar a salvar su matrimonio –dije antes de poder detenerme–. Y le prometí que lo intentaría, así que lo estoy intentando.

Ann consideró mi arrebato.

–Megan –dijo ella, y noté que era la primera vez que me llamaba por mi nombre y no por *señorita McKnight*–. Es la primera vez que te oigo decir algo con honestidad.

Tenía miedo de preguntar si esto significaba lo que pensaba que era, así que me quedé en silencio.

–Te veré mañana en el almuerzo del museo –dijo ella, y empezó a preparar su bolso.

–Está bien, la veo luego.

Tentada de correr hacia la puerta y salir antes de que ella lo reconsiderara, me controlé y caminé con la cabeza llena de helio.

–Y, ¿señorita McKnight? –me di vuelta, e hice todo lo posible para no resoplar.

–¿Señora?

–Ahora que has enderezado el barco, trata de no chocar con ningún iceberg.

–Sí, señora.

Una vez en el pasillo, con la puerta cerrada, me desmoroné, me apoyé contra la pared y resoplé. En casa me sumergí en la tina, Julia vino y se sentó en el retrete cerrado y yo lloraba a gritos mientras le contaba todo sobre la reunión. Apuesto a que no era la única niña que lloraba esa noche.

CA
PÍ
TU
LO

12

*En el que Megan toma una dosis de cultura*

La práctica del sábado era la última cosa en mi lista antes del picnic del Museo de Arte de Dallas, y yo solo me dejaba llevar y participaba de las actividades con el grupo, cuando miré hacia arriba y vi a Hank sentado en las gradas. Me dio un pequeño saludo, y yo estúpidamente se lo devolví. ¿Qué diablos estaba haciendo ahí? Es decir, se suponía que estaría ahí, pero después de la práctica, ¡en treinta minutos!

De repente mis piernas se sentían débiles y tuve que pensar en cómo correr, lo que me hizo dar pasos de forma graciosa. Luego le di un golpe cruzado al balón, tan largo que fue a dar a las gradas.

—¡Megan! —la entrenadora Nash gritó, y yo levanté la mano, haciéndole saber que era mi error. Cat tardó treinta segundos en darse cuenta de que Hank estaba aquí por mí.

—¿Tienes un hermano? —Cat preguntó mientras corría. Él sonrió y sacudió la cabeza.

–¡Lo siento! –respondió.

–¿Tienes una hermana? –gritó Mariah, entrando en la diversión.

–¡Hijo único!

–¡El juego es aquí! –gritó la entrenadora Nash, y eso puso fin a la conversación. Pero los chicos nunca iban a la práctica. Nunca. Eso era algo, seguro.

Cuando terminamos, me acerqué nerviosamente, y él se puso de pie para saludarme. Se veía muy elegante con un traje gris claro. Cat, Lindsay y Lachelle se acercaron para escuchar.

–Hola –dije.

–Hola.

–Has llegado temprano –comenté.

–Solo pensé que podría ver un poco.

–¿Por qué?

–¿Porque me gustas?

Lachelle gimió.

–Dos-uno-cuatro-siete-seis-dos –Lindsay comenzó a decir su número de teléfono.

–¡Lindsay! –grité, y se detuvo–. Eh, gracias –le dije a Hank. *¿Gracias? Vamos, Megan, pon un poco de entusiasmo.*

–Te busqué. Eres la estrella del equipo.

–Difícilmente –respondí, pero me estaba gustando su inquebrantable entusiasmo.

–Anotaste nueve goles el año pasado –dijo–. Compré boletos para el juego de Houston.

–¿Lo hiciste? –pregunté. Alzó su teléfono y me mostró la confirmación por dos entradas para vernos jugar en la Universidad de Houston el próximo martes. Cat y Lindsay suspiraron, se desmayaron y luego cayeron muertas en la hierba.

–¿Son siempre así? –preguntó Hank, claramente divertido por la burla general.

–Ignóralas. No están acostumbradas a la realeza –le sonreí–. Debo ir a cambiarme.

–Te esperaré.

–Más te vale –le dije por encima del hombro, y luego me mordí el labio, triste y estúpidamente, mientras le daba la espalda, así que ni siquiera vio mi pobre intento de insinuaciones sexuales.

–Definitivamente, me acostaría con él –dijo Lachelle mientras entraba al vestuario.

–Gracias –respondí.

–¡*Te esperaré!* –imitó Cat, y le di un puñetazo en el brazo–. Así que esa es la razón por la que no podemos ver la televisión los martes por la noche.

–Cat, sabes lo ocupada que estoy… Lo siento, y es solo hasta enero.

–Lo sé –dijo ella, pero podía darme cuenta de que sus sentimientos estaban heridos.

Veinte minutos más tarde salí del vestuario con mi cabello seco y peinado, luciendo un vestido sin tirantes violeta y crema de Tory Burch y el más lindo par de sandalias de todos los tiempos. Margot los encontró: eran unos Alexander McQueen y, lo mejor de todo, eran bajos. Ella realmente estaba cuidándome.

–Guau –dijo Hank mientras me acercaba. Estaba de pie junto a un coche de aspecto muy costoso.

–¿Qué… esta vieja cosa? –respondí, acomodando el dobladillo de mi vestido.

Sostuvo la puerta y entré. El interior era de cuero y nogal, muy elegante y fresco, con el aire acondicionado ya funcionando. Después de un momento sentí que el aire atravesaba mi vestido, ¿los asientos estaban climatizados? Retrocedió el coche.

–¿De verdad vas a venir al juego? –dije mientras comenzaba a conducir. El asintió.

–¿Vas a anotar un gol para mí? –preguntó con un tono perverso. Pensé que, como él estaba haciendo el trabajo pesado en esto del coqueteo, lo menos que podía hacer era intentarlo.

–¿Solo uno? –repliqué, probando lo más coqueto que pude imaginar–. ¿Por qué no un doblete?

–¿Un doblete? –preguntó.

–Dos goles –respondí, levantando dos dedos.

–¿Por qué no un triplete entonces?

–¿Por qué no? –dije impulsivamente.

–Trato –él salió del estacionamiento y se dirigió al campus. Llegamos al semáforo en Mockingbird y esperamos a que se pusiera verde.

–¿Acabo de acordar anotar tres goles para ti el martes? –él asintió lentamente.

–¿Es un problema? –me sonrió de nuevo. No quiero decir que sus ojos brillaron, porque eso sería cursi, pero brillaron. Y yo estaba radiante.

–Bueno, solo que *nunca he hecho un triplete* en un juego de la universidad.

–Entonces ¡estaré allí para tu primera vez!

No había manera de evitarlo: Hank Waterhouse estaba persistentemente interesado en mí. Era… bueno, muy dulce. Súper dulce, en realidad.

O ✗ ✗

–*¡Andrew!* ¡Por aquí! ¡Andrew! ¡Señor Gage! *¡Andrew!*

Una docena de paparazzi apretados contra una barrera de acero gritaban, cuando Andrew Gage salió de su Mercedes, el mismo coche que el aparcacoches le había traído aquel primer día. Incluso yo sabía que estos tipos no eran contratados para efectos especiales, como en la fiesta de Abby. No, eran el verdadero negocio, los oportunistas de mediana edad disparando con sus cañones digitales. Andrew pareció sorprendido, luego molesto, cuando los vio. Bajó la cabeza y se dio vuelta para tomar la mano de Lauren. Los fotógrafos gritaban y disparaban sus flashes, le rogaban que se volviera hacia ellos. Lauren lo hizo, sonriendo, claramente saboreando su momento, pero Andrew nunca vaciló, y momentos después estaban a salvo dentro del Nasher Sculpture Garden.

Hank y yo llegamos para el almuerzo del Museo de Arte de Dallas justo detrás de ellos, y disfrutamos de asientos en la primera fila para ver el espectáculo. Era casi una rutina en Beverly Hills o Nueva York, pero inusual en Dallas.

–¿Es tan importante? –le pregunté a Hank mientras nos deteníamos. Los aparcacoches abrieron nuestras puertas.

–Él piensa que sí –dijo Hank, saliendo.

Los fotógrafos mostraron cero interés en nosotros mientras caminábamos por la escalinata, pero les di una mirada más antes de pasar la entrada. Algunos examinaban sus fotos y otros ya estaban con sus teléfonos. Hank se detuvo también, y sus labios se curvaron ligeramente.

–¿Qué? –pregunté, notando la expresión de Hank.

–Nada.

Lo jalé de la mano.

–Tú sabes algo, dímelo.

–Él los llama, o su publicista.

–¿En verdad? –Hank asintió con la cabeza.

–Actúa como si estuviera sorprendido y no los quisiera allí, pero todo es un juego, se les dice antes de tiempo dónde estará, a qué hora, o qué coche conduce.

*¿Qué tipo de persona hace eso?,* me preguntaba. Era tan… falso, tan calculador.

–Grosero –dije sentidamente.

Hank tomó mi mano y entramos.

El Museo de Artes de Dallas ofrece un almuerzo al aire libre en el Nasher Sculpture Garden cada año para las debutantes de Bluebonnet, sabiendo que muchas de ellas se convertirán en importantes donantes. El Nasher tiene un pequeño edificio de galería para exposiciones y eventos pequeños, y cuando entramos ya estaba lleno de pesos pesados y sus esposas, y las debutantes y sus citas. Todo gritaba "mucho dinero".

–Coca Light –dijo Hank cuando llegamos al bar.

–¿No beberás? –pregunté. Sacudió la cabeza y me sonrió.

–Llevo una carga preciosa.

Le sonreí y me di cuenta de que podría ser el elogio más romántico que había recibido. *Yo, ¿una carga preciosa?*

–Vino blanco, por favor –le pedí al camarero.

–¿Has estado en el Nasher antes? –Hank preguntó mientras esperábamos.

–Mmm –entrecerré los ojos con vergüenza–. Si digo que no, ¿eso me hace una perdedora?

–No, ¡significa que estás a punto de sorprenderte!

–¿De veras?

–Prepárate… ¡para deslumbrarte! –declaró con la energía de un presentador de circo–. ¿Puedo? –ofreció su brazo y yo lo tomé. El mar se abrió, y me condujo por las puertas traseras y bajando las escaleras para contemplar la gran vista: la colección permanente.

Una orquesta de cámara tocaba en la terraza, y la música flotaba sobre el terreno como una suave niebla. El jardín en sí era precioso, impecable, el césped todo cuidado y caminos de piedra sombreados. Un grupo de mesas y sillas ocupaba el verde central, pero nadie estaba sentado o comiendo todavía; todos paseaban mientras admiraban las grandes esculturas. Muchas de ellas debían haber sido colocadas allí por una grúa.

–Ahora me doy cuenta de que Dallas tiene su parte justa de la *cultura*: un ballet, una sinfonía, muchos teatros pequeños, incluso un lindo acuario –dijo Hank, todavía sosteniendo mi brazo y guiándome por un sendero. Había adquirido un aire humorístico de espectáculo que era a la vez encantador y atractivo–. También está, por supuesto, el Museo de Arte de Dallas, que es un hogar seguro, aunque poco inspirador, para una variedad de vasijas y cucharas precolombinas, el original Chagall, y uno o dos de los primeros Basquiat.

–¿Vasijas y cucharas precolombinas? –pregunté riendo.

–Está bien, sé que no me vuelve loco la historia –dijo–. Quiero decir, todo está en el pasado –él sabía que Historia era mi *especialización,* ¿verdad?–. De todos modos –continuó–, combina todo y tienes un surtido más bien ordinario, tal vez una corona, pero sin las joyas –ahora se detuvo y sostuvo los brazos ampliamente abiertos–. Pero, afortunadamente, está el Nasher, que logra el equilibrio. Sí, en estas pocas hectáreas está el rescate de arte de clase mundial del rey, lo cual me complacerá mostrarte.

–Guíeme, caballero –dije, y me relajé un poco. Caminamos por el sendero hacia la primera pieza, tres gigantescos palos de metal oxidado posados en una fragua.

–Esto –dijo Hank pensativo–, este es *Baile de Tres Cheetos*, de Ulrich Ruckriem –hizo una pausa dramática para considerarlo, con una mano en su barbilla. Hice lo mismo, estudiándolo también mientras luchaba contra la necesidad de reír–. Note qué tentador, qué sabroso parece; un excelente ejemplo de su período de bocadillos por la tarde.

Caminamos más lejos y llegamos a otra escultura, una telaraña de metal negro que parecía un gimnasio, esas estructuras de barras para juegos infantiles, que había colapsado parcialmente.

–Ah –dijo Hank–. Esto es –y aquí se inclinó para ver el nombre del artista– *Algo que encontré en el callejón*, de David Smith.

–¿En serio? –pregunté, apenas reteniendo la risa.

–Sí, sí, esta es una de sus piezas más famosas, inspiradas, o se podría decir tomadas, en una de sus caminatas matutinas regulares por el centro de Sacramento.

Sin preludio, tomó mi mano.

Pasamos a Zach y Julia cerca de una fuente, y luego a Ashley I y su cita estudiando un folleto. Típico, se lo estaba tomando todo en serio. Seguimos adelante y nos dirigimos a un rincón del jardín, donde Hank me mostró *A medio acabar*, de Schist, *El cincel se deslizó*, de Picasso y la obra maestra de Giuseppe Penone, una caja desgarrada llamada *Después de la entrega de UPS*.

En nuestro camino de regreso examinamos una de las piezas más grandes, dos enormes rectángulos curvos de metal del color del comino tostado. La miré, fingiendo admiración, y esperé a Hank para que me diera los detallaras.

—Oh, oh, oh –dijo–. Esto… Las palabras me fallan –añadió.Yo reía.

Dio un paso hacia la escultura, extendió la mano como para tocarla, luego retiró su mano. Se enjugó los ojos, como si estuviera secando una lágrima. Mis risitas aumentaron.

—Esta es la obra magna de Richard Serra, su última palabra, él la llama *Mis curvas no están locas* –dijo el título con un gracioso acento español, y me eché a reír.

—¡Para!

—Hablo en serio –dijo, y yo lo miré.

—¿*Mis curvas no están locas?* –imité su acento–. No, no lo haces.

—Echa un vistazo –dijo, y me incliné para ver la placa.

Efectivamente, era *Mis curvas no están locas,* de Richard Serra.

—Pero ¡tú inventaste los otros títulos! –le dije.

—¿Lo hice? –contestó, sonriendo maliciosamente. Era un truco de un prestidigitador, y me sentí como si de alguna manera lo hiciera aun más divertido, que de alguna manera hubiera mezclado y combinado todo, y luego terminó con uno que era lo suficientemente tonto como para atraparme. Hank Waterhouse era astuto… más astuto que yo.

Más tarde, nos pusimos en la fila para la comida, tomamos nuestros platos y nos sentamos con mamá y papá, y los presenté. A mamá le gustaba porque… Bueno, él era lindo y estaba conmigo. Fin de la historia. Y papá y Hank fueron a A&M, lo que prácticamente los convertía en primos hermanos. A los quince minutos del almuerzo, mamá le daba palmadas en el brazo a Hank, y él y papá estaban profundamente en las nubes, recordando los días de gloria de *Aggie*.

—Ahh, debería haberme unido al Cuerpo —dijo papá—. Es... bueno, yo tenía la hacienda, sabía que no podía entrar en el ejército, pero ahora, mirando hacia atrás, debería haberlo hecho.

—Lo mejor que he hecho —aseguró Hank—. Me dio algo de lo cual ser parte, por supuesto, pero más que eso, me dio un sistema de valores, algo en qué creer, ¿sabe? —papá asintió. Por un momento, pensé que haría el saludo militar

—¿Te gustan las esculturas? —preguntó mamá.

—Oh, son geniales —le respondí—. Me gustó particularmente el *Baile de los Tres Cheetos* —miré a Hank.

—Tengo un soplete y un poco de hierro. Estoy pensando que podría improvisar algo en una hora o dos que realmente conseguiría entusiasmar a estos palurdos —dijo papá.

Mamá le dio *la mirada*.

—Angus, como te habrás dado cuenta, preferiría estar en casa viendo el partido de fútbol en este momento —dijo ella con dureza. Pude ver que la grieta de la semana pasada se había ampliado.

—Catorce-siete *Aggies* —le susurró Hank a papá después de revisar su teléfono—. A principios del segundo cuarto.

—Muy bien. Pero no me cuentes más, lo estoy grabando.

Hablar del partido de fútbol fue la última gota para mamá.

–Voy a leer los artículos de la subasta –dijo.

–Trata de no comprar algo accidentalmente –respondió papá. Era un comentario mezquino, por supuesto, y mamá lo tomó de esa manera.

–Estoy segura de que todavía puedo permitirme el lujo de observar el escaparate.

Mamá se recompuso y se dirigió hacia el edificio de la galería, y su lenguaje corporal (molesta) era bastante fácil de leer.

–Todavía enojada, ¿eh? –pregunté. Papá suspiró y cruzó los brazos. Asintió.

–Aún está molesta por este maldito asunto de la tierra. Vine aquí hoy, perdiéndome el juego y todo, como una ofrenda de paz. Puedes ver cómo me está funcionando.

–No lo entiendo, papá. Dijo que tampoco quería que la tierra fuera fracturada con máquinas hidráulicas. ¿Por qué sigue enojada?

–Porque es mucho dinero, Megan. Te convences a ti mismo de que eso haría las cosas más fáciles, y de alguna manera lo sería. Y ya sabes, cuando te lo muestran, aunque no lo vayas a aceptar, piensas en ello… tienes las esperanzas.

A su favor, Hank había permanecido en silencio mientras nuestro burdo drama familiar se desarrollaba delante de él. Me volví hacia él y sonreí de la misma manera en que había visto a Julia sonreírle a Zach, y cuidadosamente empujé mi cabello detrás de mi oreja.

–Lo siento, Hank… este no es el momento adecuado para esta conversación.

–Está bien –dijo, y luego se dirigió a papá–. ¿Petróleo y gas?

–Sí –respondió él.

–¿Qué pasa con esos tipos? Quiero decir, ¿qué parte de "No" no entienden? –preguntó Hank–. Tienen que darse cuenta de que realmente hay momentos en los que la gente simplemente no quiere vender.

–Sí, ya sabes, es más complicado que eso. Francamente, si llegara el acuerdo correcto, vendería. No voy a administrar una hacienda por siempre. Megan y Julia… no van a criar ganado para ganarse la vida. Pero no lo venderé para… *eso*. Para que se destruya.

Todos meditamos sobre esto por un momento.

–Bueno, ¿no podrías venderlo para desarrollo de viviendas, o algo así? –preguntó Hank con suavidad.

–Por supuesto. No me importaría algo así.

–Sería menos dinero y todo, pero… –dijo Hank.

–Todo lo que estoy buscando es el dinero justo. Pero esos tipos no me llaman. Esa tierra es demasiado valiosa para construir casas.

–No necesariamente. Se sorprendería de cómo los acuerdos se consiguen. Lo veo todo el tiempo en mi trabajo. Solo porque no funciona de una manera no significa que no se puede conseguir otra.

–Bueno, como he dicho, nadie me ha hablado de eso.

–Honestamente –Hank continuó–, usted está en una

excelente posición. Cuando un desarrollador le trae un trato, tienen nociones preconcebidas de lo que quieren, de cómo lo harían. Y si no le gusta eso, entonces tiene que hablar con ellos para convencerlos de que lo vean de la manera que usted lo hace. Pero si usted planea el desarrollo de la manera en que lo desea, entonces solo está buscando un comprador.

—Bueno, eso es interesante. Nunca lo pensé de esa manera —papá tomó un trago de su cerveza—. Conseguiste uno inteligente, ¿eh? —me preguntó, y sonreí. Si quieres ganarte a una chica, gana a su padre. Le sonreí de nuevo a Hank, y esta vez no lo simulé.

—¿Quieres otra cerveza, papá?

—Seguro, gracias.

—Yo iré —dijo Hank, pero lo detuve.

—Quédate. ¿Quieres algo? —pregunté.

—¿Otra Coca Light?

—Hecho —respondió. Prácticamente floté hasta el bar. Acababa de pedir una mimosa, una cerveza para papá y una Coca Light cuando Sydney se acercó a mí.

—Hola, Sidney —dije.

—Hola —saludó. Otro camarero apareció—. Dos vinos blancos, por favor —dijo, y luego nos quedamos solas en el bar.

—Sydney, yo… recuerdo dónde nos conocimos —ella miró hacia arriba—. Solo quiero que sepas que… sabes, si estabas preocupada… nadie lo va a escuchar de mí.

El camarero puso sus dos vinos en la barra. Ella tomó las copas.

–Sí, gracias –dijo secamente, y se alejó. No era la amable respuesta que esperaba. Me apoyé contra el bar y miré hacia fuera. Andrew Gage caminó hacia mí y nuestros ojos se encontraron.

Rápidamente dio la vuelta y se alejó. *¿Qué es lo que le pasa?*

–Aquí tienes –dijo el camarero, dejando las bebidas.

–Gracias –recogí los tres tragos, me volví y encontré a Andrew bloqueando mi camino.

–Megan –dijo formalmente.

–Hola Andrew.

–He querido hablar contigo.

*¿Qué podría tener Andrew Gage para decirme?*, me preguntaba.

–Intenté disculparme en la fiesta de tu prima –comenzó él–, pero no pude encontrarte sola, así que pensé que era mejor dejarlo para otra ocasión. De todos modos, quiero disculparme por los comentarios que oíste. Solo estaba repitiendo lo que Lauren había dicho, pero eso no es excusa. Realmente no soy así, y siento mucho haber dicho eso. Y que lo hayas oído.

–Mmm, está bien… gracias –era una disculpa decente, pero sonaba extrañamente… ensayada.

–No es nada.

Me quedé allí con las bebidas en la mano, y él miró de un lado a otro, pero no parecía tener nada más que decir. Dios, era el Capitán Torpe parado allí, cambiando su peso de un pie al otro.

Lauren Battle nos había visto, y se acercó.

–Te he estado buscando –le ronroneó. Ella me ignoró por completo.

–Hola, Lauren –saludé, de pie en la sombra que ella proyectaba.

–Ah, hola, Megan, ¿cómo va la *escuelita de encanto*?

*¿Cómo podía saber eso?*

–Excelente, gracias por preguntar.

–Está aprendiendo a caminar –dijo Lauren, como si yo fuera la cosa más tierna de todos los tiempos. La ignoré y miré a Andrew.

–¿Algo más?

–No, eso era todo.

–De acuerdo, te veo por ahí.

En mi camino de regreso, me detuve y observé a Hank y papá profundamente compenetrados en una conversación. Podrían haber estado hablando de la tierra, o del fútbol *Aggie*, o del Cuerpo. Hank era muy sexy, y pensé en lo que podría venir más tarde. Me llevaría a casa, y basada en todas las pequeñas señales de ese día, estaba segura de que me acompañaría hasta la puerta. Un cosquilleo me recorrió ante la idea.

¿Debería invitarlo a entrar? ¿Eso sería demasiado apresurado? ¿Me besaría?

Ciertamente esperaba que así fuera.

# CAPÍTULO 13

*En el que Megan compra protección*

uando llegamos al apartamento, Hank caminó alrededor del auto para abrir mi puerta, pero yo ya estaba a mitad de camino saliendo del coche antes de que me diera cuenta de que él estaba allí. Nos encontramos en algún lugar en el medio, yo casi de pie, y él sosteniendo la puerta.

–Oh, lo siento. Debería haber esperado –dije.

–Está bien. A veces es inútil –respondió, y otra vez pensé: *es tan normal*.

Tomó mi mano mientras caminábamos lentamente hacia la puerta. Si me sentía ansiosa en el coche, ahora estaba vibrando.

–A mi padre le gustas mucho –dije.

–Él también me gusta –respondió.

–Lo que quise decir fue… me gustas –comenté y mi corazón trinó al oír esas palabras, tan rara vez escuchadas por mí. Pero él lo tomó con calma, seguía tranquilo y sonriente.

–Tú también me gustas.

–¿Te importa si pregunto por qué? –podría haberme dado una patada a mí misma, pero la pregunta ya estaba hecha.

–¿Estás bromeando? Eres impresionante. Hermosa, inteligente, atlética… No estoy exagerando cuando digo que me excita pensar que probablemente hagas más sentadillas que yo.

Me reí, una risa fácil y cómoda.

–¿De veras? ¿Es así de simple?

–Así de simple –dijo, e hizo una pausa–. ¿Cuántas sentadillas haces, de todos modos?

–¿Máximo?

–Cinco repeticiones.

–Ciento setenta y cinco.

–¡De ninguna manera! ¡Sí que haces más que yo!

–Pero dijiste que te exc… –su mano cubrió mi boca.

–Sí –entonces él quitó su mano, y su cabeza se inclinó hacia delante. Se detuvo a unos centímetros de mis labios, y yo asentí. Su boca se unió con la mía y cerré los ojos. Me rodeó con los brazos, casi levantándome del suelo, pero el beso era suave.

Nos separamos, y quedamos a pocos centímetros de distancia. Sentí que me había quitado la respiración.

–¿Quieres entrar? –jadeé.

Él me besó de nuevo por respuesta.

Dentro, dejé caer mi bolso y nos besamos de nuevo, más profundo. Me llevó hasta el sofá y nos dejamos caer uno junto al otro. Nos besamos un poco más, y luego rodó encima de mí. Sus manos acariciaron mis caderas y luego regresaron a mis manos; las sujetó de nuevo, y me miró. Él era muy fuerte, y sentía su peso sobre mí.

–Hola –dijo.

–Hola –respondí. Presionó sus labios contra los míos, empujó su lengua a través de mis labios. Respondí, mareada de lujuria. Sus manos fueron a mis pechos justo cuando las llaves de Julia tintineaban en la puerta.

Casi se desmaya cuando nos vio en el sofá. Hank, comprensiblemente, no tenía prisa por pararse. Me quedé allí con él encima de mí, miré a Julia y me eché a reír.

–Lo siento mucho –dijo, y empezó a retirarse por donde había llegado.

–No, quédate –respondí, todavía riendo.

–Sí, quédate –Hank también rio.

–¿Están seguros? Porque esto parece… –me di cuenta por la sonrisa de Julia de que ella estaba realmente feliz por mí, y estaba perfectamente dispuesta a irse si yo quería.

–Estoy segura –insistí, y me escapé de debajo de Hank. Me acomodé la ropa, y con la mano limpié bajo mis labios por si el labial no estaba en su lugar. Hank se sentó y… se acomodó.

–Debería irme –dijo.

–No te vayas. Aún no.

Julia puso su bolso en la cocina, buscó en la nevera un refresco, dándonos tiempo para acomodarnos.

–¿Quieren algo de beber? –gritó.

–Oh, claro, una Coca. O lo que sea –dijo Hank.

–¡Agua con gis! –grité.

–¿Agua con gis? –preguntó Hank.

–Ah, sí. Cuando era niña confundía "agua con gas" con "agua con gis", por lo que... Agua con gis.

–Qué linda eres –dijo. ¿Qué podría yo responder a *eso*?

Julia trajo un refresco para Hank y un agua con gas para mí. La abrí y tomé un sorbo rápido, luego otro. Ey, hacía calor aquí.

–¿Dónde estabas? –le pregunté con indiferencia.

–Con Zach. Fuimos a tomar una copa.

–¡Bien!

–Hablamos de la fiesta de Lauren. Este fin de semana, en su hacienda en Pilot Point –dijo.

–No puedo esperar –respondí, sin rebosar de entusiasmo.

–Entonces supongo que no quieres compartir la cabaña privada que me ofreció.

–¿Te ofreció una cabaña en su hacienda? –le pregunté. Ella asintió sonriendo.

–Suena... lindo –respondí, mirando a Hank.

–Pensaba hablar con Ann sobre ser tu acompañante –me dijo él–. ¿Te parece bien?

–Eh, ¡sí! –hice una pausa–. No sabía si irías.

–¿Por qué no iría? –preguntó.

–Ya sabes, es el gran fin de semana de Lauren... Andrew estará allí.

–¿Y qué? No lo evito. Si quiero ir a algún lugar, él puede lidiar con eso.

*Conversación de tipo duro.* Tomé un trago de agua con gas.

–Debería irme –dijo Hank.

Lo acompañé hasta la puerta, donde me besó de nuevo, y me sonrojé un poco.

–Lo pasé muy bien –comentó.

–Yo también. Llámame.

–Lo prometo –dijo mientras se iba.

Cerré la puerta y me apoyé contra ella. Cerré los ojos y soñé mis sueños llenos de lujuria y romance.

–Entonces, ¿a dónde iba eso? –preguntó Julia, ansiosa por saberlo.

–No lo sé… –me reí como una estudiante de sexto año, sonreí, y caí de nuevo en el sofá. Respiré profundamente, y todavía podía olerlo allí. Mi cuerpo hormigueaba y mis oídos sonaban.

–¿Iban a tener…?

La pregunta quedó flotando en el aire.

–Mmm, tal vez… probablemente –mi respuesta me sorprendió… ¿Estábamos a punto de hacerlo?

–¿Tienes un condón? –su tono, ligeramente como el de una madre, me trajo a la tierra.

–No –contesté honestamente–. Pero estoy segura de que él sí.

–De acuerdo, probablemente lo tenía, pero no puedes confiar en los hombres.

–Tienes razón. ¿Me prestas algunos?

–Ewww, Megan, no pides *prestados* condones.

–Sabes a lo que me refiero. No prestarme, pero ¿puedes darme algunos?

–Tienes veinte años. Ve a la tienda y compra una caja de condones, no puedes tener vergüenza por eso.

La tarde siguiente entré a Tom Thumb llena de confianza, segura en mi propósito, lista para gastar mi dinero en una caja de condones. Sin embargo, contrariamente a la opinión de Julia, sí me avergonzaba comprar condones. Intensa vergüenza. Porque hay una gran cantidad de opciones, realmente demasiadas.

Me dirigí por los pasillos de la farmacia hasta "Anticoncepción", que compartía pasillo con "Shampoo". Y allí encontré la Gran Muralla de Condones. Estantes y estantes de cajas apiladas y colgando, una imprecisión de palabras e imágenes tan diversas que pensé que había llegado equivocadamente al pasillo de los cereales, excepto que estas cajas eran demasiado pequeñas. Fruncí el ceño, me incliné hacia delante y examiné la primera que me llamó la atención, dándome cuenta de que mi misión podía tardar un poco más de lo que había imaginado.

La gran cantidad de opciones comenzaba con las marcas.

Claro, en la tienda tenían Trojan, Durex y Crown, pero también tenían LifeStyles, Kimono y Rough Rider, esta última no sonaba atractiva. Y junto a ellos se encontraban los condones genéricos con un letrero que decía "Compare con Trojan y otras marcas líderes", y un precio de etiqueta a mitad que los demás. Ahora, no soy una esnob de las marcas, y aprecio una oferta, pero no pienso que los condones sean el lugar para ahorrar un dólar. Solo una chica con muchas agallas se presentaría con un condón ante un hombre, cualquier hombre, fuera la primera vez o la quincuagésima que lo viera, y le diría "Compré un genérico".

Peor aún, venían en diversos *tamaños*. ¿Debía enviarle un mensaje de texto y preguntarle: "Ey, ¿de qué tamaño es tu otro yo?"? O debía *suponer* que era un tipo grande y luego enfrentarme a la inolvidable y ruinosa posibilidad de que había comprado un calcetín de talla extra grande para un tamaño pequeño. ¡Si hubiera prestado más atención a sus zapatos! Pero la otra opción era "Normal". Esto también conducía a una pendiente resbaladiza; me imaginaba la conversación en la penumbra. "¿Me has comprado el pequeño?". "¡No es pequeño! ¡Es *normal*!". Y aunque estaba bastante segura de que las cualidades elásticas del látex podrían ganar, ¿quién quiere tener esta conversación?

Y había combinaciones casi interminables. "Ultra-delgado"… ¿en comparación a qué? ¿Un guante de horno? ¿Rojo, azul, rosado, púrpura o transparente? ¿"Para el placer de ella"? ¿"Para el placer de él"? *¿No era la idea conseguir las dos* *cosas? ¿Debo elegir ahora?* Había estado en ese pasillo durante cinco minutos, y estaba más confundida que cuando llegué.

–Hola, Megan.

Ashley II estaba a mi lado, por cuánto tiempo, no lo sabía.

–Ashley, hola –compartimos una mirada. Después de todo, estaba delante de unas cuantas cajas de condones y llevaba una de Kimono micro-delgados en la mano. Miré a mi alrededor para pedir ayuda e hice una pausa en el artículo más cercano que vi en la sección no promiscua–. ¡Shampoo aussie! ¿No te encanta…? ¡Me encanta el shampoo aussie!

–Nunca lo probé –Ashley II dijo con frialdad, claramente disfrutando viéndome sudar.

–Bueno, debes hacerlo… porque te encantará. ¡Y el acondicionador también!

–Gracias por el consejo.

–¡No es por nada! –¿estaba gritando? Realmente no podía decirlo.

–Bueno, tengo que irme –ahora miró fijamente los condones en mi mano–. ¿Nos vemos en lo de Lauren?

–¡Sí! ¡Con mi shampoo, que vine aquí para comprar!

Recé para que Ashley II simplemente mostrara misericordia y siguiera adelante, aunque sabía que le contaría a Lauren acerca de mi compra ni bien me diera la espalda.

–Está bien, nos vemos allí.

–¡Adiós!

Esperé a que doblara la esquina, contando hasta diez, y volví a la pared de condones. Tuve que decidir rápidamente.

**O X X**

Cuando llegué a casa, Julia estaba practicando el Texas Dip. Llevaba un cinturón de peso para simular el corsé y todavía usaba una silla para el apoyo. Ella comenzó a inclinarse y fluyó abajo, abajo, abajo al suelo, apenas un dedo en la silla. Y luego se levantó de nuevo con solo un pequeño bamboleo.

–Muy bien –dije, y entré en la cocina, arrojé la bolsa sobre la mesa y comencé a hurgar en la nevera.

Julia echó la bolsa sobre la mesa: seis cajas de condones, un refresco Mountain Dew y el shampoo aussie, que por alguna extraña razón me sentí obligada a comprar.

Examinó el recibo: $96,43.

–Dios, Megan, ¿qué estás planeando? ¿Dormir con toda la banda?

–No podía decidirlo, era… una locura. Así que tomé todos los que pude –levanté una caja–. Este es púrpura y estriado, pero estoy preocupada, ¿eso me hace lucir juguetona, o como una ramera?

–Está bien –dijo.

–¿Qué hay del estriado? ¿Es buena idea?

–Es… Dios, no puedo creer que me estés preguntando esto. A decir verdad, no hace mucha diferencia.

–Había tantos sabores –ella puso los ojos en blanco–. Pero no estaba segura, había sabor tropical y goma de mascar, pero pensé que sonaban afrutados, así que elegí el de uva porque, bueno, solo pensé que le gustaría ese.

Ella me lanzó su mejor mirada devastadora.

–Megan, el sabor es para *ti* –me dejó sola y volvió a practicar el Texas Dip.

Lo sabía. Sí que lo sabía. De veras.

*Maldita sea. Debería haber comprado el de goma de mascar.*

CAPÍTULO 14

*En el que Megan se hace patriota*

Como la mayoría de los atletas, había escuchado un millón de veces el himno nacional, y había ocasiones en las que me encontraba de pie con mi mano en el corazón, pronunciando las palabras, pero mi mente vagaba. A veces pensaba en las tácticas para el próximo juego, otras veces en las mariposas que la canción traía. Pero tanto había sucedido en los últimos tres días que hoy, mi mente iba y venía como la gran bandera estadounidense en la esquina norte del estadio.

El domingo por la tarde, papá me había llamado para preguntarme si deseaba invitar a Hank a la hacienda.

–¿Para qué? –pregunté.

–Bueno, llegamos a hablar en el museo, y él me dio una manera diferente de ver todo esto, así que me gustaría traerlo por aquí, que dé una mirada, y ver lo que piensa al respecto.

–Guau. Lo dices en serio.

–En verdad pienso en ello seriamente. Tu madre no lo

dejará pasar, y estamos atascados aquí, y si hubiera una tercera vía, bueno… no quiero dejar piedras sin mover.

—Claro, le preguntaré.

—Gracias cariño. También haremos una cena.

Papá quería mi ayuda con la hacienda y el negocio familiar. Me llené de orgullo. Aun más, ahora tenía una razón para llamar a Hank, lo cual quería hacer cada momento de todos modos, pero había resistido hasta ahora. El martes, nuestro juego terminaba a las cinco, y Hank ya había comprado una entrada, así que pensé que podíamos ir después.

—Ir al juego de fútbol de mi novia y luego cenar con sus padres —dijo Hank cuando le pregunté—. No está mal para un martes.

*¡Novia!* ¿Lo esperaba? Por supuesto. ¿Lo habíamos hablado? No. Y entonces él simplemente lanzó la palabra tan casualmente. ¡NOVIA! Tenía miedo de hablar, segura de que solo saldría un chillido.

—Así que te veré después —conseguí decir.

—Allí estaré. ¡Y recuerda, me prometiste un triplete! —grrr. ¡Esperaba que lo hubiera olvidado!

Ahora di un vistazo a las gradas donde estaba la multitud. Normalmente, los amigos o familiares en los juegos no me molestaban, pero hoy era diferente. Allí arriba había varias de las chicas de mi clase de etiqueta, y por primera vez mi verdadero "novio". *¿Por qué* había dicho que anotaría tres goles? Él debía haber sabido que estaba bromeando, ¿verdad? *Eso es lo que gano por tratar de coquetear.*

La multitud aplaudió, y el equipo se juntó para una última charla.

—Mantengan su espacio, confíen en sus compañeras –dijo la entrenadora Nash. Todas asentimos con la cabeza–. Están preparadas, están listas. Relájense y sean la mejor versión de ustedes mismas hoy –asentimos de nuevo–. Está bien, *equipo* en tres.

Segundos después me paré en la línea central, un pie en la pelota. *Tranquila.* El silbato sonó y le pasé el balón a Mariah.

**O X X**

—Ella estuvo increíble –Hank se dirigió a papá.

Él se sentó en el asiento del acompañante y yo me senté en la parte trasera mientras saltábamos y bamboleábamos por un camino de tierra en Aberdeen, en la camioneta de papá. Una vaca alzó la cabeza cuando pasamos, luego volvió a pastar.

—Tuve suerte –dije.

—Tres goles no es suerte.

—¿Un triplete? –preguntó papá, mirando hacia atrás. Asentí con la cabeza, y luego me sonrojé por la emoción que me provocaba que Hank alardeara de mí con mi padre.

—El primero fue como a veintisiete metros de distancia –dijo Hank.

—Estaba apenas a dieciséis –corregí.

–Bueno, era *muy lejos*, y golpeó el balón con el pie izquierdo en la esquina de la red.

–Ella siempre ha pateado más fuerte con su izquierda –comentó papá–. Incluso cuando era muy pequeña, cuando salíamos a patear el balón, ella prefería ese pie.

–Bueno, fue un tiro muy bueno –dijo Hank.

*Fue algo totalmente inconsciente.* Había recibido el balón en una carrera hacia la parte superior del campo de juego, y pensé en pasárselo a Mariah, pero mi defensora me bloqueaba el pase. Así que volví a poner el balón en mi pie izquierdo y vislumbré un haz de luz entre el agolpamiento de los cuerpos y lo dejé volar. El balón se dobló ligeramente y luego se descolgó en la esquina superior izquierda, como si estuviera controlada por una señal de control remoto. La portera nunca se movió.

–Luego, justo antes del medio tiempo, anotó de nuevo.

–Eso fue todo mérito de Cat –realmente lo fue. Cat había derrotado a una defensora y había corrido hasta la línea de fondo, y luego hizo un buen pase por encima de la portera y de la boca del arco. Fue una jugada fácil.

–Pero tú lo anotaste –Hank me miró y sonrió.

–Incluso las ardillas ciegas encuentran nueces –dije.

–Y el tercero, ¡ese fue el mejor gol que he visto! –exclamó Hank enfáticamente.

–De acuerdo, ¿en cuántos partidos de fútbol has estado? –pregunté.

–Uno –admitió, y todos nos reímos.

–Ellas estaban detrás, presionando, y estaban abiertas a ese tipo de juego de pases largos –dije suavemente, pero sabía que era el mejor gol que había anotado.

Me adelanté tan pronto como Lindsay robó el balón, un toque y me pateó su pase de bucle, y luego un tiro elevado por sobre la portera en una fracción de segundo. Goles como esos eran instintivos. Eran el resultado de miles de horas de práctica, y después nunca podías explicar exactamente cómo hiciste lo que hiciste.

En realidad no había intentado anotar tres goles. Una vez que el silbato sonó, olvidé mi arrebato de jactancia y realmente no pensé en Hank, sentado en las gradas, durante todo el juego. Pero sucedió tal como lo había prometido. La entrenadora Nash estaba seriamente impresionada, me dijo que era un juego que marcaba un punto de inflexión, que realmente mostré confianza y compostura en las tres situaciones.

–¡La gente estaba cantando su nombre! –dijo Hank–. Después, dos chicas le pidieron su autógrafo.

–¡Son de mi clase de etiqueta!

–¿Alguien le pidió su autógrafo esta semana? –le preguntó Hank a papá.

–No. Suena como un juego de maravilla, cariño. Lo siento, me lo perdí –comentó papá. Podía decir que estaba feliz de haber anotado los goles, y también que tenía un tipo que quería alardear sobre ello.

–Me emocioné tanto que compré un dedo de espuma –dijo Hank.

–Eres dulce –le sonreí y puse mi mano en el gran dedo azul de espuma de UMS en el asiento trasero. Fue bastante romántico.

Papá detuvo la camioneta y, cuando salimos, tomé la escopeta de la parte de atrás. Hank tomó mi mano y luego notó la escopeta en mi otra mano.

–¿Debo tener miedo? –preguntó.

–Solo de las serpientes –expliqué, sosteniendo la escopeta en alto.

Hank miró, y de repente notó que papá y yo llevábamos botas.

–Zapatos equivocados –dijo, indicando con la cabeza hacia su calzado.

–Te protegeré –le sonreí y apreté su mano.

Plantado profundamente en la tierra por el tiempo y la gravedad, el granero delante de nosotros era tanto una parte del paisaje de Aberdeen como cualquier árbol o loma. Era un granero con su centro levantado, ancho en su base y con un segundo piso estrecho. El techo estaba cubierto de tejas a ambos lados, tenía grandes puertas dobles en ambos extremos, puertas más pequeñas en los pajares y un potrero a un costado. El cedro rojo, lijado y restaurado docenas de veces en los últimos 140 años, era ahora del color de una calabaza naranja con nudos oscuros.

–Mi tatarabuelo lo construyó alrededor de 1873 –dijo papá–. Lo construyó primero, antes de cualquier otra casa, porque en aquel entonces el trabajo número uno era cuidar a las vacas; si morían, había muchas probabilidades de que murieses tú. Vivió aquí con las vacas durante una década, más o menos –Hank comprobó si estaba hablando en serio. Y lo estaba–. Otras épocas –añadió papá melancólicamente.

Hank tomó mi mano y caminamos más cerca. Extendió su mano para tocar la madera: era suave como el mármol.

–No lo usamos mucho, solo hay algunos aperos y un poco de heno viejo, pero pensé que podíamos empezar desde aquí, porque allí –papá señaló el pajar– tienes la mejor vista. Lo construyó aquí porque es el punto más alto.

–Es… increíble –dijo Hank.

Papá abrió las puertas, encendió las luces y entramos. Los compartimentos para los caballos estaban vacíos. Había una vieja silla encaramada en un riel. Se acercó a la escalera que conducía al pajar. Allí, clavada en una de las maderas originales, había una piel de serpiente de cascabel de unos dos metros de largo. Hank la miró fijamente.

–No estabas bromeando –dijo.

–Esa fue una especial –comentó papá–. Cuando Megan tenía unos ocho años, salimos de aquí por algo y ella asustó a esa cosa.

Hank me miró, como diciendo, *¿en verdad?* Yo asentí.

–¿Qué hiciste? –preguntó sin aliento.

–Exactamente lo que se suponía que debía hacer: nada –dijo papá orgulloso–. Estaba castañeando, enrollada, y ella la miraba fijamente. La mayoría de las chicas, las mujeres adultas e incluso algunos hombres, habrían gritado y tratado de correr, y probablemente, hubieran sido mordidos. Pero no ella. Solo se quedó quieta y susurró: "Papá, hay una cascabel aquí". Tomé mi escopeta, me acerqué a su lado y le volé la cabeza.

Hank parecía aturdido. Papá me dio unas palmaditas en el hombro.

–La desollé y la colgué aquí, así ella siempre la recordaría.

–Solo ha contado esta historia unas cien veces –dije sarcásticamente–, me sorprende que no se haya convertido en un nido de cascabeles –pero estaba secretamente orgullosa de que él se lo hubiera dicho, y claramente impresionó a Hank.

Arriba, papá abrió las puertas a ambos lados, y la luz inundó el lugar. Realmente era una vista increíble. Al norte, el horizonte estaba intacto, y parecía que se estaba mirando directamente a Oklahoma. Al otro lado había un buen trecho de Aberdeen, el arroyo principal, y vacas, y se sentía como mirar fijamente en el pasado.

–Vaya –dijo Hank. Tenía su teléfono y estaba tomando fotos–. Esto es especial –miró directamente a papá–. Esto tiene todo lo que quieren en un desarrollo de primera clase: gran cantidad de tierra, mucha agua, historia, ubicación perfecta, lo suficientemente lejos de la ciudad, pero no demasiado lejos –Hank sostuvo la mirada de papá–. La gente querrá esto.

Papá señaló El Dorado a lo lejos. Esto arruinó el momento.

–Ese es el tipo de cosas que odio –indicó–. Las casas están construidas una encima de la otra, es como China.

–Eso es solo densidad –dijo Hank, todavía tomando fotografías en todas direcciones–. No haría nada de eso aquí, de ninguna manera. Yo iría con lotes grandes, quince o veinte hectáreas, y por donde se extienda ese arroyo prohibiría cualquier desarrollo a ambos lados, que sea un cinturón verde.

—¿Puedes hacer todo eso?

—Seguro que puede hacer lo que quiera, imponer cualquier tipo de restricciones, porque está en una posición privilegiada —miró un par de fotos—. Además, es perfecto. La gente que quiere esto, desea tener espacio. Déjelos tener caballos, mantenga este granero, mantenga el nombre de Aberdeen. Se sentirán como si estuvieran comprando un trozo de historia.

—¿Qué hay de los derechos minerales? —preguntó papá.

—Solo exclúyalos. Se hace todo el tiempo. Si no le importa, señor McKnight…

—Angus —dijo papá con firmeza.

—Angus, si no te importa, me encantaría esbozar algunas ideas, darte un panorama de cómo podría ser.

—No quiero que hagas ningún trabajo gratis —dijo papá.

—No me importa. Estoy empezando, y necesito ganar experiencia. Siempre es genial tener la primera oportunidad en algo. Y de esa manera, tendrías algo que ver.

—Está bien, entonces, te lo agradecería mucho.

Mamá servía la cena en la terraza. Bistec, por supuesto, gruesos bifes de costilla que papá asaba a las brasas.

Había patatas horneadas, una ensalada de lechuga y panecillos caseros.

—Ese fue el mejor filete que he comido —dijo Hank cuando terminamos, y le creí. La mayoría de las personas que comían carne en nuestra casa, decían lo mismo.

—Bueno, si no puedo poner un buen filete en tu plato, entonces será mejor que salga de este negocio —respondió papá.

—Como si eso llegara a ocurrir —replicó mamá secamente.

—Hank parece pensar que un desarrollo de viviendas realmente podría funcionar, mamá —le dije, esperando romper la tensión. Ella se levantó para limpiar los platos.

—Espero que no estés llevando de aquí para allá a este pobre chico —le espetó a papá. Claramente todo lo que había estado sucediendo entre mis padres seguía ocurriendo.

—¿Puedo ayudar? —preguntó Hank, poniéndose de pie.

—No, tú te quedas sentado —contestó ella, pero yo me paré y empecé a apilar los platos.

Cuando llegué a la cocina, mamá se paró en el fregadero con el agua corriendo, mirando por la ventana al patio donde papá y Hank seguían hablando. ¿Estaba llorando?

Puse los platos en la mesada, fui por detrás de ella y le di un abrazo. Apoyé mi cabeza contra su hombro y ella inclinó su cabeza hasta que nos tocamos.

—¿Mamá? ¿Tú y papá están bien? —pregunté.

Ella me dio unas palmaditas en las manos y respiró profundamente, y oí el suspiro que causó.

—Tu padre y yo hemos estado casados durante veintitrés

años, y eso no es fácil. Es un trabajo duro. Es un compromiso. Hay diferentes etapas: durante mucho tiempo ustedes fueron mi trabajo, y ahora ya no tengo uno. Tu debut me está manteniendo ocupada, pero eso terminará en enero. Tu padre tiene la hacienda y yo no… tengo nada.

–Sí. Pero todavía se aman, ¿no?

–Por supuesto –ella se secó los ojos–. Por favor, no te preocupes, cariño. Las cosas van a estar bien.

Comenzó a cargar los platos en el lavavajillas mientras yo trataba de digerir lo que acababa de oír. Era la conversación más adulta que habíamos tenido, y si eso era lo que estaba por delante, no estaba ansiosa por crecer. Cuando cerró el lavavajillas, sonrió y se recompuso.

–Tenemos que hablar de su fiesta –dijo, y felizmente la dejé cambiar el tema por algo mucho menos serio–. Tenemos menos de dos meses y debemos elegir un tema. Fue muy desconsiderado por parte de los Battle elegir "Denim con Diamantes", nosotros somos los ganaderos, y habría sido un tema perfecto para nosotros.

–Lo sé, mamá –respondí suavemente, tratando de no hacerla pensar en el tema. Ella se sintió agraviada sin fin por el hecho de que Lauren Battle hubiera elegido "Denim con Diamantes" como tema de su fiesta, y nos lo había hecho saber tanto a mí como a Julia en varias ocasiones. No solo era un tema perfecto para nosotras, también nos habría ahorrado un poco de dinero. Podríamos haber realizado la fiesta aquí, en Aberdeen, en lugar de tener que rentar un lugar.

–En serio, son *gente del petróleo*. Pero supongo que no hay nada que hacer ahora –la frase *gente del petróleo* implicaba que de alguna manera los Battle no habían *ganado* su dinero; más bien habían tenido suerte en ello. Era una frase que los tejanos no-petroleros usaban para transmitir un leve desprecio mientras también se la ofrecían a sí mismos por no poder costear ciertas cosas, como: "Compraron un yate, no me pregunten por qué, pero bueno, son *gente del petróleo*".

Traté de ponerla en camino otra vez.

–¿Tienes otras ideas?

–Podríamos hacer Bollywood. Creo que sería festivo y colorido –dijo mamá.

Puse los ojos en blanco.

–Mamá, no. ¿Qué vamos a usar? ¿Saris y bindis?

Ni siquiera mencioné la falta de apropiación cultural, no, mamá se hubiera sentido tan sensible de todos modos.

Su fiesta de debut hace veinticinco años había sido *Lo que el viento se llevó*, con ella como Scarlett O'Hara y los hombres como Rhett Butler, e incluso los oficiales confederados.

Era bastante difícil hablar con mis compañeras de equipo de fútbol acerca de por qué debutar era importante, y por qué lo estaba haciendo, sin ofender a ninguna de ellas con el tema de mi fiesta.

–¿*Una noche en París?* –preguntó mamá.

–Puaj. No.

–¿Por qué no? ¡Sería tan romántico!

–Confía en mí, mamá… no sería romántico.

–De acuerdo… entonces, ¿qué hay de Cleopatra?

–Somos dos, mamá, ¿quién va a ser Cleopatra? –esperaba que esta respuesta detuviera cualquier otra charla sobre lo que yo sentía que era una idea simplemente tonta. En verdad quería pasar la temporada de debut con mi orgullo intacto, y socializando a mi alrededor con negro y grueso maquillaje en los ojos en un vestido de vaina de oro y la corona, no ayudaría.

–Está bien considerar y derribar ideas, pero tenemos que decidir sobre algún tema, y tiene que ser pronto. Hay tanto que planear, y los diseñadores no pueden comenzar a trabajar en muestras, color y decoraciones, ropa, comida, cualquier cosa, hasta que aparezca un tema.

–Mira, Julia y yo vamos juntas a casa de Lauren el viernes. Lo discutiremos entonces y prometo que volveremos con al menos dos ideas sólidas. Entonces puedes elegir, ¿de acuerdo?

–El sábado, entonces. Y si no… *Una noche en París* –amenazó–. Vete ahora, llévalo a pasear.

O X X

Hank y yo salimos de la terraza y caminamos por el patio lateral, y luego por el camino de grava hacia el granero. El aire era fresco y el sol de octubre, un caramelo de azúcar y mantequilla a medio camino en el cielo occidental, tornaba las altas sombras de la hierba en mandarina y caléndula.

–Es realmente un gran lugar –dijo Hank con admiración.

–Gracias. Fue increíble crecer aquí.

Oímos el ruido de cascos detrás de nosotros, y tres hombres polvorientos se acercaron montando a caballo.

–*¡Hola, Megan!* –gritó Silvio en español, sonriendo cálidamente. Silvio era un exjinete profesional de la misma edad que papá, el capataz de la hacienda, y mi tío favorito. Los otros dos eran empleados, un poco más cerca de mi edad.

–¡Silvio! *¿Cómo estás?*

–*Bien, chica. ¿Y tú?*

–*Bien, gracias* –miré a Hank–. Este es mi amigo, Hank –añadí. Silvio se inclinó y se estrecharon la mano.

–Silvio Vargas.

–Hank Waterhouse.

–*Mucho gusto, Hank* –dijo Silvio, inclinando su sombrero.

–*Mucho gusto* –contestó Hank, sonriendo.

–Mamá te guardó la cena –le dije a Silvio.

–Bueno. Vamos a llevar los caballos, y luego iré a la casa.

–¡Lindo verte!

–*¡Adiós!* –nos dijo–. *Vamos, gringos* –les dijo a sus ayudantes, y se fueron.

Hank y yo nos volvimos.

–Parece muy agradable –comentó Hank.

–Él es el mejor. Silvio ha sido el capataz de la hacienda desde antes de que yo naciera.

Cuando llegamos a la casa caminamos por la sombra de los árboles hacia el norte y llegamos al lado de la casa principal. Miró a través de un par de puertas francesas.

–¿Qué hay aquí?

–Este es el estudio.

Abrí las puertas y entramos; nunca cerrábamos las puertas de la hacienda, ni siquiera por la noche. El estudio formaba parte de la estructura original y todos los muebles eran antiguos. Un escritorio de estilo misionero dominaba un lado de la habitación. Detrás del escritorio se encontraba una silla de oficina de cuero. Había estanterías llenas de húmedos libros de cuentas y dos sillas de cuero considerablemente viejas delante del escritorio. Muchos negocios se habían hecho aquí, cuando los compradores llegaban a la hacienda, se sentaban y repasaban los precios por cabeza, los horarios de entrega, y cuando un apretón de manos significaba algo. Ahora los libros de contabilidad habían sido reemplazados con ordenadores portátiles, y los compradores solo llamaban desde sus teléfonos celulares.

Hank pasó los dedos por las estanterías, miró las viejas marcas de la pared y luego se acercó a una pared llena de cuadros.

–La galería de los pícaros –dije, y él se echó a reír.

–Genial –dijo. *Era* genial. Había por lo menos doscientas fotografías, y contaban la historia de Aberdeen. Prácticamente todos mis antepasados estaban allí en algún lugar, así como varios capataces y empleados que habían trabajado en la hacienda. Había fotos de bodas, rodeos, competencias de rodeos familiares. Muchas de las imágenes mostraban a celebridades pasadas: Tom Landry, Neil Armstrong, Kitty Wells.

–Ese es el Angus original –dije, señalando una foto en blanco y negro. Angus se veía muy severo en esa foto, de pie junto al granero–. Y esa era su esposa, Jemima –le señalé otra.

–¿Y quién es este? –preguntó Hank, señalando a un niño muy pequeño sentado en un caballo muy grande. Llevaba unos vaqueros, unas botas y un sombrero, y los estribos habían sido levantados hasta el borde de la silla. No parecía ni seguro ni posible que un niño de ese tamaño pudiera estar en un caballo tan grande.

–Ese es mi papá.

–Estás bromeando.

Negué con la cabeza.

–En esa época, los ponían sobre los caballos desde muy pequeños. Mi abuelo montó con mi papá en su silla de montar a partir de los dos años, y luego consiguió su propio caballo a los cuatro. Y si te caías, volvías a subir al caballo.

Hank se movió lentamente a través de los cuadros, deteniéndose en una mujer que llevaba vaqueros, botas, un sombrero y dos pistolas entrecruzadas con culatas de nácar. Estaba fumando un puro y mirando al fotógrafo como si fuera mejor para él si se diera prisa.

–¿Quién es esa?

–Mi tatarabuela. Ella luchó en la Revolución Mexicana.

–¿De qué lado? –preguntó Hank.

–No estoy segura. Probablemente en los dos. No creo que le importara realmente quién ganara, solo quería la aventura –señalé una foto de dos muchachas muy jóvenes vestidas de tenis blancos sosteniendo raquetas, una junto a la otra. Estaban claramente relajadas, y con razón.

—Esas son mi mamá y mi tía Camille, la mamá de Abby.

—Lindas —dijo.

Nos detuvimos ante otra foto, esa era de mamá cuando era joven, con un gran vestido blanco con hombros descubiertos.

—¿Tu mamá? —asentí.

—¿En su boda?

—No. Es su debut en Bluebonnet.

—¿Quién es el tipo? —preguntó. El chico a su lado era enorme, de hombros anchos, y muy guapo de una manera impecable.

—Ese es Hardy Rowan, el comisionado de ferrocarriles de Texas. Estaban comprometidos, pero mamá lo dejó.

—¿Por tu padre? —asentí.

—Papá era el comodín.

Hank siguió adelante, mirando las fotos, pero me quedé con esta. Mirando la versión más joven de mamá junto al hombre con el que podría haber estado casada, vi la vida alternativa que podría haber tenido: casada, en una familia políticamente conectada, afiliación al Turtle Creek Country Club, tenis de tarde o juegos de naipes y almuerzos de la Liga Junior, un viaje semanal para atender su cabello y uñas. Era la vida que probablemente había imaginado durante sus cuatro años en la escuela para señoritas Hockaday, y los cuatro más en la UMS. *¿Lo lamenta?*, me preguntaba. ¿Toda su ansiedad y presión por hacerme debutar y el problema entre ella y papá eran menos sobre dinero y más sobre que ella eligió una vida en la hacienda en lugar de Cities Park?

–¡Recuerdo esta! –Hank gritó. Era mi foto del anuncio del debut. *Uggg*.

–Hemos terminado aquí –dije.

O ✗ ✗

Papá y yo lo acompañamos hasta su coche.

–Gracias por venir, Hank –dijo papá.

–Gracias –respondió él–. Me ocuparé de esos bocetos.

–No hay prisa.

Hank se paró delante de mí, tomó mis manos y me miró a los ojos.

–¿Te veo el viernes?

Asentí con la cabeza, y luego me besó, y no un beso en la mejilla… Fue del tipo "beso a mi novia", justo en frente de mi papá; un beso que me hizo cerrar los ojos y me dejó atontada. Papá y yo lo observamos mientras conducía hacia la puerta principal y giraba. Él me rodeó con el brazo y volvimos hacia la casa.

–Creo que tienes uno bueno –dijo.

CAPÍTULO

15

# En el que Megan sufre el síndrome de Estocolmo

unca corran o estén apresuradas –dijo Ann. Revisé mi reloj furtivamente: 4:40 P.M. Ann continuaba–. Consideren cada acción. Una señorita bien educada se mueve con un propósito, con una dirección, pero nunca con prisa.

La tercera semana de "Etiqueta y decoro para jóvenes señoritas" se llevó a cabo en la casa de Ann, un modesto piso de una planta en la Avenida Edmonson, en el extremo más alejado de Cities Park, al norte del peaje de Texas. Técnicamente esto le dio el código postal correcto, pero dejó claro que Ann trabajaba y no provenía de una "familia con dinero". Nadie con otra opción vivía al oeste del peaje de la carretera.

Las chicas y yo estábamos sentadas en su mesa de comedor, que estaba preparada para el té. Ann se tomó esto del té muy en serio, y sobre la mesa había tenedores y cucharas de plata, servilletas de lino blanco, platos de porcelana china y una tetera, un recipiente para la crema y un tazón para el azúcar con una cuchara de plata.

–Preparar un buen té requiere tres cosas: té de alta calidad, preferiblemente en hebras; agua muy caliente, pero no hirviendo; y la agitación –continuó Ann.

Agitación, yo tenía mucho de eso. A punto de salir para el fin de semana en lo de Lauren, todavía necesitaba ducharme y empacar y tenía un trabajo final que ya llevaba una semana de retraso. Tendría que pasar toda una noche despierta para escribirlo antes de irme. Volví a mirar mi reloj. Había transcurrido tan solo un minuto, y dejé escapar un suspiro audible.

–¿Hay algún lugar en el que necesite estar? –preguntó Ann.

–No –sabía que estaba siendo grosera, pero tenía mil cosas que hacer y un millón de lugares en los que estar, y ninguno de ellos incluía verla hervir agua. Quiero decir, *casi* hervir el agua.

–La preparación es la clave, así que disponen de todo lo que necesitan de antemano –continuó Ann, señalando todas las cosas sobre la mesa–. Saber cuántos invitados vendrán, y para el té en hebras se requerirá un infusor. Asegúrense de que encaje en la tetera. También querrán tener limón, miel, azúcar y crema. A algunas personas les gusta con limón y miel, y a otras con un poco de azúcar y crema, por lo que deben tener ambos. Nunca mezclen limón y crema.

–¿Por qué no? –preguntó Hannah.

–El limón cuajará la crema –respondió Ann–. Debe añadirse té, una cucharadita por cada taza –dijo mientras colocaba una cucharadita de té *con horrible lentitud*.

Luego entró en la cocina, y nosotras la seguimos. Un recipiente se calentaba sobre un quemador grande. Me paré en la parte trasera moviendo mi pie. *¡Vamos!*

–Hervir el agua reduce el oxígeno, así que tengan mucho cuidado de quitar el recipiente justo antes de burbujear –suspiré mientras ella apagaba el quemador, encontraba una base donde apoyar la tetera y la retiraba del fuego. Las chicas se alejaron y todas la seguimos de regreso al comedor, donde nos sentamos y observamos mientras ella cuidadosamente vertía el agua en la tetera de porcelana.

–Son cuatro minutos precisamente –dijo–. No más. Y, por último, mientras se espera que se haga la infusión, eleven y bajen suavemente el filtro de vez en cuando para la agitación.

*¡Voy a gritar!*

Ann charló sin cesar durante los cuatro minutos sobre canapés para el té y el lugar en Dallas donde se consiguen los mejores bollos y verdadera nata inglesa. Continuó hablando sobre pasteles variados y temas apropiados de conversación. Pasé ese tiempo fantaseando acerca de escabullirme de la fiesta de Lauren temprano con Hank, y me recordé a mí misma elaborar un código con Julia para evitar entradas inesperadas en la cabaña.

–Una vez transcurrido el tiempo de infusión, retiren el infusor. Viertan con la mano derecha y usen su izquierda para sostener la tapa en su sitio –Ann sirvió el té con estilo, y el líquido humeante corría mientras ella bajaba la tetera hacia la taza y luego levantó la tetera suavemente antes de que la taza se desbordara. Nos preguntó a cada una de nosotras cómo preferíamos nuestro té, con una mirada directa, y prestó atención a la respuesta. Vertió la crema exactamente de la misma manera que sirvió el té, y colocó el azúcar de a cucharadas iguales.

Ella nos enseñó cómo sostener el platillo y cómo recoger la taza. Todas tomamos un sorbo. Hice una mueca.

–Señorita McKnight, ¿tiene algo que añadir?

–Solo… Quiero decir, es *té*. *A nadie le gusta el té.* Tiene sabor a agua de baño –todas las niñas se agitaron, e Isabelle derramó un poco de té en su platillo–. Me siento bastante segura de que nunca le ofreceré té a nadie en toda mi vida, así que ¿por qué necesito saber cómo hacerlo?

–El té, o cualquier bebida preparada para los invitados, es una razón para pasar tiempo de conversación con aquellos que le importan. Crea un espacio íntimo, y el respeto por los detalles es un reflejo de su estima por sus invitados. Cuando eres un invitado, entonces su atención es una indicación de su estima por el anfitrión.

A las 4:59 P.M. salí corriendo hacia la puerta.

–Gracias, Ann, grandes consejos.

–¿Señorita McKnight?

–¿Sí? –respondí, mientras me detenía en la puerta

–¿Sería tan amable de quedarse y ayudarme a limpiar?

*¿Está bromeando?*

–Lo siento mucho, Ann, pero no puedo… Debo ir a un lugar.

–Oh, lo sé. Ha pasado la última hora asegurándose de

que todas lo supiéramos. Pero no debería haberlo formulado como una pregunta. Quédese y ayúdeme a limpiar.

Derrotada, solté mi bolso mientras las niñas salían. Ayudé a Ann a apilar los platos y las cucharas y llevarlos a la cocina. Cuando todo estaba en la mesada junto al fregadero, incliné mi cadera y le di a Ann un gesto con mucha actitud.

–¿Así está bien?

–Necesitan ser lavados.

–¿No es para eso que sirve el lavaplatos? –miré el lavava-jillas, vacío y listo.

–Esta –señaló los platos, las tazas y los platillos– es una porcelana china de doscientos años de antigüedad que mi madre me dejó. Se lava a mano y se seca con un paño.

Resoplé y dejé correr agua en el fregadero; busqué una es-ponja mientras Ann tomaba una pequeña toalla de una gave-ta. Cuando el agua estaba caliente agregué jabón a la esponja, y Ann, de pie a mi lado, me dio una sola taza. La tomé y la sentí por primera vez. Era tan ligera y delicada como el meren-gue. La sujeté a la luz y casi podía ver a través de ella. El diseño era un paisaje italiano, un azul vivo. La sostuve con cuidado y la lavé lentamente, de repente preocupada de que pudiera dañar el borde o golpear el asa. Se la devolví a Ann, limpia, tan cuidadosamente como lo haría con un bebé recién nacido.

–Por alguna razón que aún no comprendo, sospecho que hay una bella joven que anda dentro de ti –dijo Ann después de secar la tercera taza–, y me cuesta saber cómo desenterrarla.

–Lo siento –respondí–. Tengo demasiado esta semana.

–Todos tenemos momentos en los que deseamos estar en otro lugar, pero mostrar impaciencia es grosero, y rara vez el camino más sabio. Tampoco decimos todo lo que pensamos –había terminado con las tazas y ahora continuaba con los platillos–. Ser amable significa actuar como si no existiera un lugar en el que prefirieras estar, incluso cuando eso no sea cierto.

Enjuagué el recipiente para la crema y estaba trabajando ahora en la tetera.

–¿Te das cuenta de que todas esas chiquillas te miran?

Dejé de lavar.

–¿En verdad?

–Oh, sí, deberías haberlas oído hablar de ti antes de que llegaras. Eres la clase de chica que todas quieren ser: atlética pero femenina, capaz de practicar deportes, pero también de vestirse e ir a las fiestas, hacer un debut. Ellas te observan, buscan pistas sobre qué decir, cómo comportarse. No creo que la arrogancia sea el ejemplo que quieres dar, ¿verdad?

–No. No lo es.

–Me doy cuenta de que no te gusta, pero presta atención a Lauren este fin de semana, cómo se comporta, cómo se maneja con la gente. Puede ser muy encantadora y amable –Ann terminó de secar la crema–. Aunque no estoy segura de que eso sea natural.

*¡OH DIOS MÍO! ¿Ann estaba criticando a Lauren?* No podía decirlo. Su rostro, tranquilo e inescrutable, ofrecía cero pistas: sin sonrisas, ni un ligero resplandor en sus ojos, ni un cosquilleo en la nariz. Pero estaba segura de que era una indirecta.

–Lo haré. Y gracias –ella no dijo nada más, y cuando todas las tazas y platillos, las cucharas y la tetera estaban limpios y secos, descansando sobre la mesada, recogí mi bolsa–. La porcelana de su madre es hermosa –añadí.

–Muchas gracias por no haber cascado ninguna de ellas.

Esa noche armé mi maleta, la vacié, la volví a llenar y a vaciar de nuevo, la cambié por una más grande y la volví a llenar, y me senté junto a la puerta, como un perro esperando su paseo. Mañana nos íbamos para el "fin de semana" en lo de Lauren, dos días completos de fiesta que incluían una caza de faisán, una comida al aire libre y su gala "Denim con Diamantes". Terminé de engrasar y limpiar mi escopeta, la guardé en su estuche y la puse junto a la puerta, y sin ninguna razón, volví a comprobar las cremalleras y apreté las correas de mi bolso.

–¿Qué te pasa? –preguntó Julia.

–¡No lo sé! ¡Hank ha secuestrado mi mente! –exclamé.

–Bienvenida a tener un novio –dijo con calma.

–¡He tenido novio antes!

–¿Cuándo?

–Fred, en tercer año –respondí.

–Fred no era un *verdadero* novio.

Eso era cierto. No había pensado tanto en Fred en los

varios meses que salimos, como en Hank en los cinco días que habían pasado desde el encuentro en mi sofá.

—Entonces ¿estamos seguras del código? –pregunté–. No quiero entrar y encontrar que tú y Zach están ocupados.

—Sí. Un emoji de corazón rojo significa que estás sexiliada.

—Estupendo.

Coloqué mi bolsa contra la puerta, verifiqué que el mango estuviera firmemente en su lugar.

*¡Gua-juu-gah!*

> ¿Puedo pasar por allí?

Eran las nueve, y Hank quería "pasar por allí". Pensé que podría desmayarme.

> ¡Por supuesto!

Le respondí, y le dije a Julia que Hank estaba en camino.

Sin saber lo lejos que estaba, me preocupé por si debía cambiarme de ropa.

—Son lindos, ¿verdad? –le pregunté, indicando mi pijama.

—Te ves genial –me aseguró.

—¿No estoy desaliñada? –pregunté, en un mar de preocupación. Julia me dio su mirada de *pobrecita*.

—Estás normal –me dijo.

—¡No se siente normal! ¡Lo busqué en Google!

—¿Qué encontraste?

—¡Nada! Había un millón de Henry Waterhouse, el único

famoso era un capitán de mar. Lo encontré en LinkedIn; trabaja en bienes raíces, en un edificio de oficinas en Central Expressway.

–Puede que no esté muy lejos, entonces –respondió Julia.

Corrí hacia el baño y me puse un poco de brillo en los labios, luego fui a la ventana y miré hacia abajo en el estacionamiento. Había un espacio vacío frente a nuestra puerta, pero aún no se veía su coche. Corrí a mi dormitorio, revolví mi armario, tomando y descartando opciones alternativas como un jugador que analiza probabilidades, pero no podía encontrar nada mejor para ponerme. Cuando llamó, en realidad estaba pensando en quitarme los pantalones de pijama e ir solo con la camisa, pero al mirarme en el espejo no podía decidir si eso se veía sexy o como si simplemente hubiera perdido la otra mitad de mis pijamas.

Tendría que hacerlo. Corrí a la sala de estar y me lancé a "descansar" en el sofá, fingiendo leer un libro de Historia sobre el Gran Imperio Romano. Julia fue hasta la puerta, y justo cuando giró la manija, me di cuenta de que el libro estaba al revés.

–Hola, Hank –saludó Julia, mientras yo contaba en mi mente: "Uno, dos", y luego miré hacia arriba.

–Ey –dijo a las dos.

–Hola –dije, y luego me pregunté si lo había gritado.

–Siento venir tan tarde…

–Está bien –respondí demasiado rápido.

–Me preguntaba si podríamos hablar –estaba claro que se refería a nosotros dos solos.

–Por supuesto –dijo Julia, asintiendo, y entró en su dormitorio y cerró la puerta.

–¿Quieres algo de beber? –pregunté.

–No, gracias –se acercó y se sentó a mi lado en el sofá–. Escucha… –empezó–. Simplemente no hay una buena manera de decir esto –puso su mano en mi muslo y causó una sensación de fuego interno–. No puedo ir.

–Oh. Quieres decir, algo como, no puedes ir a…

–Este fin de semana. Se presentó algo en el trabajo que tiene que estar terminado para el lunes y me siento tan, tan apenado.

–Está bien –las palabras se apresuraron a llenar el vacío aplastante dentro de mí.

–Me siento terrible, he intentado todo para evitarlo, pero estoy abajo en el tótem… es una emergencia, y es importante para mi trabajo.

–Entiendo.

–Así que… quería decírtelo en persona y no solo llamar o enviar un mensaje de texto, porque *realmente* quería ir, en verdad lo esperaba –era tan amable, tan apuesto, tan sincero y estaba tan malditamente cerca, que casi me hizo sentir mejor.

–Entiendo, de verdad –dije. Y casi era sincera–. Te agradezco que me lo digas en persona –se movió hacia mí y me atrajo a él, inclinando su rostro hacia el mío. Las lágrimas habían comenzado a correr, y deseaba con todo mi corazón que pudiera evitar que corrieran por mis mejillas. Contra mi voluntad, sollocé.

—Te compensaré, te lo prometo —solo su olor me estaba volviendo loca. Me besó y le devolví el beso, con ímpetu. Me sujeté en su fuerza, doblada en sus brazos. Casi le pedí que se quedara, pero antes de que pudiera, sus hombros cayeron un poco, y él dejó de besarme. Me miró.

—Tengo que irme… mi vuelo para Austin sale a las seis.

—Está bien —dije. *No, no está bien.* Pero ¿qué podía hacer?

Segundos después se había ido, y solo mi bolsa permanecía junto a la puerta, burlándose de mí. La puerta de Julia se abrió y, al verla, las lágrimas finalmente fluyeron. Gemí y ella vino y me abrazó. Lloré y le conté lo que él había dicho.

—Fue muy dulce de su parte venir a verte —dijo, abrazándome.

—¡Lo sé! —y eso hizo que las lágrimas fluyeran aun más fuerte.

O X X

—No voy —le dije a la mañana siguiente, haciendo girar mi avena alrededor del tazón.

—Tienes que hacerlo —replicó Julia.

—Voy a decir que estoy enferma. Fui a la fiesta de Abby con un ojo morado y una herida en la cabeza; creerán que es grave si no voy.

Julia bebió su café y yo ignoré mi desayuno. Me sentía… vacía. Desolada y apenada por mí y al borde de una rabieta. Pensé en tirar mi avena al suelo, como una niña de dos años.

–Sé cómo te sientes –dijo ella–, pero…

–¡Nadie sabe cómo me siento! –esta cosa de tener novio provocaba muchos gritos–. Voy a ser un desastre, y todos lo sabrán, y será… oh, Dios, será horrible.

Era como la duodécima vez, desde que Hank se había ido, que las lágrimas ardientes me escaldaban las mejillas. Casi había vaciado una caja de pañuelos descartables.

–Megan, tienes que ir.

–Papá no irá –sonaba como una adolescente petulante.

–Lo sé. Me preocupa. ¿Sabes algo nuevo?

–Solo que es extraño, y malo.

Julia suspiró.

Ella tenía razón, por supuesto. Tenía que ir. Así que sequé mis lágrimas, otra vez, cargué mi bolso y ella condujo; me senté con los pies en el tablero, la cabeza contra la ventanilla del pasajero, en una tristeza de proporciones épicas. Todos mis planes se habían arruinado, y estaba tan segura de que no pasaría ni un solo buen momento, que tomé mi libro de Historia y planeé quedarme en la cabaña y trabajar en mi examen final, sola.

–Entonces ¿estamos de acuerdo en que es el Bosque Encantado o la Mascarada Veneciana? –preguntó Julia mientras bordeábamos el centro de la ciudad.

–Supongo.

–Le diré a mamá. Hablemos de nuestra fiesta de caridad porque tenemos que decidir eso también.

–Si tú quieres.

–¿Qué tal el cáncer de mama?

–Demasiado obvio.

–¿Y la sociedad de protección contra la crueldad animal?

–Ashley está haciendo eso.

–¿Qué Ashley?

–¿Importa? Y Lauren está haciendo sobre niños enfermos del hospital escocés Rite Children's. Tan predecible y, por encima de todo, tan reprochable. Es como… ¿por qué no hacemos "no aporrear a las focas bebé"?

Julia me dejó descargar sin responder.

–Bueno, Megan, *¿qué te gustaría hacer?* –preguntó.

–¿Y la Sociedad Histórica del Estado de Texas?

–No es muy sexy.

–¿Por qué tiene que ser sexy? Eso es lo que odio de todo esto, no es realmente sobre lo que importa, sino todo sobre lo superfluo. Pequeños gatitos tristes en jaulas, niños en sillas de ruedas. ¡Por favor! –tomé un respiro–. Además, creo que lo haríamos muy bien con esto. Los tejanos sienten orgullo por su procedencia, y podríamos elegir un edificio o un parque, recaudar dinero para preservarlo –le hice un saludo militar a Julia y grité–: *¡Por Texas!*

Esto sonaba aburrido incluso para mí. Pero Julia era la pacificadora, siempre evitando el conflicto y la confrontación, así que fingió pensar en ello y, cuando hubo pasado tiempo suficiente, respondió:

–Bien, vamos a considerar la sociedad histórica, pero seguiremos pensando en otras opciones. Tenemos que vender muchas mesas.

Giramos en la I–35 y nos dirigimos hacia el norte, pasando por el American Airlines Center. El tráfico era ligero y diez minutos más tarde estábamos más allá de la carretera del noroeste. Todavía faltaba una hora.

–Según Zach, Lauren piensa que Andrew va a proponerle matrimonio durante el fin de semana –comentó Julia.

–Pensé que ya estaban comprometidos –respondí. Sabía que solo me distraía con chismes, pero no tenía nada mejor que hacer.

–La gente piensa eso. Los Battle y los Gage son viejos amigos. Creo que sus padres fueron juntos a Exeter.

–Él debe ser mayor, ¿verdad?

–Sí, algunos años, creo. Empezaron a salir después de que Zach y Andrew comenzaron su negocio.

–¿Por qué cree que va a ser este fin de semana?

–Su mamá está viajando en un jet privado. Y toda la cosa de Denim con Diamantes fue idea de la mamá de Lauren –Julia levantó su dedo anular–. ¿Lo entiendes… *diamantes*?

–Sutil como un tractor –dije.

No podía explicar por qué, pero esta conversación me hizo sentir peor sobre el fin de semana y mi propia situación con Hank cancelando a último minuto, y me retiré a mi caparazón durante el resto del viaje en coche. Julia intentó varias veces empujarme hacia fuera, pero mis respuestas concisas con monosílabos le dejaron claro que no me movería. Finalmente, a solo un kilómetro y medio de la puerta principal, ella se detuvo, estacionó el coche y me miró.

–Sabes, él quería venir, parecía realmente apenado, pero tenía que trabajar –dijo Julia. Estábamos sentadas al costado de una carretera de dos carriles al norte de Denton, en un pequeño pueblo llamado Pilot Point. Este pueblo era tierra de caballos, todas las cercas de tablillas y la hierba ondulante.

–No es eso –dije groseramente.

–Solo porque es la fiesta de Lauren no significa que no será divertido. Abby estará allí, y siempre te diviertes con ella.

–Supongo…

–Bueno, realmente aprecio que vengas por mí, te necesito aquí.

–Lo sé.

–Estoy segura de que te llamará la próxima semana.

–Lo sé.

–Bueno, ¿qué es entonces? –ella estaba exasperada–. He intentado de todo en este viaje para animarte y darte espacio…

Quería de alguna manera expresar lo que este fin de semana había significado para mí, cómo lo había planeado… lo esperé toda la semana. Quería explicarle a Julia lo mucho que había estado deseando ceder al *romance*.

–Yo, yo…

–¿Qué? –preguntó ella, persuadiéndome–. Puedes decirme cualquier cosa.

–Yo… oh, Dios…

–¿Qué?

–¡*Me rasuré!* –mis ojos se inclinaron hacia mi regazo–. Ya sabes, allá abajo.

Ella me miró y yo la miré. De repente, las dos empezamos a reír.

–Oh, Megan…

–No todo, solo… ya sabes… una pista de aterrizaje.

Comenzamos a reír de nuevo, y pasó un minuto entero antes de que Julia saliera para tomar aire. Luego me miró cariñosamente, y me sentí muy agradecida de tener a alguien con quien pudiera compartir absolutamente todo.

–Eso es compromiso.

Julia volvió a conducir, y luego, cuando llegamos a la cumbre de la colina final, los vimos: una bandada de paparazzi acampando frente a la puerta de entrada. Unos pocos levantaron la cabeza al oír un coche, pero un Subaru azul no los estimuló a la acción. Tenían una presa más grande en su mira.

–Oh, él es atroz.

# CAPÍTULO

# 16

*En el que Megan ve cómo vive*
*la otra mitad del uno por ciento*

¡Cuando ustedes dos se casen, me quedo con este lugar! –dije, inclinándome para mirar hacia abajo a la cocina.

–Es todo tuyo –respondió Zach desde abajo. Julia se sentó en un taburete en la mesada de la cocina mientras él rebuscaba en los armarios. Me agradaba cada vez más y más. Llevaba su obscena riqueza tan casualmente como cualquier persona que había conocido. Y era lindo y divertido, y claramente estaba loco por mi hermana.

Habíamos pasado la casilla de la guardia, seguimos por un camino enmarcado por una cerca blanca de casi dos metros de altura, y más allá de ella había prados y prados de hierba alta hasta la rodilla, tan deliciosamente verde que podía haber sido pasto de trigo. Los caballos, en forma y majestuosos, se encontraban pastando en ella y sin duda les encantaba. Habíamos andado lo suficientemente lejos sin ver ningún edificio, y cuando pensaba que una gasolinera podría aparecer, vimos la casa principal y el granero adyacente. Había que arrojar la moneda para decidir cuál era más palaciego, pero al final me quedé con el granero. Pasamos por el pórtico y Zach nos esperaba al otro lado.

Conducía un Gator todoterreno utilitario de buen tamaño, con seis asientos y espacio para los bolsos, del tipo que un grupo de caza podría usar. Él estaba tan relajado como siempre, y cuando detuvimos nuestro auto, estaba traviesamente contento de ver a Julia, como un niño que espera a Santa en Nochebuena mirando por las cortinas. Él cargó nuestras maletas, luego se puso detrás del volante.

–Vengan, las llevaré a la cabaña.

Subimos, y puso en marcha el vivaz motor. Tomamos un camino pavimentado que estaba detrás de la casa, bastante grande para las bicicletas y similares, pero demasiado pequeño para un coche. Pasamos por un helipuerto, luego por la laguna a la que él llamó "piscina", y después entramos y salimos de un bosque de robles y cedros de Texas. Zach maniobraba con experticia los giros y vueltas; estaba claro que le gustaba conducir esa cosa, y que ya conocía el camino.

Bajamos y fuimos a ver las cabañas de invitados, si se puede llamar a una estructura de madera de trescientos metros cuadrados, tres dormitorios y tres baños una "cabaña". Erigidas en una ladera, ofrecían sombra y comodidad, y muy buena privacidad.

En la planta baja había una sala de estar central con un

sofá seccional de cuero frente a una chimenea. Una pila grande de leña, guantes de chimenea, tenazas y un atizador estaban cerca. Zach dio la vuelta abriendo las puertas, como si no estuviera muy seguro de lo que encontraría. Señaló el tocador y un armario, y se dirigió a la bien surtida cocina, donde abrió el refrigerador y nos informó que había vino, cerveza, agua, agua con gas, fresas, arándanos, yogur griego y leche, y nos pidió que le hiciéramos saber si necesitábamos algo más.

Subí a ver las habitaciones, y fue entonces cuando concluí que, si ellos decidían llevar una vida juntos, me gustaría mucho tomar posesión de una de las cabañas.

–Hermoso lugar –dije, bajando las escaleras. Zach estaba apoyado en la mesada, le había servido a Julia una copa de vino y abrió una cerveza para él–. Gracias por dejarnos quedarnos.

–No hay problema –respondió, todavía mirando a Julia–. Oye, me preguntaba… ¿quieren ir a dar una vuelta? Hay un gran sendero que corre alrededor del lago.

–Claro –dijo Julia.

–¿Quieres venir? –me preguntó. Sabía que quería estar a solas con él, y yo no tenía ganas de estorbar.

–No, gracias. Tengo que trabajar un poco en mi trabajo final. Vayan ustedes, voy a quedarme aquí y leer.

–¿Me das unos minutos para cambiarme? –preguntó Julia.

–Silba si necesitas ayuda –le ofreció él.

Ella se ruborizó y saludó antes de desaparecer arriba. Me serví agua gasificada y me senté junto a Zach.

–Deberías ir a la piscina –comentó él–. Es tranquila, el agua está caliente… hay toallas y todo lo que necesites, y encontrarás agua y otras bebidas en el refrigerador.

–¿No estará demasiado lleno? –pregunté–. Odio mezclarme con la plebe.

–No –dijo–. Fuera de temporada.

Me reí. Yo también habría estado entusiasmada por él, si no fuera por Julia. *Esta relación va a ser buena para ella,* pensé. *Es todo lo contrario de Tyler.*

Julia bajó con unos jeans Wranglers desgastados de tiro corto, una camisa verde abotonada y botas de cuero de Nocona color caramelo, solo con algunas marcas, las suficientes como para demostrar que habían sido usadas para algo más que caminar por ahí. Y su sombrero de rafia era una obra de arte; yo lo sabía, ya que era mío, y había pasado años manteniendo los pliegues perfectamente en su lugar, el ala curva. Mientras bajaba por las escaleras, el efecto neto era una sexy chica campesina. Zach se dio cuenta.

–Lindo sombrero –comentó.

–Gracias –ella le sonrió y luego me miró; yo permanecí callada. Ey, si mi sombrero la ayudaba a ser propietaria de este lugar, le dejaba todo el crédito del sombrero a ella.

–La devolveré antes de la cena –dijo Zach, y le abrió la puerta. Asentí y se fueron. Los vi desde la ventana caminando hacia el granero. El otoño era un buen momento para montar en el norte de Texas; el sol se inclinaba más hacia un lado que hacia abajo, todo el calor se deshacía y se esparcía por los árboles, y junto al lago había una brisa. Pensé que Zach probablemente había ordenado una brisa. Podía permitírselo.

Una vez sola, consideré mis opciones. ¿Aquí? ¿O la piscina? Era obvio.

O ✕ ✕

Me cambié de ropa y me puse un bikini amarillo, luego tomé una larga camiseta azul de fútbol de la UMS y mis sandalias. Llevé mi libro hasta la piscina, también conocida como la laguna, encontré algunas toallas y me acomodé para leer la historia del Imperio Romano con la esperanza de generar alguna idea para mi trabajo ya vencido en plazo. No había terminado el primer párrafo cuando oí voces, luego el ruido de la cerradura de la puerta.

Lauren Battle apareció, y detrás de ella, Andrew Gage. Demasiado para una tarde sola en la piscina. Lauren caminó hacia mí, pero cuando Andrew me vio, se congeló. Me miró fijamente y yo hice lo mismo. Era evidente que esperaba tener el lugar para él solo. *Qué idiota*, pensé, recordándolo esquivar a los fotógrafos, a los que él mismo había llamado.

—¿Está reservado? —pregunté fríamente.

—No, por supuesto que no —dijo, y se acercó. Lauren dejó la bolsa sobre la mesa.

—Hola, Megan.

—Hola, Lauren —comprobé su dedo, pero no había un

nuevo anillo. Probablemente lo guardaba para la gran noche con toda la multitud, para lograr el máximo efecto.

—¿Dónde está Julia? —preguntó.

—Paseando con Zach.

—Qué *romántico* —dijo Lauren, su voz tan dulce como la melaza.

—¿Y cuándo llega Hank? —sentí que Andrew hacía una mueca al oír su nombre. Lauren debía haber sabido que no se llevaban, pero lo preguntó igual, justo delante de él.

—Trabajo de última hora. No pudo venir.

—¡Oh, no! Qué triste. ¿Quién es tu cita entonces?

—No estoy segura. Ann dijo que se pondría en contacto conmigo.

—Bueno, estoy segura de que puede encontrar a *alguien*.

Lauren se quitó la bata, revelando un bikini blanco muy pequeño en perfecto contraste con sus largas piernas y brazos sin manchas. Ella arrojó la bata a un lado, se acomodó el cabello y le dio tiempo a Andrew para que apreciara la mercancía. Tenía que darle crédito: era sexy y sabía sacar el máximo provecho de lo que tenía.

Me encogí dentro de mi camiseta y pensé en el cuerpo que había debajo. Un cuerpo magro, brazos musculosos de color café rojizo hasta los bíceps, luego blanco como una beluga hasta el cuello, con otro corte de color allí. Mis piernas estaban llenas de cicatrices y temblaba al pensar en ser comparada con Lauren, especialmente bajo el intenso escrutinio de Andrew Gage. En un movimiento, ella me había mostrado quién era quién, y qué era qué. La natación ya no era parte de mis planes de la tarde.

Satisfecha de haber sido educada, Lauren se recostó en un camastro, volvió la cara hacia el débil sol de noviembre, decidida a absorber lo que quedaba de radiación.

Había cerrado mi libro y estaba esperando, mientras Andrew se acomodaba, pensando en cómo Ann querría que yo hiciera mi parte en una charla ociosa. Pero él nunca me miró. Tomó una costosa pluma estilográfica y papel, y sin decir una palabra empezó a escribir una carta, a mano. *Bueno, ¡supongo que voy a leer mi libro entonces!* Ambos eran tan fáciles de odiar: Lauren, la rica perra, y Andrew, el orgulloso, silencioso y distante. Ciertamente se merecían el uno al otro, y sin duda engendrarían niños fríos pero perfectamente educados.

Luché con mi libro durante al menos diez minutos. Mis ojos leían las palabras, pero mi cerebro no comprendía su significado. Me distraía mi propia incomodidad, la insolencia de Lauren y, sobre todo, el irritante rasguño de la aguda pluma de Andrew en el papel de lino. Me concentré de nuevo en mi libro.

–¿Te gusta la historia? –la pregunta de Andrew me sobresaltó, y me di cuenta de que el rasgado se había detenido, y él me estaba mirando.

–Es mi especialización –levanté el libro–. Esta es una historia que te gustaría: trata sobre el orgullo antes de la caída.

Se rio de mi broma indirecta.

–¿Has leído *Historia de la decadencia y caída del Imperio Romano*?

–¿Gibbon? ¿Estás loco? Son ¿qué?… ¿seis volúmenes y, como, cinco mil páginas?

–Siete volúmenes, al menos originalmente.

–Peor aun.

Hizo una pausa mientras pensaba en ello, mirando como si estuviera detenido en el tiempo en alguna parte.

–*En el siglo II después de Cristo, el Imperio Romano comprendía la mayor parte de la Tierra, y la más civilizada de la humanidad* –recitó. Luego me miró–. *Las fronteras de la monarquía estaban resguardadas por el antiguo renombre y el valor disciplinado, y la suave pero poderosa influencia de las leyes y las costumbres habían sometido a las provincias.*

–¿Lo memorizaste?

–Solo el principio. Mi papá me lo leía, era su favorito –respondió. Sonrió tímidamente y pensé brevemente que Andrew Gage era… bueno, intelectual, estudioso y sentimental, en una buena manera.

–Es pegadizo –dije–. Pero esto va a tener que ser suficiente por ahora.

–Entendido.

Volvió a su carta y yo volví a ignorar mi libro. Lauren finalmente suspiró y se dio vuelta. La imaginaba como un sándwich de queso a la parrilla, volviéndose para tostarse del otro lado.

–¿No hay Wi-Fi aquí? –le pregunté unos minutos más tarde. Levantó los ojos. Señalé con la cabeza su pluma y papel.

–No tengo idea.

–¿Tecnófobo, entonces? –pregunté, y él se rio, la primera risa genuina que le había oído.

–No, en absoluto –pensó en la pluma que estaba en su mano y el papel delante de él–. Pero la verdadera escritura de cartas, a mano, tiene algo especial. Me encanta sentir el papel, doblarlo, sellarlo, encontrar una estampilla y ponerlo en el buzón. Me gusta pensar en su viaje, en alguien que lo recibe, que abre el sobre. Es visceral, tan diferente de un correo electrónico. También se está convirtiendo en un arte perdido, y estoy decidido a no perderlo.

–¿A quién le estás escribiendo?

–Mi hermana Georgie.

Por segunda vez esa tarde, me encontró desprevenida y traté de entender a Andrew Gage. Él sostuvo mi mirada, sin duda esperando algún comentario irónico. En una rara ocurrencia ninguno vino a mí y seguimos mirándonos sin pestañear, como dos peces.

–Estoy aburrida –dijo Lauren de repente. Su declaración rompió el hechizo, y parecía más un comentario sobre nuestra conversación que una declaración sobre cómo se sentía. Se puso de pie en ese pequeñísimo bikini y se extendió lánguidamente en toda su altura. Tuvo el efecto deseado. Andrew la miró. Claramente disfrutaba de la atención, de la forma en que sus ojos se movían arriba y abajo y alrededor de su cuerpo–. Ven a nadar.

–Quiero terminar esto –dijo, señalando su carta a medio escribir.

–Más tarde –ella lo atrajo con sus ojos, sus caderas y sus labios. Viendo su acto, pensé que él estaba a punto de ceder. ¿Qué tipo no lo haría?

–Ve tú –respondió él en un tono firme, y ella, predeciblemente, hizo una mueca.

Cuando esto tampoco produjo ningún resultado, me miró.

–¿Megan? ¿Nadamos?

–No ahora –dije, todavía decidida a no dejar que mi cuerpo fuera comparado con el de ella a la luz del día.

–Aaaarrrggg –se escabulló y, cuando llegó a los escalones de la piscina, se detuvo dramáticamente, luego sumergió con delicadeza un dedo del pie, girándolo como un sorbete en un daiquiri–. Uh, está perfecta –miró a Andrew seductoramente–. ¿Estás seguro de que no quieres venir? –preguntó, posando junto a los escalones bañados por la dorada luz del sol. Después de todo, él tenía sangre en las venas.

–Ve tú –dijo, y la sentí entrar al agua con disgusto. Como si hubiera cerrado la puerta de un golpe ante una discusión. Andrew deslizó sus muy oscuras gafas de sol de su cabeza a su rostro. Había vuelto a mi libro para cubrir cualquier noción de que yo tuviera algo que ver en esta disputa, pero miré furtivamente mientras ella ingresaba al agua y se deslizaba en ella sin producir una sola ondulación. Nadaba lenta y cuidadosamente, con el cuello extendido y la cabeza muy por encima del agua, para mantener el cabello seco. Irritante como era, Lauren nadó majestuosamente, y sin esfuerzo, como un cisne.

Estaba perdida. Tenía cero interés en mi libro, y la idea de nadar en esa preciosa piscina era bastante tentadora. Sin embargo, eso requería que me quitara mi camiseta. Pero ¿por qué dejar que este tipo y su ridícula opinión me impidieran hacer lo que yo quería?

–Cambié de idea –dije, de pie y quitándome la camiseta.

En lugar de entrar por los escalones, fui al trampolín, reboté en el extremo de la tabla, y volé en el aire. Me incliné y tomé mis rodillas contra mi pecho.

–¡Bomba! –golpeé el agua con un chapoteo gigante.

El choque de la temperatura del agua era menos de lo que esperaba, y salí a la superficie sintiéndome limpia y viva. Volví a zambullirme y nadé con fuerza por el fondo, llegué al otro extremo y salí junto a Lauren, ahora sentada en los escalones.

Se recostó y apoyó los codos en el borde de la piscina.

–¡Ven con nosotras! –le gritó a Andrew.

–No, gracias.

–Pero ¿por qué?

–Dos razones. En primer lugar, tal vez ustedes dos tengan algo privado que hablar.

–No tenemos nada privado que hablar –insistió Lauren, volviéndose hacia mí–. ¿O sí?

–Nop –respondí.

–¿Cuál es la segunda razón? –preguntó ella. Él miró hacia nosotras a través de sus gafas de sol.

–Ambas saben lo bien que se ven –dijo finalmente–. Y las puedo ver mejor desde aquí.

Lauren hizo un gesto de sorpresa, pero se alegró secretamente de su cumplido. Yo estaba perpleja. *¿Ambas? ¿Por qué me incluyó…? ¿Por caridad?* Esperé a ver si había más. Pero Andrew volvió a garabatear.

—Vamos a molestarlo —dijo Lauren.

—Está bien —respondí.

—Pero ¿cómo? —se preguntó.

—Es tu novio.

—Lo sé, pero es tan perfecto.

—Nadie es perfecto —aseguré. Andrew levantó la vista y lo medí desde los escalones—. Todo el mundo tiene defectos —dije—, y creo que el suyo es… la arrogancia.

Andrew pensó en esto.

—Posiblemente —concedió él—. Y tú… crees saber todo acerca de todo el mundo —se inclinó hacia mí, y vi una pizca de sus ojos sobre sus gafas oscuras—. Pero no lo sabes.

CAPÍTULO 17

En el que Megan encuentra su límite

En su búsqueda por superar a todos los demás en el asunto del debut, los Battle traerían al célebre chef Bobby Flay para cocinar en su fiesta de Denim con Diamantes. El plato principal era codorniz a la parrilla. Un centenar de aves se frotaban a mano con especias, se rellenaban con jalapeños recién cosechados y se envolvían en tocino y cubrían de mantequilla. Luego se asaban en un hoyo a cielo abierto que habría servido bien para un Auto de fe durante la Inquisición. Justo antes de servir, las tiernas aves se bañaban en una salsa de vino de Borgoña, famosa por ser irresistible debido a un ingrediente secreto.

No contentos con preparar codorniz comprada en la tienda, los Battle habían arreglado que sus huéspedes mataran dos pájaros de un tiro, por así decirlo. Aquella mañana, los autobuses llevaban a los dispuestos invitados a madrugar para ir a un fabuloso rancho de tiro que quedaba cerca de allí, donde podían conseguir las codornices vivas cazadas por ellos mismos, asistidos por perros cazadores y sus adiestradores.

A las 4:28 A.M. asomé la nariz fuera de la fabulosa cabaña de los Battle. Todavía estaba oscuro y frío afuera. De nuevo en el interior, me puse un suéter pesado de cuello redondo, sobre una camiseta Under Armour, jeans, botas y un sombrero de Elmer Fudd color púrpura desvanecido, recortado con piel de conejo; mi sombrero de caza y talismán de la buena suerte. Tomé mi chaqueta y el estuche con mi escopeta y me fui en silencio, tratando de no despertar a Julia; luego caminé por el sendero hacia el granero.

–¿Cómo está? –preguntó un hombre mayor, inclinando su sombrero mientras me unía a la fila para desayunar. Era un tipo de rostro rojo, bien alimentado, con una sonrisa de abuelo.

–Muy bien, gracias. ¿Usted?

–Bien –respondió.

–Huele bien –dije. Y era cierto.

–Bastante bien –asintió, olisqueando el aire.

Por delante había mesas de bufé repartidas en el camino con mesas para comida caliente. Las opciones de desayuno incluían burritos, panqueques de arándanos, galletas con salsa, tocino, croquetas de papas y café Bulletproof. Los Battle no escatimaban en gastos a la hora de ofrecer un desayuno antes del amanecer.

De pie a un lado, saboreando un burrito, inspeccioné a la multitud y rápidamente me di cuenta de que yo era la única allí con ovarios. Esto era Texas, y conocía a muchas mujeres que cazaban, así que solo pude adivinar que las otras damas encontraron las camas más tentadoras que el frío aire de la mañana.

o ✕ ✕

–Megan, toma asiento –dijo amablemente Zach, y se movió a un lado del autobús. Me apretujé entre él y Andrew, que se puso rígido

–Gracias –respondí.

–Hola, Megan –saludó simplemente Andrew.

–Andrew –dije. Él miró por la ventana del autobús. Zach notó mi estuche.

–¿Trajiste tu propia escopeta? –preguntó alegremente.

*¿Él está alguna vez de mal humor?*

–Fue un presente de mi papá por mi cumpleaños número trece.

–Adorable –dijo Zach–. ¿Julia tiene una?

–No, a ella le obsequiaron pendientes de diamantes.

–¿Así que realmente cazas? –dijo riendo. Yo asentí.

–Sobre todo con mi papá. Tenemos un permiso de caza en el valle, y cuando era niña íbamos allí y acampábamos el fin de semana.

–¿Venados? –preguntó Zach.

–Principalmente, pero también patos, codornices, cualquier

cosa que entrara en el congelador. Era agradable pasar tiempo juntos –me sentí un poco mal hablando de tiempo de calidad con mi papá delante de Andrew–. Realmente me encanta disparar –dije.

–Bueno, soy un tirador terrible –respondió Zach–, pero tengo que estar aquí. Sin embargo, creo que será divertido.

Andrew continuó mirando por la ventana. Sabía que era de Nueva York. ¿Alguna vez había cazado con su padre? ¿Sabía cómo disparar? Parecía el tipo que contrataría a alguien para dispararle a sus pájaros. Como si hubiera oído mis pensamientos, miró hacia donde me encontraba, pero yo estaba mirando a Zach; no quería darle a Andrew la satisfacción de saber que yo tenía algún pensamiento sobre él, cruel o no.

Cooper Creek Ranch era de primera clase. Los anfitriones saludaron a todos, y una multitud de adiestradores con chalecos anaranjados se quedaron a un lado, reteniendo a sus perros, en su mayoría perros de caza que conocían el trabajo y estaban ansiosos por ponerse en marcha.

Nos paramos en una escabrosa línea de un acantilado con vistas a los pantanos, donde los condenados pájaros aún dormían. Lejos, a su derecha, los perros y los hombres estaban a punto de empezar a avanzar, y cuando lo hicieran, los pájaros volarían justo delante de nosotros. Era como un tiro al plato, pero con blancos vivos.

–Debería estar aquí abajo, señorita –dijo uno de los anfitriones, y me llevó a la posición de frente y de derecha. Presumiblemente lo hizo por cortesía, ya que me permitiría disparar primero a cualquier pájaro que subiera, pero por su manera de hablar y por los murmullos entre los hombres, sabía que esa cortesía también hablaba un poco del miedo que tenían por mi habilidad con una escopeta cargada. Cuando empezara a disparar, los inversionistas claramente querían estar bien detrás de mí.

Sentí que alguien llegaba por mi izquierda, a pocos metros de distancia, y *supe* que era Andrew. Podía sentir su presencia, esa intensidad que flotaba dondequiera que fuera.

—Si intentas intimidarme —le dije sin mirar—, no funcionará. Mi coraje aumenta cuando alguien me desafía.

—No estoy tratando de intimidarte, estoy aquí por los consejos —respondió.

Mi respuesta se perdió en los silbidos que resonaron abajo. Los perros avanzaron ladrando, yo apoyé mi escopeta contra mi hombro, agudicé la mirada y apunté bajo. Cuando los perros saltaron al pantano, oí, más que ver, el zumbido de un pájaro que se dirigía hacia el cielo.

Entonces las vi, dos codornices que se alzaban en tándem, a pocos metros de distancia. Sin vacilar disparé y apunté a la que estaba más alta primero, justo al nivel del hombro. Un instante para volver a ver y ejecutar mi segundo disparo, inmediatamente después del primero. Si no prestaste atención, podrías haber pensado que era un eco, pero el resultado contó la historia: dos piezas en menos de un segundo.

Como el grupo apenas había registrado que había pájaros para disparar, fue con cierta sorpresa que se dieron cuenta de que había conseguido ambas. Otra voló y dejé escapar otro rugido de mi Remington. Un rápido aleteo hacia abajo. La escopeta apenas se movió en mis manos, y después de esta exhibición, todos los hombres se sentían muy cómodos de pie prácticamente en cualquier lugar, excepto donde estaban los pájaros.

–Supongo que disparas un poco –dijo Andrew detrás de mí. Sonreí, ya me sentía mejor.

Ahora los perros, todos sueltos debajo de nosotros, se movían más lejos dentro del humedal, y los pájaros estaban apareciendo rápidamente en bandadas. Tomé una pausa y los dejé ir, y el grupo continúo cazando a lo largo del pantano. En menos de quince minutos había utilizado toda mi carga, con solo una falla. Andrew también había conseguido un buen número de pájaros, y estábamos descansando cuando Zach subió.

–Toma la mía –dijo Zach.

–¿En serio? –pregunté levantando las cejas.

–Por favor, no puedo darles, y me hará quedar bien con papá y con Julia. Además, necesitamos todo lo que podamos conseguir para cenar esta noche.

–Yo te ayudo –dije sonriendo–. ¿Quieres la mitad? –le ofrecí a Andrew.

–No, está bien –respondió. Me encogí de hombros y volví a cargar.

Una codorniz salió a mi derecha y la seguí durante medio segundo, con el dedo en el gatillo, luego disparé. Más aves aparecieron por debajo y cacé otra. Estaba muy ruidoso allí afuera, pero Bobby Flay no tendría problemas con la cena.

o × ×

Flay y sus aves grilladas resultaron ser jugadores suplentes en una noche tan llena de estrellas que los astrónomos mirando hacia el norte de Dallas podrían haber asumido que una nueva galaxia se había formado. Los Battle consiguieron una enorme participación, 250 mesas para 6 personas fueron vendidas para el Scottish Rite Children's Hospital, y cerca de 1500 personas deambulaban en su "granero".

"Denim con Diamantes" es todo un evento en Texas. Significa los pantalones de jean, las camisas y los sombreros más costosos y llamativos, las botas de vaquero más exóticas que se puedan conseguir; avestruz, caimán, pitón, tiburón, lagarto, y manta rayas con púas. Las botas de Lauren eran las del diseñador L. Leddy, hechas a mano en Houston a partir de *caimanes de granja* (los caimanes salvajes llevaban rozaduras y cicatrices). Se rumoreaba que habían costado doce mil dólares.

Nuestros sombreros eran hechos a medida. El de Julia y el mío eran Stetson de castor hechos a mano y vinieron de una pequeña tienda en Jackson Hole, donde los McKnight compraban desde hacía casi un siglo. Mamá llevaba un sombrero rojo Kate Spade ordenado en Nueva York. Mi camisa era de seda negra bordada con rosas y costuras amarillas.

Margot la había encontrado en una tienda vintage y luego la había adaptado para que me quedara cómodamente. Julia llevaba una Anne-Fontaine, color blanco almidonada, cortada en forma de reloj de arena, y mamá iba con unas Ariat coral cosidas a mano.

Luego estaban los diamantes. El tamaño importaba, así que había pendientes enormes, gruesos anillos, collares relucientes y colgantes del tamaño de un cubo de hielo. También estaban las bandas de sombreros con diamantes, brazaletes de tenis y broches con la forma de Texas. En lugar de ir a Harry Winston en Highland Park Village, mamá fue a la caja de seguridad para las cosas de la familia. Julia llevaba pendientes de diamante y zafiro que hacían juego con una gargantilla heredada de la abuela de mamá. Yo llevaba mi banda de sombrero con diamantes y gemelos confeccionados originalmente para mi bisabuelo para llevar en su boda, los cuales combinaban a la perfección. Sí, mi bisabuelo había usado esmoquin, pero con botas de cocodrilo negro y un Stetson negro. Mamá llevaba unos aretes de un quilate, su regalo de cumpleaños de dieciséis, y un broche de diamante y esmeralda. Todo el asunto era el tipo de apariencia ostentosa que mi padre odiaba y, francamente, me alegré de que no estuviera aquí para verlo.

El nivel de celebridades era alto. Había políticos, futbolistas y estrellas de todo el país, pero la estrella del norte indiscutible aquella noche, la luz más brillante del cielo nocturno, fue la madre de Andrew, Penélope Dandridge Gage, Penny, para sus amigos. Ella había volado desde Nueva York en el avión de la familia, arrastrando a una poderosa pareja de Hollywood y un anfitrión de *talk-show*. Llevaba unos vaqueros negros y una camisa de gamuza negra, pero en vez de botas de vaquero, eligió unas ballerinas sin tacón de Ferragamo. Y por supuesto, trajo a Mitzy, su perra, que fue el éxito de la fiesta, incluso cuando orinó justo al lado de su mesa.

Solo la vi de lejos. Zach dijo que tenía un temperamento feroz, y admitió tenerle miedo. No era alta, pero de alguna manera se elevaba sobre toda la habitación. Lauren nunca se alejó de su lado, y la presentó a todos los que pasaron, una línea que se acercaba a Fort Worth. Mirándola, pensé en el Papa confiriendo bendiciones y perdón a su audiencia.

Sin Hank allí me sentía un poco distante de todo. Mi acompañante, Stephen Cromwell, un Beta de la Universidad de Texas, era perfectamente amable y bondadoso. Comimos juntos y bailamos una vez, y luego fue en busca de su novia, a mi pedio urgente. Con tanta potencia estelar era fácil desvanecerse en el fondo, y desde mi posición vi a Julia besarse con Zach. Según ella, su paseo había sido romántico y algo más, y parecía que podría continuar más tarde. Zach claramente la adoraba, y podía notar que ella también se estaba enamorando de él.

A las diez, el lugar brincaba, y cientos de parejas se paseaban por la pista de baile, media hectárea de parquet dispuesta para la ocasión. A Abby le tocó la peor parte para esta fiesta, con Hunter llevándola por ahí como un derviche loco.

Ashley I bailó con su muy hermosa cita, un joven cirujano llamado doctor Chavez, y Sydney bailó principalmente con su padre. Andrew bailó primero con Lauren y luego con su madre; la señora Gage hizo todo lo posible por encontrar el ritmo inusual de dos pasos. Su esfuerzo recibió aplausos (incluso Mitzy le dio su aprobación con ladridos), y al finalizar su baile, la señora Gage ofreció una pequeña reverencia.

A la medianoche, salimos todos afuera para ver los fuegos artificiales. Años antes, mis padres nos habían llevado a Washington D.C. para el 4 de Julio, donde nuestra nación había generosamente proporcionado un espectáculo de fuegos artificiales digno de la ocasión. Cohetes, serpentinas y gigantes estallidos de estrellas explotaron durante veinte minutos, con bengalas y brasas ardiendo sobre el obelisco –el Monumento a Washington– y las piscinas reflectantes. Los Battle debían haber contratado a la misma compañía. El alcance y la longitud de los majestuosos fuegos de artificio de esa noche sirvieron, como un crescendo en una sinfonía, de recordatorio enfático de que en la carrera por la más grande y más costosa fiesta de debut, la medalla de oro ya estaba tomada.

Bajo el brillo, Andrew se encontraba de pie junto a Lauren. Ella lucía agotada, y sin un nuevo anillo, por lo que pude observar. Probablemente pensó que su propuesta iba a ocurrir antes de los fuegos artificiales, pero claramente no había sucedido. Yo suponía que aún podía ocurrir, pero Andrew no parecía un tipo a punto de proponerle matrimonio al amor de su vida: parecía más un gato en una caja trasportadora. Me atrapó mirándolo y esta vez no miré hacia otro lado. Tampoco él.

Luego, entre la multitud, perdí de vista tanto a Julia como a mamá. Levantarme a las cuatro y media para ir a cazar me estaba haciendo efecto, y me encontraba camino a la cabaña para irme a la cama cuando mi teléfono sonó: *Gua-juu-gah*. Un mensaje de Julia: un emoji, un solo corazón rojo. ¡Al menos una de nosotras estaba divirtiéndose!

Buscando un lugar para matar el tiempo, me encontré en el verdadero establo de los Battle. Los caballos hacían buena compañía, en mi opinión, ya que mantenían sus pensamientos para sí mismos. En el interior encontré el interruptor de la luz y miré a mi alrededor. Era un establo, pero no como cualquiera en los que viven los caballos, que sabía que estaban allí. El suelo de concreto brillaba y parecía lo suficientemente limpio como para comer sobre él. Pero podía sentir el olor a los caballos, y cuando caminaba hacia la salida, las narices salieron de los puestos, ansiosos por un roce y algo de atención. Ojalá tuviera una zanahoria o un cubo de azúcar, pero como no tenía ninguna golosina, le ofrecí mi mano a un elegante y magnífico pura sangre. Inhaló mi palma, y yo le froté la nariz suavemente. Giró la cabeza hacia un lado y me miró tímidamente. Cerré los ojos e inhalé un rico bouquet de animales con tintes de heno y aperos.

—Megan —no podía ser. Giré.

—¿Me estás siguiendo? —le pregunté a Andrew Gage, un poco irritada.

–No. Por supuesto que no. Lauren no se siente muy bien y yo no estaba cansado, y... me gustan los caballos –sonó tan extrañamente torpe–. Pero si te estoy molestando…

–No. Está bien. ¿Te gustan los caballos?

–Los amo.

–Yo también –respondí. Él extendió su mano y dejó que el caballo la humedeciera.

–Tenemos un granero –dijo–. Siempre me ha gustado ir allí.

–Lleno de ganadores de la Triple Corona, sin duda.

–No hay ganadores de la Triple Corona en nuestro granero –afirmó, con un tono de burla e indignación–. Tal vez uno o dos Kentucky Derby. Uno ganó el Belmont, creo, pero estoy seguro de que ninguno de ellos ganó la Triple Corona –me reí, ese era el mismo tipo encantador que estacionó mi bicicleta.

*¿A dónde se había ido?*

–En realidad, no tenemos caballos de carreras –continuó–. No me malinterpretes, son agradables, pero son solo para montar.

–¿Y la caza de zorros? –no lo expresé como una pregunta a propósito, sino que se lo tiré como un dardo. Aterrizó, pero no donde yo esperaba.

–En realidad, fui a cazar zorros una vez –respondió–. Pero, en secreto, yo apoyaba al zorro.

Me reí de nuevo.

–¿Eso es lo que realmente piensas de mí? ¿Ganadores de Triple Corona y caza de zorros?

–En mi defensa, viniste aquí en un jet privado.

–Ese es realmente el mundo de mi madre –dijo riendo–. No es que no me haya beneficiado de él, pero no es lo que me interesa.

–¿Qué te interesa?

–Construir cosas, arreglar cosas.

–¿Es eso lo que haces? –asintió.

–Zach y yo tomamos edificios antiguos, los rehabilitamos, los volvemos útiles. Fábricas, casas, centros comerciales… Te sorprendería lo que se ha abandonado y desechado. Pero siempre hay una manera de repensarlo, reutilizarlo.

Esto se sentía a un millón de kilómetros de un arrogante que contrata fotógrafos, e intenté reconciliar todas las piezas de Andrew Gage.

–¿Cómo es vivir bajo ese escrutinio?

–Extrañamente… normal. Es decir, ha estado allí desde siempre, y ahora es solo una parte de mi vida. La gente ve lo que quiere ver, cree lo que quiere creer. No lo hace real. Hice las paces con eso, en cierto modo. Pero no lo aliento.

–Eso no es lo que he oído.

–¿De veras? ¿Qué has oído? –sus ojos se estrecharon ligeramente, y por su tono supe que había tocado un punto sensible. Por un momento me emocionó, me hizo sentir que había algo en él. Entonces me vi diciendo las palabras y rápidamente deseé no haber abierto esa puerta.

–Nada –dije, pero no lo disuadiría.

–Ahora tienes que decírmelo.

–Bien… Alguien me dijo que tu publicista llama a

los fotógrafos, les dice dónde estarás y luego tú te haces el sorprendido.

Esto sonó realmente horrible y deseé otra vez nunca haber ido por ese camino.

–¿Y tú lo crees? –preguntó con suavidad.

–No lo sé –era como pisar estiércol de vaca: apesta, se pega a ti y es casi imposible limpiarla completamente.

–Eso me convertiría… o convertiría a *alguien* que hiciera algo así, en un cretino de proporciones épicas. ¿Quién te dijo eso?

–Nadie.

–¿*Nadie* te lo dijo? –cuando lo repitió, sonó mezquino y estúpido.

Enderecé mis hombros y erguí mi cabeza.

–Hank. Aseguró que lo sabía desde que eran amigos.

–Ah –dejó que el sonido se balanceara, y eso me molestó–. Mi amigo Hank. Y ahora *tu* amigo Hank –odiaba la forma en que lo decía, su voz era cortante, cruel, llena de prejuicio.

–Somos más que amigos –dije descaradamente.

–¿De verdad? –él no lo sabía.

–De verdad.

–Hank Waterhouse es mucho mejor haciendo amigos que manteniéndolos.

–¿Qué significa eso?

–Significa exactamente lo que dije, ten cuidado.

–¡Seré *amiga* de quien yo quiera ser amiga!

Se tomó su tiempo para contestar, y me pregunté cómo

me había enojado tan rápidamente. Pero él se mantuvo tranquilo y firme.

—Ese es, por supuesto, tu privilegio –dijo.

Oh, él era tan altivo, tan increíblemente pomposo, y en ese momento lo despreciaba más que nunca. Sin decir otra palabra, salí furiosa hacia la noche.

CAPÍTULO

18

*En el que Megan ve cómo todo se viene abajo*

**E**s una fea historia –dijo Hank–, pero si realmente quieres saberla, te la contaré.

–Sí, quiero –insistí.

Estábamos en el Café Pacífico para un almuerzo de compensación, su manera de decir que lo sentía por faltar el fin de semana. El lugar zumbaba, lleno de gente que almorzaba allí habitualmente, hombres de negocios y mujeres trofeo; pero de alguna manera todo el bullicio hizo nuestra pequeña mesa de la esquina más privada.

–Soy del oeste de Amarillo, de un pequeño pueblo llamado Dalhart. Mi familia, bueno, no era muy buena. Mi padre nos abandonó y mi mamá… lidió con trabajos diferentes, con hombres diferentes. De niño me gustaba ir a la escuela, quedarme después de clases cuando podía. Iba mucho a la biblioteca, me perdía en los libros. Creo que era una defensa contra lo que estaba pasando… con ella, en casa.

Casi lloré ahí mismo. Él estaba siendo tan abierto, tan vulnerable, y su voz tan cruda, con un dolor sin filtro; me estiré a través de la mesa y tomé su mano. La apreté y él hizo lo mismo.

–Realmente no teníamos nada, pero yo tenía la escuela y terminé con muy buenas calificaciones y altos puntajes en los exámenes. En un momento de impulso, y con el apoyo de mi consejero, me presenté en Harvard. Y entré.

–¿En serio? –pregunte. Él asintió–. ¿Cómo podías afrontar ese gasto?

–No es requisito excluyente tener el dinero. De todos modos, como te puedes imaginar, es un largo camino desde Dalhart a Cambridge. Y el primer año, Andrew Gage era mi compañero de habitación. Todo el mundo que ingresaba tenía que pasar sus primeros dos años en los dormitorios del campus; era una forma de nivelar las cosas, supongo. Probablemente alguien en el departamento del campus tenía sentido del humor y pensó: "Oye, ya sé, vamos a poner a este pobre pueblerino con el hijo del multimillonario".

Él medio se rio, como yo, pero era el tipo de risa que tragas.

–Realmente no puedo explicar por qué, pero nos hicimos amigos. Nos caímos bien el uno al otro. No sé cómo se sentía él al respecto, pero para mí, era… genial. Emocionante. Quiero decir, nunca supe que ese mundo realmente existía y de repente, yo estaba en él. Las fiestas, las tarjetas de crédito y la atención (incluso entonces lo acechaban por fotografías), los reporteros que le preguntaban a dónde iba, con quién estaba saliendo. Yo era como un *groupie* con la banda, ¿sabes?

Asentí, sin idea de hacia dónde se dirigía. Pero ahora que estaba hablando, no iba a detenerlo. Tomó un sorbo medido de su cerveza. El camarero llegó, dejó nuestros platos, pero los ignoramos.

–Para cuando llegó Acción de Gracias, Andrew ya conocía mi historia, sabía que no tenía ganas de ir a casa a pasar un par de días. Estaba planeando quedarme en el dormitorio y conseguir unas horas extra de trabajo, pero él me invitó a su casa. Pensé que solo sentía lástima por mí, pero insistió en que no era de ese modo. Así que le dije que sí, ¿por qué no?

–Eso debe haber sido tan loco: Acción de Gracias en lo de los Gage. Es como de película –dije.

–Loco ni siquiera empieza a describirlo. Volamos en un jet privado desde Boston, y cuando aterrizamos, había un tipo, un guardaespaldas, esperando con un Cadillac Escalade negro de ventanas polarizadas. Llamó a Andrew "señor Gage" y a mí "señor Waterhouse". Tenían un espectacular complejo en Martha's Vineyard, piscina cubierta climatizada, canchas de tenis. La casa era del tamaño de… realmente no puedo describirlo. Conocí a su mamá, y su padre seguía vivo, y todo eso era simplemente… sí, loco. Fueron tan amables conmigo, de verdad. Congenié muy bien con su padre. Estaba impresionado de que hubiera llegado a Harvard, me decía una y otra vez que esa educación permanecería en mí toda mi vida. Debía haber ochenta personas allí para la cena del Día de Acción de Gracias: algunas celebridades, sus vecinos; ni siquiera recuerdo quiénes estaban allí. Había unos seis pavos y champán. Su padre hizo un gran brindis al inicio de la cena, cuando nos sentamos; él me señaló, le dijo a todo el mundo lo agradecido que estaba de que yo estuviera allí con ellos, lo orgullosos que estaban de compartir su mesa…

Su voz se desvaneció en este punto, mientras saboreaba ese recuerdo agridulce.

–Una cosa de locos –dije en voz baja. Él asintió con la cabeza, podría decir que lo entendía.

–Una cosa de locos –estuvo de acuerdo–. Y ese primer fin de semana, también conocí a su hermana, Georgina.

De repente tuve este sentimiento horrible, solo por la forma en que dijo su nombre. Me miró y me suplicó con sus ojos, su corazón y su voz agrietada que entendiera lo difícil que era contarme el resto.

–En ese entonces ella tenía diecisiete años. Pero era precoz. Ella se vestía, ya sabes… de forma adulta, y andaba con nosotros, alrededor de Andrew. Ella estaba en todo lo que él estaba. Si a él le gustaba una banda, a ella también. Si a él le gustaba una película, a ella también. Así que nos conocimos y eso era todo: era su hermana pequeña, todavía estaba en la escuela secundaria. Fue solo un par de días, y luego de vuelta a la universidad, pero de alguna manera ese viaje hizo una diferencia. Tal vez fue el hecho de que me viera interactuando con su padre, no lo sé. Pero de alguna manera nuestra amistad se hizo más profunda… luego me invitaron para Navidad. En las vacaciones de primavera, su padre habló de comenzar un negocio juntos, Andrew y yo. Tienes que recordar que apenas estuve seis meses fuera del oeste de Texas, y ahí estaba yo, escuchando a uno de los tipos más importantes del país hablar de mí y su hijo, de trabajar juntos. Era... surrealista.

»Entonces, de la nada, su padre murió en octubre. Todos estaban... conmocionados. Fui al funeral, y después, su madre, la señora Gage, habló de nuevo sobre nosotros entrando en el negocio, que debíamos hacerlo por su papá. Estaría mintiendo si no dijera que me sentía como... sí, como si hubiera encontrado mi camino. Así que el próximo año, en Navidad, estábamos en su casa, en la ciudad de Nueva York. Lo llaman un apartamento, pero confía en mí cuando te digo que es una casa. Es el penthouse de Dakota, seis dormitorios en dos plantas. Una noche tarde, muy tarde, llamaron a mi puerta, y cuando la abrí encontré a Georgina. Y ella... ella no llevaba puesto... mucho.

—Oh, Dios, no —dije. Sin embargo, yo sabía, en lo profundo de mi ser, que era cierto. Hank bajaba la cabeza como un prisionero condenado. Todavía le sostenía la mano, y ahora la apreté con fuerza, como transmitiéndole que era lo suficientemente fuerte para oírla.

—Le pregunté qué quería, qué estaba haciendo allí. Ella me dijo que me amaba. Dios, esto suena tan estúpido, pero ella dijo que estaba locamente enamorada de mí, que siempre lo había estado, y ella quería... ella me *ofreció* cosas. ¿Sabes? Me sorprendió y le dije que no. Le dije que yo no pensaba en ella de esa manera, que me sentía halagado, pero no, no iba a suceder. Le pedí que volviera a su habitación y que nos olvidáramos del asunto.

–Pero ella no se fue –completé. Podía verla allí, la hermana menor, regateando por el apuesto amigo de su hermano.

–No. Ella no se fue –dijo él sacudiendo la cabeza. Me miró y pude ver toda su alma–. Ella se volteó. Se volvió loca. Me gritó y comenzó a… a sujetarme. Sé que esto suena salvaje, pero ella… yo nunca había visto a alguien así, nunca había visto a alguien que cambiara así, tan de repente. Ella me estaba gritando, llamándome todo lo que puedas imaginar. Le pedí que guardara silencio, le puse la mano en la boca para calmarla, y ella me mordió, me arañó y no dejó de gritar. Su madre, cuando vino a ver lo que estaba pasando… empecé a explicárselo, pero Georgina empezó a decirle que yo había estado coqueteando con ella, atrayéndola, tratando de conseguir que ella fuera a mi habitación. Protesté, pero Georgina le juró a su mamá que yo mentía. Yo estaba… paralizado. Finalmente, la señora Gage me pidió que me fuera, y lo hice. No debería haberlo hecho; me tendría que haber quedado, pero era su casa, era su hija y yo estaba seguro de que había algo realmente malo en ella, tal vez estaba… ¿desequilibrada? Pero probablemente su mamá lo sabía y solo quería que me fuera para que se tranquilizara. Así que… me fui directamente a la universidad. Tomé un tren esa noche, y al día siguiente llamé a Andrew, pero él no respondió. Seguía sin creer que algo estuviera realmente mal, solo que necesitaban tranquilizarla, aclarar las cosas.

–Eso debe haber sido horrible.

–Lo era. Pero lo peor era que no podía defenderme, no podía demostrar que ella estaba mintiendo. Y nunca tuve esa oportunidad. Después de las vacaciones de Navidad, Andrew nunca regresó al dormitorio. Algunos chicos vinieron por sus cosas y se mudó a la ciudad, y nunca más volví a hablar con él. Lo esperé en el campus, traté de explicarle varias veces, pero él me rechazó, no escuchó mi versión de lo sucedido. Y luego, al final del año, misteriosamente recibí una citación de la junta de revisión. Ya no era bienvenido en Harvard.

–Estás bromeando.

–Ojalá. Porque por malo que hubiera sido todo (y era realmente malo), quería quedarme, terminar la universidad. Incluso si Andrew y yo ya no éramos amigos.

–Pero no pueden hacer eso, solo quitártelo, a menos que hagas algo para merecerlo. ¿Estabas reprobando? ¿Te dijeron por qué?

–Dijeron: "es de nuestra competencia revisar a todos y cada uno de los estudiantes anualmente, y tomar las decisiones que consideramos apropiadas" –citó Hank. Podía decir que él había recordado las palabras literalmente, que incluso ahora se sentían amargas como pan quemado.

»Y eso fue todo. Sabía que la señora Gage estaba en el consejo de la universidad, y sabía que lo hacía por su hija, pero ¿qué podía hacer? Así que volví a Texas, y ahí es cuando me inscribí en A&M.

–¿La has vuelto a ver alguna vez? ¿A Georgina? ¿Has hablado con ella?

–Nunca –dijo, sacudiendo la cabeza.

–Debes estar tan enfadado con ella.

–No –respondió en voz baja–. No lo estoy. Quiero decir, ojalá hubiera resultado de otra manera, o al menos antes lo quería así. Pero ahora, lo siento por ella. Creo que tiene un problema, y espero que reciba la ayuda que necesita. El dinero definitivamente no puede comprarle la felicidad, eso es seguro.

–Oh, Dios mío –dije–. Qué cobardes por no dejarte defenderte, no solo… Ay, eso me enoja tanto.

–Que no me creyeran era la peor parte. Pensé que Andrew me conocía, sabía de dónde venía, que mi palabra… eso es todo lo que tengo. Nunca me arriesgaría. Si alguna vez hiciera algo incorrecto, aceptaría mi responsabilidad en ello. Pero ella es su hermana. Supongo que lo entiendo.

Todavía estábamos tomados de la mano. Mi palma estaba sudorosa, y también la suya, pero no parecía importar. Apreté su mano de nuevo, y le sonreí.

–Te lo advertí, no iba a ser lindo –dijo.

–No, pero me alegra saberlo. Gracias por contarme.

Nos sentamos en silencio por un momento, y luego hizo un gesto para que el camarero trajera la cuenta. Miré hacia abajo. Nuestro almuerzo estaba frío y olvidado, ninguno de nosotros tenía hambre, de todos modos.

–Te llevaré a casa –dijo. Asentí.

o ✕ ✕

El camino a casa fue silencioso e incómodo. Cuando llegamos, Hank abrió la puerta de mi coche y me acompañó. Con la llave en la puerta, me volví, sintiendo que tenía que decir algo. No tenía ni idea de qué. Nos miramos el uno al otro.

Él habló primero.

—Ey, no soy tonto. Sé cómo suena todo esto y que probablemente… cambie las cosas. Pero me preguntaste y no podía no contarte la verdad. Realmente me gustas. He pasado lindos momentos contigo estas últimas semanas, pero… ya sabes, todo está bien. Lo entiendo.

Me dio un beso en la mejilla, se volvió y se alejó.

—Hank, no —se detuvo y se volvió—. Estoy sorprendida, seguro. Es horrible, pero… pero no quiero acabar con lo que hay entre nosotros.

—¿No quieres?

—No. Me siento terrible por ti.

—No te sientas mal por mí —caminó de regreso para detenerse frente a mí—. Lección aprendida. A&M me dio mucho, fue una gran educación, y el Cuerpo fue todo acerca de honestidad y su proceso. En serio, no cambiaría lo que tengo ahora por todo lo que los Gage tienen. Además… te conocí a ti.

Le sonreí. Él extendió sus brazos y me estrechó. Me sentí cálida, segura y cómoda en sus brazos.

# CAPÍTULO

# 19

*En el que Megan disfruta
de un breve respiro de la locura*

Con nada más que la verdad entre nosotros, ahora Hank y yo estábamos más cerca que nunca. Nuestra intimidad alcanzó un nuevo nivel, si se entiende lo que quiero decir, y resultó que además era muy bueno para mí. Anoté goles en siete partidos consecutivos, un tramo en el que clasificamos para el torneo de la Conferencia Estadounidense de Atletismo a mediados de noviembre. Lo había logrado en el medio de dos fiestas de debut y tres clases más de comportamiento sin ningún incidente. Ann casi me sonrió en la fiesta de Sydney, la clásica fiesta de temática "Blanco y negro", y me sentí aliviada al saber que no importaba lo espantosa que pudiera salir nuestra fiesta, siempre tendría que ser mejor que la desastrosa fiesta de Ashley II sobre *Las mil y una noches,* una fiesta tan exagerada que incluso Lauren parecía estar sufriendo por estar allí: la enorme tienda inflable de estilo marroquí y los bailarines de vientre importados eran la mejor parte.

Julia y Zach resplandecían cuando estaban juntos. Lo aprobaba, y él prácticamente vivía en nuestro apartamento.

Lo mejor de todo, los "dibujos" de Hank de Aberdeen resultaron ser planos en estado avanzado, magníficas representaciones que, si se llevaban a cabo, significaría el futuro de Aberdeen. Se construirían casas tipo haciendas, no pequeños ranchos, sino casas muy grandes, en grandes lotes, con un cinturón verde, un granero y un predio central, y senderos para los caballos. Hank estaba tan orgulloso que se los mostró a su jefe, quien dijo que tenía un comprador para algo así.

—No sé cómo podría hacerlo mejor que esto —dijo papá. Los planos estaban extendidos sobre la mesa de la cocina frente a nosotros.

—Angus, ¿estás hablando en serio? —preguntó mamá.

—Sí, por supuesto que sí. Sé que esto es lo que quieres. No están ofreciendo lo que ofrece el petróleo ni el gas, pero es suficiente.

—No se trata del dinero —dijo mamá—. Nunca ha sido por el dinero. Es sobre *nosotros*. Se trata de los próximos treinta años de nuestra vida juntos. Tengo miedo de que si no vendemos, no tendremos una vida juntos. Trabajarás hasta el día de tu muerte, y yo estaré vieja y amargada.

—¿Eso es lo que te ha estado molestando? —preguntó papá.

—Sí. Ambos sabemos que finalmente vas a vender la hacienda, pero tú esperarás hasta el final, hasta que no puedas trabajar más. Se siente como si estuvieras eligiendo la hacienda sobre mí. Pero no quiero que lo hagas si vas a estar resentido conmigo.

—No voy a estar resentido contigo. Nunca lo estaré. Desde hace mucho tiempo sé que yo soy el último McKnight que va a llevar esta hacienda de ganado, pero es difícil para mi viejo cerebro de vaquero dejarlo ir.

—Lo sé —dijo mamá con ternura.

—Lo entiendo, cariño —dijo papá—. Ha sido un largo y duro camino, pero hemos criado a nuestras chicas, y no quiero pasar el resto de nuestro matrimonio luchando por sobrevivir. Quiero disfrutarlo contigo.

—Eso es lo que yo también quiero —asintió mamá—. Quiero disfrutarlo.

—Te amo, Lucy.

Mamá gorgoteó como nuestros arroyos en primavera, pero finalmente logró responder.

—Yo también.

Julia y yo habíamos estado conteniendo la respiración, no queríamos romper el momento mágico que acabábamos de presenciar.

—¿Está bien para ustedes? —nos preguntó papá.

—Sí —Julia y yo asentimos.

—Significa algo para ustedes también —continuó papá—. Estableceremos fideicomisos, y tendrán un buen comienzo en la vida.

El viernes 17 de noviembre asistí a mi graduación de "Etiqueta y decoro para jóvenes señoritas" en una pequeña ceremonia en la ya conocida Sala Burdeos en el Hotel Crescent. Ann reprodujo "Pompa y circunstancia", y las chicas y yo entramos lenta y cuidadosamente. Todo el mundo se vistió para la ocasión, y muchos de los padres de las niñas estaban en la parte de atrás filmando la ceremonia.

—Todas ustedes han logrado tanto estas últimas semanas —Ann habló desde un pequeño podio mientras nosotras estábamos sentadas en las sillas, con las manos cruzadas y los tobillos cruzados—. Están pasando de ser niñas a mujeres jóvenes, algunas de ustedes más tarde que otras.

Varios de los padres rieron. Pero la burla no fue mezquina ni cruel, lo dijo en tono de broma, y me pregunté por primera vez: *¿es posible que le agrade a Ann?* Después de todo, solo molestas a las personas que te agradan.

—Por supuesto, hoy no es un punto final, sino los primeros pasos en un viaje de toda la vida. Pero me siento sumamente confiada en que todas ustedes ahora poseen las habilidades y el equilibrio para manejar cualquier situación que se les cruce en el camino. Es un hito distinto, y en reconocimiento a su logro, quiero que cada una de ustedes venga y reciba un certificado de mérito —los padres se levantaron de nuevo, con los teléfonos listos para capturar el momento.

»Carli Amber Johannson —Carli se levantó y caminó hacia delante. Ann presentó su certificado, y posaron para una foto. Hannah, Isabelle, Jayla y Paige subieron luego.

–Megan Lucille McKnight –me levanté y subí, sintiéndome extrañamente adulta. Ann y yo nos dimos la mano y ella me entregó mi certificado. Mi nombre estaba escrito en una hermosa y gruesa caligrafía, sin duda otro de los talentos de Ann. Nos quedamos lado a lado sonriendo, y la mamá de Carli tomó nuestra foto.

Después, posamos para una foto de grupo, bebimos limonada rosa y comimos pastel.

Abrí mi bolso, extraje unos sobres y le di uno a cada chica.

–Quiero que todas ustedes sepan lo mucho que he disfrutado estas últimas seis semanas –les dije–. Es algo que nunca olvidaré, así que les traje algo –rompieron los sobres y en el interior de cada uno había una nota manuscrita y dos entradas–. Los boletos son para el juego del próximo miércoles. Es nuestra primera vez en el gran torneo, y esperaba que pudieran venir un poco más temprano para poder darles un tour por el vestuario.

–¡Oh, Dios mío, gracias! –exclamó Hannah. Y luego añadió, dirigiéndose a su mamá–: Podemos ir, ¿no? –su madre asintió. Las chicas festejaron. Los padres miraban con aprobación, al igual que Ann.

–Qué lindo gesto –me dijo Ann unos instantes después. Me había buscado, cuando me quedé sola, mientras las niñas y sus padres estaban haciendo las maletas.

–Tengo uno para ti también –extraje un último sobre de mi bolso y se lo tendí.

–¿Puedo abrirlo?

–Por favor –dije, y ella cuidadosamente abrió el sobre y leyó la nota, luego sonrió–. He seguido tu consejo de no decir *todo* lo que pienso –añadí, ofreciéndole una rápida sonrisa.

–Es perfecto, y lo aprecio mucho –respondió tomando el billete de su sobre.

–Con respecto a eso –dije, señalando el billete–. Hubiera sido grosero *no* invitarte, pero estará lleno, y dudo que seas fanática del fútbol. En serio, no tienes que venir.

Ann examinó el ticket, la fecha, los equipos, la hora, y luego me miró muy directamente.

–Una de mis alumnas me ha invitado gentilmente a un evento importante en su vida, ¿y crees que no asistiré? –ella inclinó la cabeza y me dedicó una mínima sonrisa–. Megan, ya deberías saberlo, esa no es la forma en la cual me manejo.

Aquella mujer estaba haciéndose un espacio en mi interior. Sentía como si estuviera tratando de mostrarme una manera de ser una sabelotodo en sociedad y salirme con la mía. Tienes que ser un ninja, no un payaso en el campeonato de lucha libre.

Todas las niñas y Ann llegaron temprano el miércoles, y las llevé al campo. Hannah, Jayla e Isabelle llevaban camisetas de fútbol de la UMS y subían y bajaban por el campo. Cada una de ellas anotó un gol, y Jayla incluso se deslizó por el campo en una celebración. Le pasé una pelota a Ann y ella trató de patearla, pero falló. Para ser justos, llevaba zapatos de tacón. Le di crédito por intentarlo.

Cuando les mostré el vestuario, se pasearon mirando en el interior de los casilleros, pasando los dedos por las camisetas, tocaban los protectores para las pantorrillas y se maravillaron ante los largos tapones de metal en los botines. Ann se quedó atrás, pero se veía orgullosa. Tomamos miles de selfies y diferentes fotografías, y luego ellas se dirigieron a sus asientos y yo me fui a vestir con el equipo.

Estábamos jugando contra la Universidad de Connecticut, un equipo al que habíamos vencido en la temporada regular. Ambos equipos mostraron nervios al principio, pero anoté un gol justo después del medio tiempo. Liderábamos por 1-0, y estábamos listas para avanzar en el torneo, pero permitimos que nos anotaran dos goles rápidos durante los últimos diez minutos. Luchamos mucho por el empate, esperando un tiempo extra, pero el reloj se acabó. De repente, mi temporada de fútbol había terminado.

Después, atónita por lo repentino y definitivo que era todo, acepté abrazos de las chicas y de Ann. Cuando se fueron, no pude reunir el enojo suficiente como para patear sillas y botellas de Gatorade, y realmente no pensé que me haría sentir mejor. En su lugar, permanecí en el círculo central durante unos minutos, sintiendo la alegría y el privilegio de jugar en un estadio tan hermoso. Entré en el vestuario y encontré a Cat, enfadada y llorando.

–Ey –dije–. Tuvimos una gran temporada.

–¿Y qué? –respondió ella.

–No todo es malo, y todavía tenemos otro año.

Ella me fulminó con la mirada.

–Me estás ofreciendo lecciones de espíritu deportivo.

–Yo no…

–¿Es algo que les enseñan a las debutantes?

–¿De dónde vino eso? –le pregunté, herida.

–De la realidad. Las amigas se llaman, las amigas se juntan. Has estado completamente inaccesible. ¡Todo lo que te importa es tu estúpida cosa de la presentación en sociedad!

–¡Eso es totalmente injusto! Sabes que mi madre me obligó a hacerlo…

–Lo sé, pobrecita niña rica. Tienes razón. No puedo imaginar lo difícil que todo esto debe ser para ti –ella tomó sus cosas y salió disparada.

–¡Cat! –la llamé. Pero se fue. Me sentí asustada por nuestra pelea, bastante enojada ahora como para patear las sillas, pero sabía que tenía razón, yo no había sido una amiga para Cat esta temporada. Me senté.

La entrenadora Nash entró y tomó una silla.

–Ey –dijo ella–. Has mostrado mucho este año, Megan. Doce goles en veinte partidos es impresionante en cualquier liga.

–Gracias.

–Tampoco he visto nunca que una jugadora creciera tanto en un año. Te estás convirtiendo en el tipo de jugadora y líder que siempre imaginé que podrías ser.

–¿De verdad? –pregunté. Ella asintió.

–Es el día y la noche, desde donde estuviste en agosto hasta ahora –hizo una pausa–. Sé que fuiste a la prueba de Sub-20 el año pasado y no funcionó, y no son muy proclives a dar segundas oportunidades. Pero voy a llamar al entrenador del Sub-23 y decirle que estaría loco si no te da otro vistazo.

–¿Estás bromeando?

–No. Te lo has ganado.

Ella me dio un apretón en el hombro y se fue. Sola, me senté junto a mi casillero, desaté mis botines, me quité los calcetines y los protectores, y examiné mis piernas. Eran un desastre, una mezcla de cicatrices, raspaduras y magullones. Suspiré. Mi temporada había terminado, mi mejor amiga me odiaba, pero la entrenadora Nash me había ofrecido un rayo de esperanza para entrar al equipo nacional.

Fracasar en el Sub-20 había sido la mayor decepción de mi vida. Pero la verdad era que, en ese momento, no estaba preparada y pensé que esa puerta estaba cerrada para siempre. Ahora me sentía lista, y si alguna vez me daban la oportunidad, patearía esa puerta.

O ✗ ✗

Acostada en la cama de Hank la tarde siguiente, pensé en el día anterior. La temporada de fútbol había terminado. Me sentía triste y un poco vacía, pero no me dolía como el año pasado, cuando había gritado por una semana. No quiero ser malinterpretada, no estaba contenta de perder, pero me pareció normal que hubiera principios y finales. Tal vez Ann tenía razón: ya no era una niña, y estaba en camino a convertirme en mujer.

–Pensé que podrías tener sed –dijo Hank, rompiendo mi ensueño. Caminó desnudo y me entregó un vaso frío de vino blanco.

–Mmmm. Gracias.

Se inclinó y me besó.

Mi teléfono sonó. Me detuve a mitad del beso.

–Déjalo sonar –gruñó. Sonó una segunda vez.

–Solo déjame ver quién es.

–Está bien –a regañadientes, me permitió salir de debajo de él, y tomé mi teléfono. Era Julia, y alcancé a responder justo antes de que la llamada fuera al correo de voz.

–¿Julia?

–¡Oh, gracias a Dios que atendiste! –en cuanto oí su voz, supe que había problemas–. Megan, no vas a creer lo que ha pasado.

–Bueno, Julia, despacio, estoy aquí. ¿Dónde estás?

–Estoy… estoy en la cárcel.

CAPÍTULO

20

*En el que Megan hace una visita a la cárcel*

**M**e llevó siete minutos llegar a la estación de policía de Highland Park, en la esquina de Drexel y Euclides. Sabía exactamente dónde estaba y cómo llegar porque el tío Dan y la tía Camille vivían a unas pocas casas sobre Euclides. Cuando éramos niñas, Abby, Julia y yo jugábamos en Prather Park, al otro lado de la calle del edificio bajo, y habíamos visto a menudo a los oficiales de pelo rapado ir y venir en sus patrullas. Siempre nos dieron un agradable y amigable saludo, y nosotras los saludábamos también, seguras de que estaban allí solo para cuidarnos.

Estacioné en el aparcamiento de los visitantes, salté del auto y entré corriendo. Detrás del cristal a prueba de balas, en la recepción, había un policía con expresión de piedra. No parecía ni agradable ni amigable, y me di cuenta de que ninguna de nosotras seguía siendo una niña.

–¿Sí? –preguntó con una voz nasal.

–Me gustaría ver a Julia McKnight, por favor.

–¿Usted es…?

–Megan McKnight, su hermana.

–¿Su identificación? –él empujó una gaveta de metal, y yo puse mi licencia de conducir en ella. La jaló de nuevo y se estrelló en su extremo. Una mano carnosa la levantó, y él la miró, inclinando la cabeza a un lado mientras leía. Me miró, y le di una valiente sonrisa, una sonrisa confiada, aunque dentro de mí temblaba. Puso la identificación en la gaveta nuevamente y la empujó de un golpe. La tomé y la guardé en mi cartera–. Espere allí –señaló con la cabeza algunas sillas de plástico junto a la pared.

Me senté, durante doce agonizantes minutos.

Luego, la puerta lateral se abrió.

–¿McKnight? –preguntó otro policía, aunque yo era la única que esperaba. Sostuvo la puerta y la cerró detrás de mí. Luego pasé a través de un detector de metales, mi bolsa pasó por un escáner de rayos X, y me condujo a través de otra puerta de acero de cierre automático a la cual le seguía un pasillo. Nuevamente sujetó otra puerta que descubría una pequeña sala de entrevistas, entré y me senté.

Cuando la puerta se abrió de nuevo, Julia entró y corrió a mis brazos, sollozando.

–Diez minutos –dijo el policía, y cerró la puerta.

La sostuve y la dejé llorar durante treinta segundos, luego la empujé hacia atrás lo suficiente para echarle un vistazo. No tenía cortes ni magullones, ni heridas que pudiera ver.

—Julia, siento presionarte, pero no tenemos mucho tiempo. Tienes que contarme lo que ocurrió.

—Está bien —ella asintió y se secó los ojos, inhaló por su nariz, y soltó una gran exhalación—. Yo… Sabes que he estado enviándome mensajes de texto con Tyler durante un mes. Solo para estar al tanto, cosas sobre las fiestas, la universidad, saber sobre su pierna. Siempre fue normal y amable. Entonces hoy me preguntó si podía verme. Le dije que no, no pensé que fuera una buena idea. Pero él… me imploró, me rogó por un café, en algún lugar público. Solo volver a ser amigos, ¿sabes? Cuando le dije que sí me dio las gracias, como diez veces, y acordamos vernos en el Starbucks del pueblo. Me recogió y nosotros…

—¿Por qué no te encontraste con él allí?

—¡Tú tenías el coche! —gritó. Por supuesto. Desde que había estado viendo a Hank, había estado usando más el coche. Sentí una profunda punzada de culpa, sabiendo lo que había estado haciendo toda la tarde—. Cuando entré a su auto, supe enseguida que algo andaba mal. Él estaba… No lo sé… nervioso, alterado. Pensé que era solo porque no nos habíamos visto en mucho tiempo.

Julia, tan confiada, siempre asumió lo mejor de la gente. Cerré los ojos para oír el resto.

—Él estaba conduciendo hacia la ciudad, y me preguntó directamente: "¿Quién es ese Zach?". Le dije que no era de su incumbencia, que estaba allí solo para saber cómo estaba él, y entonces comenzó a gritar: "¿Cómo crees que estoy, eh? ¿Eh?". Le pedí que se volviera y me llevara a casa. Le dije que me estaba asustando. Esto lo volvió realmente loco, y comenzó a conducir más rápido y más rápido, gritándome: "¿Qué tal esto?". Megan, fue una locura. Iba como a cien kilómetros por hora. Cruzó una luz roja, casi choca un coche que venía hacia otro lado, y allí había un policía.

–Gracias a Dios.

–No… Tyler no se detuvo. La policía comenzó a perseguirnos y yo le gritaba para que él se detuviera, pero aumentó la velocidad en la intersección de Mockingbird y Prestwick. Había coches en ambos carriles y no había a dónde ir… Pensé que iba a pasar sobre ellos, pero pisó los frenos y nos giró de lado, y de alguna manera terminó en el otro lado de la carretera. Los policías llegaron allí inmediatamente, justo encima de nosotros, y Tyler salió con una pistola…

–¡¿Qué?!

–La tenía en el coche. Apuntó a los policías y ellos desenfundaron sus armas, gritándole. Y luego apuntó el arma contra sí mismo. Justo a su cabeza. Pensé que iba a hacerlo. Los policías le gritaban que bajara el arma, y vi que su dedo se movía, pero… la dejó caer, y luego cayó de rodillas. Los policías lo arrojaron al suelo y me apuntaron con sus armas. Tuve que salir con las manos levantadas.

–Oh, Julia.

–Traté de explicarles, pero me empujaron contra el coche y me esposaron. Leyeron mis derechos. Me tomaron las huellas dactilares. Y tomaron la foto policial... y... Megan, ¿qué voy a hacer?

o ✗ ✗

Me senté en los escalones de afuera. Estaba esperando. La puerta se abrió y el tío Dan salió, con Julia detrás de él. Corrí y la abracé. Estaba a punto de llorar. Eran más de las ocho de la mañana y llevaba más de cuatro horas en la cárcel. Ella se quedó abrazada a mí por un momento. Luego abracé al tío Dan, fuerte.

–Gracias. Muchas gracias.

–Está bien. Me alegra que hayas llamado –me solté y me di cuenta de que yo estaba llorando.

–Chicas, esto no ha terminado –miró a Julia–. Encontraron cajas de esteroides mexicanos y dos armas más en el maletero. Tyler se enfrenta a cargos muy serios. Asalto con un arma de fuego, posesión de drogas delictivas, eludir el arresto... y como tú estabas en el auto...

–Voy a ir a prisión –terminó ella.

–Julia, mírame, no vas a ir a prisión –le aseguró el tío Dan–. Tú vas a cooperar en esta investigación, y les haremos entender que no tenías nada que ver con esto, que estabas en el lugar equivocado en el momento equivocado. Pero tenemos que tomar las cosas en el orden correcto. Y las ruedas de la justicia giran lentamente. He solicitado una fianza...

–Gracias –dije.

–Por nada. Ahora vayan a casa. Descansen un poco. Ve a clases mañana, continúa tu vida normal –se volvió hacia Julia, la sostuvo por los hombros–. Pero, bajo ninguna circunstancia, tengas contacto con Tyler. Sin llamadas, sin mensajes, nada. ¿Lo entiendes?

Ella asintió.

–¿Vas a contarles a mamá y a papá?

Pensó en esto durante un largo momento.

–Tienes más de dieciocho años y yo soy tu abogado, así que no voy a decirle nada a nadie, a menos que tú quieras.

–¿Se lo dirías por mí? –apenas susurró Julia.

–Sí.

–Solo siento que podrías explicarlo mejor, que te saldría mejor.

–Los llamaré ahora, pero también los llamarás, ¿verdad?

Ella asintió de nuevo.

–Vamos a arreglar esto, pero al principio va a ser difícil. Necesito que seas fuerte.

–De acuerdo –dijo Julia.

–Las quiero a ambas. Ahora mantengan la calma y estaré en contacto pronto.

Después de que él se fue, Julia se frotó las muñecas.

–¿Dolorida? –pregunté.

–Un poco. Solo quiero irme a casa.

–Julia, lo siento mucho, pero eso va a tener que esperar. Tenemos que ir a ver a Ann Foster. Ahora mismo.

Ella levantó la cabeza. No había pensado en eso.

—¿Estás delirando? —preguntó—. Además, tal vez no se entere.

—Julia, imagina el título en las noticias: "Jugador de fútbol estrella de la UMS y debutante arrestados con armas y drogas después de una persecución de alta velocidad".

—Eso suena horrible —dijo.

Asentí.

—Tenemos que adelantarnos a esto, rápido.

○ ✗ ✗

—Debo decir, ustedes las McKnight mantienen las cosas interesantes —dijo Ann.

Julia y yo nos sentamos en la sala de estar de Ann, con las rodillas juntas, los pies cruzados, vestidos oscuros y zapatos sencillos pero formales. Nos habíamos tomado cinco minutos más para recoger nuestros cabellos y maquillarnos, para suavizar el sorpresivo aterrizaje en su puerta con nuestra sórdida historia. Sorprendida de vernos, nos invitó a pasar, y claramente no había oído nada al respecto.

Una vez sentadas, me adelanté y le conté exactamente lo ocurrido, desde el principio. Quería que tuviera el contexto, para que entendiera desde hacía cuánto tiempo se conocían, y cómo podría haber terminado esto. Se sentó, erguida y atenta, y no se perdió un solo detalle.

—Y este es todo… ¿todo el episodio? ¿No has olvidado *nada*?

–No, nada –dije, y Julia asintió solemnemente.

–Hiciste lo correcto al venir aquí –aseguró Ann.

–No quería hacerlo, pero Megan insistió –admitió Julia.

–¿Puedes ayudarnos? –pregunté.

–Haré lo que pueda –dijo, y se levantó para tomar su teléfono–, pero realmente no puedo prometer…

Su teléfono la interrumpió. Ella estudió el número.

–Disculpen –nos dijo, y aceptó la llamada–. ¿Hola? Sí, en realidad está aquí. Sí, en mi sala de estar –escuchó por un momento y luego encendió la televisión.

Tyler salió en *SportsCenter*. Un joven reportero resumió lo que había sucedido en el estacionamiento, y luego, el video de la policía de la persecución del coche de Tyler que corría a lo largo de Mockingbird, evadiendo un coche en la intersección. La voz del oficial proporcionó comentarios de color al escucharse el altavoz policial, y luego Tyler frenando, deslizándose y patinando hasta detenerse. Ahora la policía estaba fuera, las armas de fuego, las órdenes. Primero Tyler emergió, con el arma. Apuntó a la policía. Después a sí mismo. Y luego, cielos, Julia con las manos en alto. Un oficial inmediatamente la volvió hacia el coche, colocándole las esposas.

Ahora el reportero tenía un video del cargamento de los esteroides del vehículo de Tyler, dos automáticas más, agujas y municiones adicionales. La policía sospechaba que había estado vendiendo esteroides a otros jugadores, además de tomarlos él mismo. De vuelta a los titulares que publicaban desde el estudio de televisión: "el flagelo del privilegio", "el talento perdido", bla, bla, bla.

—Sí, lo estoy viendo ahora —respondió Ann. Ella se alejó, se fue a otra habitación.

—Estoy perdida —dijo Julia tristemente. Me sentí tan mal por ella, y aterrada. Ver el video trajo a mi mente a cuánto peligro había estado expuesta, y me puse furiosa con Tyler. ¿Cómo podía hacerle esto?

El teléfono de Julia sonó. Ella lo miró, puso los ojos en blanco y luego me lo mostró. Era un post de Facebook en su muro: *¡Orange Is the New Black!*

*No es divertido*, pensé, pero me di cuenta de que eso era solo el comienzo.

Ann regresó, su llamada había terminado. Cualquier esperanza que hubiera tenido desapareció en ese momento.

—Julia, ese era el presidente del Bluebonnet Club. Lo siento… —empezó a decir, y Julia ahogó un sollozo—. Entiendo profundamente tu situación. En verdad hay momentos en que las personas simplemente están en el lugar equivocado en el momento equivocado, y creo que este es uno de esos casos, pero hay reglas muy claras.

—Lo comprendo —Julia estaba tranquila. Yo estaba furiosa.

—Él quiso despedirte inmediatamente, pero yo argumenté que eso implicaría que eres culpable sin un juicio, y él cedió. Sin embargo, lo mejor que puedo hacer es permitirme que te retires voluntariamente.

—¡No! —casi grité.

–Megan –dijo Julia–. Deja que termine.

–Si tú te retiras, no te impide regresar otro año, o participar de eventos futuros, cuando esto se resuelva. Pero, de manera realista, debes centrarte en tu situación legal ahora, y eso debe tener prioridad.

–Pero ¡es injusto! ¡No hizo nada!

–Megan, ¡detente! –gritó Julia–. Yo decidí entrar a ese auto, y tiene razón, tengo que concentrarme en esto ahora.

–Si ella se retira, ¡yo también!

Ann permaneció en silencio.

–No puedes hacer eso, Megan –insistió Julia–. Tienes que quedarte, por mamá y papá.

–Pero ¡no puedo hacer esto sin ti!

–Sí, puedes –se volvió hacia la mujer–. Gracias, Ann. Aprecio lo que has hecho.

–Por nada –respondió ella.

–¿Y ahora qué debo hacer para retirarme? –preguntó. Ann la guio hasta su escritorio y le dio una pluma y papel. Vimos cómo Julia escribía una breve nota al Bluebonnet Club, pidiéndole que se le permitiera retirarse de la actual temporada de debutantes por "razones personales". Lo firmó estoicamente.

Ann nos dio un abrazo a cada una en la puerta. Afuera, sola en los escalones del frente, Julia me miró.

–¿Crees que el tío Dan ya habló con mamá y papá? –me preguntó.

–Si no lo hizo, mamá ya está muerta delante de la televisión.

Puse mi brazo alrededor de ella mientras caminábamos hacia el coche. Se detuvo después de abrir la puerta y me miró.

–Tengo que llamar a Zach.

# CAPÍTULO 21

En el que Megan cruza a través del espejo

Zach no respondió al llamado de Julia, así que ella le dejó un breve mensaje para que la llamara. Su teléfono sonó mientras lo estaba dejando a un lado. Luego otra vez. Y una vez más, y otra, y otra más. Instagram y Facebook estaban explotando con las noticias e imágenes tomadas en la escena. Algunos de los mensajes eran de preocupación de sus amigos, pero la mayoría eran cosas personales y crueles, y Julia estaba llorando por tercera vez ese día cuando tomé su teléfono, lo apagué y lo arrojé al asiento trasero de nuestro auto.

Pero eso fue solo el principio. Unos minutos más tarde nos dirigimos a nuestro apartamento y vimos dos camionetas de noticias con satélite aparcados en el estacionamiento de nuestro edificio. Reporteros armados con cámaras y micrófonos estaban a la espera. Parecía una situación de toma de rehenes.

–¿Qué diablos? –preguntó Julia, incrédula. Las cosas eran decididamente más grandes de lo que cualquiera de nosotras se había dado cuenta, y necesitábamos medidas urgentes.

–Escóndete –le dije, y ella inclinó su cabeza bajo el tablero. Crucé por la horda, miré inocentemente, e hice un suspiro de alivio al pasar sin que nadie me reconociera o viera a Julia. Tres calles más tarde, me detuve para pensar.

La inteligencia y la belleza de Julia eran ahora escombros ardiendo, incendiados por la ruptura de Tyler con la realidad. Desafortunadamente, mamá a menudo hacía que este tipo de situaciones trataran sobre su persona: cómo se sentía o el impacto que tenía en ella. *No es lo que necesitamos en este momento.*

Aberdeen ofrecía el único refugio de una tormenta mediática. Esperaba que llegáramos antes de que algún intrépido periodista pensara en ello.

–Vamos a la hacienda –dije, y Julia, en estado de shock, asintió.

Fue maravillosamente tranquilo, bucólico en verdad, cuando llegamos. Solo la hierba habitual doblada por el viento y unas cuantas reses pastando.

Mamá salió corriendo, llorando, y abrazó a Julia tan fuerte como pudo.

–Gracias a Dios que estás a salvo –dijo–. Podría haber sido mucho peor.

La llevó abrazada hacia dentro, le preparó té de manzanilla y rápidamente la metió en la cama de arriba. En poco tiempo, Julia, agotada, estaba dormida. Me preguntaba si mamá había aplastado medio Xanax en el té para asegurarse de que se durmiera pronto y por mucho tiempo.

Papá me contó que el tío Dan había llamado, y él y mamá habían visto la noticia.

–Voy a matar a ese imbécil –dijo. Probablemente era mejor para Tyler que permaneciera en prisión; estaba más seguro con los internos que con papá.

Cuando mamá bajó, los tres nos sentamos en la sala de estar en silencio. Se sentía como las consecuencias de un tornado, cuando el contenido de toda una vida se esparce alrededor y los carroñeros vienen a escudriñar con las cámaras de televisión para documentar.

–Bueno, llamaré al florista y al club de campo por la mañana –dijo mamá finalmente, su tono y su manera era de resignación–. Y, ya sabes, aún no he realizado el depósito a los proveedores, lo iba a hacer mañana, eso es bueno. Y tu idea acerca de la Sociedad Histórica del Estado de Texas no ha salido a la luz, apenas hemos vendido la mitad de las mesas.

Levanté la mirada.

–¿De qué estamos hablando? –pregunté.

Mamá me ofreció una mirada llena de misericordia y compasión, como si yo fuera una niña lenta.

–Tenemos que cancelar nuestra fiesta.

–Pero todavía estoy en ella –dije.

–Megan, no. Esto es un gran escándalo. No puedes seguir sola. No sin Julia.

–Mamá, no soy alguien que renuncia.

–No se trata de *renunciar* –dijo–. Es la realidad. Tienes que saber cuándo tirar la toalla. Y si recuerdo bien, tú no querías hacer tu debut en primer lugar. Creí que estarías aliviada de que te liberaran de eso.

Ella me estaba ofreciendo la puerta de salida, *¡solo pasa a través de ella, Megan, por el amor de Dios!* Pero por alguna extraña razón, ya no quería esa puerta.

–Si renunciamos, eso dice que estamos avergonzados de Julia, que es culpable. Y ella no lo es, no hizo nada malo. Ella es la víctima aquí. Tyler le abrió la cabeza, la amenazó y casi la mata –tomé un respiro–. Necesitamos un vaquero aquí. ¿El Viejo Angus renunciaría? De ninguna manera. Y papá, siempre me has dicho que los desafíos nos definen. Creo que hay una manera de convertir esto en algo positivo.

–No veo cómo –dijo mamá.

–Cambiamos nuestra obra de caridad –mamá y papá me miraron, esperando que yo les explicara. Estaba inventando esto mientras hablaba, pero tenía el germen de una gran idea–. Necesitamos encontrar una organización benéfica que se ocupe de la violencia contra las mujeres. Lo que hagamos ahora les mostrará a las personas qué somos y propone cómo van a pensar ellos sobre todo esto.

No estaba muy segura de quién estaba diciendo esto, o dónde estaba exactamente viviendo esta mujer en mi cuerpo, pero me gustaba esta nueva yo. Por la expresión de su rostro, a papá también le gustaba.

–Ella tiene razón –dijo, mirando primero a mamá, luego a mí. Ella no estaba convencida.

–Megan, esto acaba de empezar. La gente va hablar de esto en la cena por meses…

–Déjalos –dije–. ¡Quiero hablar de ello! La gente debe saber la verdad y no solo los rumores, y si no estamos hablando de eso, entonces los rumores son todo lo que habrá –recordé las palabras de Ann para mí la noche de la fiesta de Abby–. No podemos controlar lo que otras personas dicen, pero podemos controlar absolutamente todo lo que hacemos.

–¿Qué piensas? –le preguntó papá a mamá. Al final, sería su decisión. Todavía había fiestas a las cuales asistir, y una gran fiesta para armar. Incluso estando yo dispuesta, no podía hacerlo sola, y papá no iba a elegir un menú o hacer un seguimiento de la lista de invitados. Mamá parecía haberse tragado una ostra en mal estado… pero la digirió y luego me miró.

–¿Estás *segura*? –preguntó.

–Estoy más segura de esto de lo que he estado sobre cualquier cosa desde que empecé esta ordalía.

–Está bien, entonces –dijo mamá–. Sigamos adelante.

O X X

La lealtad ciega es mi mejor cualidad, por lo tanto el defender a Julia cuando le hicieron daño vino a mí naturalmente, y acepté el trabajo con deleite.

El primer evento después de la detención era, tres días después, Ashley en el País de las Maravillas, la fiesta de Ashley I.

—Megan —dijo Margot con su acento familiar—, por favor, pruébatelo —estábamos en mi habitación en la hacienda, y ella me sostenía el vestido para que yo lo viera; un vestido con corte canesú pegado al cuerpo, del color de la sal del Himalaya. El vestido caía desde la parte superior todo su largo hasta la mitad del muslo antes de fluir en un encaje Chantilly medio tono más claro. El encaje había sido bordado con delicados lazos.

—Cuando comenzamos esto te dije que tenía dos absolutos no: sin lazos y nada rosado. Ahora, corrígeme si me equivoco, pero este es un vestido rosa con cientos de lazos.

—Confía en mí —ella susurró, sosteniendo el vestido unos pocos centímetros más alto y sacudiéndolo ligeramente, como si yo fuera un toro que ella esperaba atraer. Este vestido contravino toda mi máxima de estilo, pero me imaginé que cuanto más rápido la satisficiera, más rápido estaría en cualquier otro vestido de repuesto que tuviera esperando en los costados. Me puse el vestido, y ella cerró la espalda y arregló los hombros, alisando el encaje mientras yo resoplaba y ponía mis ojos en blanco.

»Ahora mira —dijo, y me dio vuelta al espejo estilo Martha Washington.

—Margot, este vestido es… *¡increíble!* —mis hombros y brazos desnudos se veían fantásticos, y el corte superior, ayudado con unos sujetadores *push-up*, resultaron una combinación excelente para mi escote. La silueta larga y apretada daba la apariencia de longitud y añadía una forma de corazón sexy a mi trasero. Pensaba en el color rosa como monótono, pero bajo la luz, cuando el material del corset se estiró, brillaba en mil direcciones como vidrios rotos. El encaje era soñado, y los lazos sin fin lo hacían maravillosamente romántico y travieso.

Me arregló el cabello con una sola trenza lateral y, aunque podría haber usado calzado deportivo y nadie lo hubiera notado, ella trajo unos pequeños zapatos de satén blanco que se elevaban e inclinaban un poco hacia delante. Cuando caminaba, el frente del vestido rozaba el suelo y parecía que estaba patinando sobre hielo. Di vueltas alrededor de mi dormitorio cada vez más rápido y más rápido mientras ambas reíamos. *¡Me ganaré a todos en Ashley en el País de las Maravillas en esta cosa!*

La fiesta fue llevada a cabo en la mansión gigantesca de los padres de Ashley, en el bulevar de Armstrong, ubicado en el corazón de Highland Park. En Navidad, este lugar atraía a miles de embelesados turistas cada noche. Se dirigían caminando como en una procesión mirando las luces y decoraciones, todo a la altura de un parque de atracciones. Como aún no era el Día de Acción de Gracias, las otras casas no estaban encendidas, pero cuando Hank y yo doblamos la esquina vimos el resplandor.

–Muchas gracias por estar aquí conmigo esta noche, significa mucho –le dije mientras nos acercábamos a la acera.

–No es nada –respondió simplemente, y me apretó la mano.

Salimos y miramos la pasarela, pero no podía ver la puerta principal. La niebla se extendía por el césped y llegaba hasta un espejo del tamaño de la pantalla de un mega estadio que oscurecía todo el frente de la casa. Dos guardias, vestidos de naipes, estaban parados frente a esta cosa, mirando hacia delante. Cuando nos acercamos, se alejaron ceremoniosamente y pusieron los extremos de sus lanzas en el suelo.

Miramos el espejo delante de nosotros. Podíamos ver nuestro reflejo, pero no podía ser de cristal, ¿no? Hank y yo sonreímos nerviosamente el uno al otro. Miramos a los guardias para recibir instrucciones, pero se mantuvieron estoicos. Nuestra imagen se estremeció ligeramente, y finalmente Hank extendió la mano y pasó la mano *a través* del espejo. Se movió un poco y su mano desapareció. Él la retiró y nos dimos cuenta de que era una ilusión, proyectada de alguna manera. Me sostuvo la mano mientras, aún nerviosa, di un paso y me encontré a salvo en los escalones que conducían a la puerta principal. Hank pasó a través del espejo y sonreímos maravillados.

–Genial –dijo Hank, realmente impresionado.

–Muy –estuve de acuerdo.

Subimos los escalones y, en lugar de la puerta, encontramos un agujero de conejo de gran tamaño. La entrada curvada brillaba en neón carmesí, y avanzamos por un camino de madera dentro de un túnel decorado con glicinas, ligustrina y musgo. Al final, pasamos a través de una espesa cortina de hierba alta y tupida y nos encontramos en la casa propiamente dicha, en la entrada principal, pero ahora bloqueada por la Reina de Corazones, una mujer feroz de casi cuatro metros de alto con un vestido de color escarlata en forma de corazón. Apenas llegábamos a la mitad de su vestido, y me di cuenta de que debía estar de pie sobre zancos bajo la enorme falda. El corset de su vestido y la cabeza eran de tamaño normal, pero estaba tan por encima de nosotros que tuvimos que estirar el cuello para ver su rostro maquillado de forma brillante, enmarcado en el rizado cabello rojo chispeante. Nos miró con recelo.

–Buenas noches –exclamó ella con voz estridente.

–Buenas noches, Su Majestad –respondí, inclinándome ligeramente.

–¿Quién eres tú, entonces? –preguntó amenazadora.

–Megan McKnight, señora.

–¿Qué hay de él?

–Hank Waterhouse, señora.

Nos miró por un momento.

–¡Que le corten la cabeza! –ella respondió con la misma voz estridente, señalándome. Entonces explotó en un chillido de risa.

Seguimos adelante al mismo tiempo que Sydney y su cita llegaban detrás de nosotros. Escuchamos a la Reina de Corazones preguntarles quiénes eran y el grito de "¡Que le corten la cabeza!". Cuando entramos en la sala de estar, pasando por dos guardias de naipes, nos encontramos con columnas altísimas y paredes de castillo de ladrillo que enmarcaban esta habitación, la cual estaba llena de hongos gigantes y flores de papel. Nos unimos a la línea de recepción y charlamos con la pareja de ancianos frente a nosotros sobre la inesperada y divertida entrada. Mientras nos dirigíamos hacia Ashley I, sentada en un enorme trono con un vestido azul de baile de gala, todo el mundo hablaba, sorprendido por el alcance y la pura inventiva. Una vez más, temí por mi propia fiesta. Todas las fiestas, excepto la de Ashley II, habían sido bastante espectaculares, y suspiré, sabiendo que la mía rivalizaría con *Las mil y una noches* por el premio de "La más lamentable".

–Oh, Megan, qué bueno verte –nuestro turno llegó y dimos un paso adelante.

–Muchas gracias, Ashley, y felicitaciones, esto es realmente mágico.

–Gracias –respondió. Nos presentó a sus padres, y me presenté a mí misma y a Hank.

–Me disculpo por la ausencia de mi madre –dije, volviendo a Ashley–. Además de la de Julia. A ellas les hubiera gustado estar aquí, y me pidieron que te dijera que lo lamentaban mucho.

–Entiendo completamente –respondió Ashley–. Solo quiero que sepas lo mucho que lo siento por ella y por toda tu familia. No puedo dejar de pensar en Julia y en lo que ella debe estar pasando. Si hay algo que pueda hacer, cualquier cosa para ayudarla a ella o a tu familia, por favor, no dudes en preguntar.

Ella habló con tanta intensidad que casi lloré. *Estaba tan equivocada acerca de ti, Ashley... eres mucho más que una rubia básica.*

—Eso es increíblemente dulce y generoso de tu parte —dije.

—Lo digo en serio —aseguró Ashley firmemente—. Y estoy muy contenta de que hayas venido. Por favor, disfruten de la fiesta.

—Gracias —respondí, y realmente lo decía en serio.

—Lo haremos —añadió Hank.

—Bien, pasamos la primera prueba —le susurré a Hank mientras avanzábamos—. Solo espero que todo el mundo sea así de agradable.

Pasamos a través de más cortinas y nos dirigimos hacia el patio trasero. Todo el espacio había sido cubierto y la temperatura estaba controlada, por lo que la noche otoñal de noviembre tenía unos veintiún grados. Las mesas, de tamaños diferentes, cubrían el césped. La vajilla estaba compuesta por tazas de té con sus platos, y los había de distintos tamaños y colores. Las sillas de madera también eran de diferentes formas y tamaños, algunas lo suficientemente pequeñas como para un niño, y los centros de mesa eran únicos para cada una de ellas. Muchos eran relojes o cualquier otro instrumento que pudiera medir el tiempo, pero una mesa ofrecía una cazoleta y otra un juego de croquet. La piscina había sido cubierta con una pista de baile en forma de tablero de ajedrez, deliberadamente deformado y desigual, lo que les hacía difícil bailar a aquellos valientes que se animaban a la aventura. Los personajes del libro formaban la banda: la Liebre de Marzo tocaba la trompeta, el Gato de Cheshire tocaba el violín, Tweedledum, el piano y Tweedledee, los tambores.

—Esto es irreal —dije mientras Hank y yo mirábamos a nuestro alrededor.

Nos sirvieron una bebida y nos dispusimos a caminar sin rumbo fijo admirando todos los detalles, y mientras, podía sentir una corriente de susurros y miradas a medida que los invitados me reconocían. Simplemente los ignoraba. Las pocas veces que alguien preguntó directamente sobre Julia, yo ofrecía una línea sobre "tomar fuerza y perspectiva de mis antepasados, que conquistaron la pradera". Era una respuesta genial, era como decir que le patearíamos el trasero, y un hombre mayor que oyó lo que decía me dio unas palmaditas en el hombro y respondió: "Bien dicho".

Tenía un recado que hacer esa noche, y cuando vi a Lauren charlando con Ashley II, me acerqué y esperé pacientemente mientras ella terminaba una historia maravillosamente emocionante acerca de dónde encontró los peines de carey para su cabello.

—Hola, Lauren —dije.

—¡Megan! Oh, estoy tan sorprendida… sorprendida y triste por Julia. ¿Cómo está? —su voz goteaba simpatía fingida.

Ashley II se quedó a un lado, esperando detalles sangrientos.

–Ella está bien, gracias por preguntar.

–Simplemente no puedo creerlo. ¡Mi madre me dijo que era la primera chica expulsada en más de cincuenta años!

–En realidad se retiró voluntariamente –respondí.

–Y bien… ¿Realmente fue *arrestada*? –en mi interior estaba hirviendo, pero asentí con la cabeza, tranquila. Estaba decidida a no darle la satisfacción de verme perder la calma.

–Estaba tratando de ayudar a un viejo amigo que estaba claramente perturbado, y ella no tenía ni idea de lo mal que se encontraba. Quedó atrapada en una situación espantosa y horrible. Pero todo saldrá bien.

–Me alegra que esté bien.

–Yo también.

–Hola –dijo Hank, entrando en nuestro pequeño grupo–. No creo que hayamos sido presentados, pero soy Hank Waterhouse.

Lauren no tuvo más remedio que estrecharle la mano.

–Qué bueno conocerte finalmente –dijo ella en el mismo tono falso–. He oído hablar tanto de ti –Lauren lo miró como si fuera su jardinero, y sentí que mi espina dorsal se enderezaba y mi puño se cerraba.

–Me apena haberme perdido tu fiesta –comentó Hank en un tono que no reflejaba emoción alguna.

–No tan apenado como Megan –respondió Ashley II, riendo–. Ella estaba tan *preparada*. ¿O no lo estabas, Megan? *¿Preparada?* –Ashley II rio de nuevo y golpeó a Lauren como si dijera: "¿Recuerdas?".

–Bueno, he oído que fue genial –dijo Hank, sin hacer caso de la risa.

–Escucha, ¿has visto a Zach? –le pregunté a Lauren. Ahora mi voz sonaba un poco nerviosa.

–Por supuesto, es mi hermano.

–Últimamente, quiero decir ¿Está aquí?

–¿Aquí? No, está en Nueva York. ¿No lo sabías?

–¿Nueva York? No, yo… Julia no le ha hablado desde entonces… desde ese día. Ella lo llamó enseguida, le envió un mensaje de texto…

–¿*De veras?* –preguntó ella, y luego masticó lentamente este sabroso bocado, disfrutando del evidente dolor y coacción que su silencio había causado.

–De veras –dije.

–Bueno, todo fue tan precipitado. Él y Andrew tienen un negocio muy importante, y tuvieron que irse. Aun así, estoy sorprendida de que no la haya llamado –hizo una pausa ahora, como si pensara si quería decir algo más–. Probablemente no debería decirte esto, pero Zach… –y aquí ella se inclinó con complicidad–. Zach tiene mucha fe en el juicio de Andrew.

–Entonces ¿me estás diciendo que Zach no ha llamado a Julia porque Andrew le dijo que no lo hiciera, y se lo llevó a Nueva York?

Lauren se encogió de hombros.

–Puedes ver la horrible posición en la que estoy –ronroneó–. Ya sabes que Andrew y yo estamos… bueno… y Zach es mi hermano. Honestamente, estoy preocupada por Julia, y si hubiera *algo* que pudiera hacer para ayudar…

–Estoy segura.

–Envíale mis mejores deseos –Lauren dijo, exagerando la triste sonrisa.

–Por supuesto.

»Esa perra –espeté, una vez que estuve a seis metros de distancia–. Esa cosa de negocios es totalmente una basura, Andrew se llevó a Zach a propósito.

–Ese es su modus operandi –dijo Hank–. Simplemente corta a la gente, y puedo verlo diciéndole a Zach qué hacer.

–Es justo lo que te hizo –añadí–. ¡Qué cretino! ¡Que le corten la cabeza! –Hank solo asentía.

Abby se acercó y me dio un verdadero abrazo.

–¿Cómo estás?

–Bien. Bueno, estoy loca.

–¿Por qué? –preguntó Abby.

–Ashley II, Lauren y su simpatía falsa sobre Julia consiguieron enojarme. Están *oh, tan tristes* por lo de Julia.

–Ignóralas.

–Eso intento, pero es difícil. Zach está evadiendo a Julia.

–Estás bromeando.

–Ojalá lo estuviera. Ni una palabra desde su arresto; sin llamadas, sin mensajes, nada.

–Lamento que no pueda ir a Nueva York con nosotras –dijo Abby.

–¿Por qué no puede ir?

–Papá me dijo que Julia no puede salir del estado de Texas mientras está bajo acusación.

–¿No tienen fin las malas noticias? –pregunté.

Tomé un sorbo de mi bebida. Abby se fue y pensé en nuestro viaje a Nueva York. La verdad era que, con todo lo que estaba pasando, lo había olvidado por completo. La tía Camille lo había planeado hacía meses: ella, mamá, Abby, Julia y yo debíamos pasar el fin de semana de Acción de Gracias allá. Era un viaje de chicas para ver espectáculos y comprar vestidos para el debut. Sin Julia, y probablemente sin mamá, no sonaba muy divertido; pero esa nube oscura tenía un brillo de plata.

*Voy a Nueva York la próxima semana y ahí es donde está Zach.*

CAPÍTULO

22

*En el que Megan trama el plan B*

**M**e quedé mirando por la ventana en lo alto del Hotel Plaza. La nieve de afuera caía en pesados copos blancos, tan densos como hojas, y la gente que se movía por la Quinta Avenida lucía como si sus sombreros y hombros estuvieran congelados. Trece centímetros ya, y el pronóstico dijo que la nieve caería hasta la mañana, tal vez treinta en total. Limpié el vapor y miré hacia abajo. Podía ver la esquina de Bergdorf, y más cerca, una banda de músicos peruanos en la pequeña plaza de concreto, adyacente a la entrada del hotel. Puse mi oído en la ventana y pude oírlos, silbidos y trinos por encima y tonos más graves por debajo, este último tan quejumbroso que podría haber sido soplado a través de una caracola marina.

Hasta ahora, el viaje había sido como el de un anuncio. Mi suite era fabulosa, una esquina en el piso superior con una sala de estar completa, un dormitorio monstruoso y un cuarto de baño más grande que un buen número de apartamentos en Manhattan. La noche anterior me había deleitado en doscientos litros de agua caliente infundida con lavanda y sales de baño japonesas. La comida era deliciosa, y las compras, exitosas. Abby y yo habíamos elegido adaptar los vestidos de boda de Vera Wang, y todos los accesorios estaban listos. Vimos el árbol de Navidad iluminado en Rockefeller Center y fuimos a ver *Wicked* en el teatro Gershwin. Visitamos el Museo de Historia Natural, el Museo de Arte Moderno, y una exposición de Andrew Wyeth en el Whitney, mi nuevo museo favorito.

¿Era yo feliz? Ni por asomo.

—La respuesta es no —la noche anterior a mi partida, Julia había sido enfática.

—Pero ¿por qué no? Es la oportunidad perfecta.

—No lo perseguiré, Megan.

—No te estoy pidiendo que lo persigas, ¡te estoy pidiendo que me dejes *a mí* perseguirlo por ti!

Cruzó los brazos y bajó la barbilla hacia la izquierda. Esto era "definitivo", era la postura que solo adoptaba en situaciones serias.

—Lo llamé. Le envié un mensaje de texto. No respondió.

Me detuve sobre mi maleta abierta.

—Pero si solo escuchara tu versión de la historia.

—Ha terminado conmigo, y no lo culpo, soy radiactiva.

Su respuesta tranquila y lógica no me engañó. Sabía que le importaba Zach, que su silencio completo añadía insulto a lo que ya era una lesión dolorosa. Pero ella nunca cedió, y me fui a Nueva York con Abby y la tía Camille. Mamá canceló su viaje para centrarse en los problemas de Julia y nuestra fiesta de mascarada veneciana, que se había hecho tan grande que sugerí descaradamente que sería más económico llevar a todos los invitados en avión hasta Venecia.

*¡Ya tienen los canales y las góndolas!* Mamá me dijo que decidiera sobre una obra de caridad para "ayer", porque tenía ciento cincuenta mesas para vender.

Cada día en Nueva York pensé en llamar a Zach. ¡Yo estaba en la ciudad de Nueva York, por el amor de Dios, y él también lo estaba! Tenía que acorralarlo, explicarle la situación. Por cada lugar al que íbamos, lo buscaba en la multitud, con la esperanza de que, contra toda razón, me encontrara con él por casualidad. *Buena suerte con eso, Megan, solo hay doce millones de personas aquí.*

Incluso pensé en tratar de "chocar con él" no tan accidentalmente. Busqué en Google el Grupo Gage para saber su dirección. Estaba en Wall Street, bastante lejos de Central Park, y parecía improbable que pudiera convencer a Julia de que había estado en la zona por cualquier otra razón. Pero mañana era mi último día, y la oportunidad se estaba escapando.

En la ventana empañada había dibujado inconscientemente un gran signo de interrogación. *¿Cuál es mi pregunta?*, me preguntaba. *Cómo ayudar a Julia, por supuesto.* Ella me había prohibido entrar en contacto con Zach. Bien. Pero no me había prohibido contactar a Andrew Gage. No era lo mejor, pero la idea de explicarle su situación, mientras le decía lo que yo pensaba sobre él, era bastante buena. Tendría que hacerlo.

A la mañana siguiente alegué un terrible agotamiento, y la tía Camille tuvo piedad de mí. Me dijo que descansara y que fuera al spa, que harían las cuentas con el hotel más tarde. Bostecé para agregar dramatismo, pero tan pronto como se fueron, me di una ducha rápida y me vestí. Enfundada en una gabardina de cachemira Burberry y observando cada partícula de la joven dama en consecuencia, fui abajo, donde el portero silbó un taxi y le ordenó al conductor que me llevara al número 14 de la calle South William. Conduciendo hacia el centro, imaginé el edificio donde Andrew Gage tendría sus oficinas. Sería uno de los rascacielos fálicos altísimos que podía ver a lo lejos…

Pero la calle South William se encontraba en la sombra de los monstruos de Wall Street, y resultó ser una calle interior angosta, con edificios de aspecto histórico. Y el número 14 era una iglesia. Cuando me acerqué a la puerta, me pregunté si tenía la dirección equivocada, y revisé mi teléfono. No había ninguna señal, solo la placa con el número 14 y una simple puerta de madera con una manija de hierro forjado. Sin entrada principal, sin seguridad, sin elevadores, sin movimiento de gente y sin bullicio. Desconcertada, y aún pensando que debí haberme equivocado, subí los tres peldaños de piedra y traté de abrir la puerta. Estaba cerrada. Miré alrededor, buscando un timbre o un intercomunicador, pero solo encontré el cordel original de la campana. Sintiéndome un poco ridícula, lo jalé y oí que sonaba adentro. Mientras reflexionaba sobre lo que debía decirle al anciano sacerdote que abriera la puerta, me sorprendí al escuchar una voz.

–Gage Group, ¿cómo puedo ayudarla?

No veía ningún altavoz, ningún cable, nada electrónico en ninguna parte de la puerta o en el marco. Pero supuse que si podían hablar conmigo, yo podría hablarles…

–Umm hola. Estoy aquí para ver a Andrew Gage, por favor.

–¿Quién lo busca?

–Megan McKnight.

Una pausa y la puerta sonó, aunque todavía no podía ver cómo, pero cuando empujé, se abrió. Un susurro silencioso. Entré y se cerró.

Atravesé el vestíbulo e ingresé a un espacio más allá. Lo que había sido una iglesia más bien íntima, construida en el clásico cruciforme, ahora era un edificio de oficinas, raro, único en su tipo, que se extendía delicadamente desde el pasado al presente. Gran parte de la iglesia original permanecía: el suelo de piedra, el pasillo central, las columnas, dos escaleras caracol y el techo abovedado con frescos.

Pero en el centro, las bancas habían sido retiradas y reemplazadas por despachos enmarcados con paneles antiguos

–tres de cada lado– que se alineaban a ambos lados de la pasarela central. Antiguos vitrales con motivos religiosos fueron colocados en las paredes, y las brillantes luces de la oficina pasaban a través de un prisma, dando ráfagas de luz y color a todo el corredor central. En un detalle de calidez, las bancas con sus asientos desgastados, obviamente restauradas, fueron colocadas aquí y allí como asientos. Las escaleras, a mi derecha e izquierda, llevaban al lugar del coro, hogar de más oficinas con el mismo revestimiento y más vitrales. Estas oficinas superiores brillaban como tanques de peces por la noche.

Había dos oficinas más en los transeptos norte y sur, pero al otro lado del altar se había construido un muro de piedra. Los ladrillos rústicos, rosados y resecos coincidían con el exterior del edificio. *Parece que hubieran enmarcado un patio,* pensé. Más allá, en la pared y bloqueando el camino hacia el ábside y la sacristía, había dos puertas muy viejas, de cuántos años de antigüedad no sabría decir, pero realmente viejas, incluso antiguas.

Recordé mi conversación con Andrew en el granero. ¿Qué había dicho? "No creerías lo que se desecha". *¿Esta iglesia fue abandonada?,* me pregunté.

La puerta de la oficina del transepto sur se abrió, y una joven afroamericana se me acercó. Llevaba unos jeans y una camisa de lino blanca, muy informal.

–Soy Gracie –dijo, extendiendo la mano–. Asistente de Andrew. Me disculpo, pero él no está aquí ahora mismo.

–Oh, ¿y está Zach aquí?

–No, lo siento –respondió Gracie, sacudiendo la cabeza–. Hoy se ocupa de algunos negocios en el norte. Le dejé un mensaje a Andrew, y él debería llamar en unos minutos. ¿Quieres esperar?

–Claro –dije.

–Por favor, siéntate –ella indicó una banca–. ¿Quieres un café?

–Umm, seguro. Con un poco de leche.

–¿Café regular, o prefieres un cappuccino o un café con leche? –¿qué iba a hacer, correr hasta Starbucks?

–No te preocupes, por favor.

–No es ningún problema –respondió en serio.

Pensé en el frío y la nieve derritiéndose afuera, el fuerte viento del Hudson que soplaba con tanta fuerza que hacía temblar los edificios.

–Un café con leche sería fantástico.

Ella asintió y se marchó. Me senté en la banca. Era cómoda.

Cuando regresó me entregó un café con leche en una taza y un platillo de cerámica de Illy con dos diminutos cubos de azúcar y una cuchara de café de platino. Mientras revolvía, me preguntaba por qué había llamado a Andrew y dónde había conseguido este perfecto café con leche. ¿Lo había preparado ella misma, o había un café italiano escondido allí en la sacristía, entre las túnicas y los cálices?

–Muchas gracias.

–Por nada –se sentó a mi lado–. Entonces, ¿viniste de visita desde Dallas?

–Sí. ¿Cómo supiste?

–Reconocí tu nombre y tu acento –ella sonrió, una sonrisa encantadora llena de calidez; la más genuina que había recibido desde mi llegada a Nueva York, me di cuenta–. ¿Puedo enseñarte el lugar mientras esperamos a que él vuelva?

–Seguro –llevé mi café, tomé un sorbo. Sabía aun más delicioso de lo que olía.

–El edificio es holandés –dijo ella, haciendo gestos–, y data de mediados del siglo XVI. Fue una iglesia de barrio durante siglos, pero finalmente quedó desocupada, y luego vino su decadencia.

Nos encontrábamos en el pasillo central, y ella señaló la cúpula abovedada.

–La cúpula y el tejado cayeron parcialmente, y se convirtieron en un refugio para las palomas y los ocupantes ilegales, y eventualmente la ciudad la condenó. Fue vendida a un constructor de hoteles que planeaba derribarla. Algunas personas, académicos principalmente, protestaron, dijeron que era de verdadero significado histórico. Pero el constructor tenía amigos en el Ayuntamiento, y la demolición ya estaba programada cuando Andrew trajo una orden judicial de último minuto.

Habíamos subido los escalones ahora, caminamos a lo largo de las oficinas del piso de arriba y nos detuvimos en un pequeño rincón. En el muro curvado había un mosaico, miles y miles de minúsculas baldosas de oro dispuestas para mostrar a un humilde Cristo sobre un asno, sus discípulos detrás de él. Sin pensarlo estiré una mano y casi lo toqué antes de retroceder. Cuando era una niña muy pequeña, una vez, inocentemente, toqué un lirio de un Monet en un museo, horrorizando a mi madre, lo que llevó a una lección que nunca podría olvidar.

–Eso es… es solo…

–¿Verdad? –preguntó Gracie–. Fue una sorpresa maravillosa. Habían sido pintadas y cubiertas con yeso en algún momento, todas lo fueron –dijo, señalando los espacios superiores, cada uno de esos tenía un mosaico de cerámicos finamente detallado.

–¿Fueron pintados y cubiertos? –estaba en shock. *¿Qué imbécil pondría yeso en unos mosaicos de oro con siglos de antigüedad?*

–Andrew trajo expertos de Holanda que confirmaron este patrimonio, y con un poco de trabajo en el lado político forzó a dar un giro de ciento ochenta grados, y el edificio fue designado un hito histórico. Andrew acordó comprarlo al constructor de hoteles. Fue ridiculizado en la prensa, ya sabes, era un chico idealista, pero tonto, con demasiado dinero y poca experiencia… Pero él estaba decidido a salvar el edificio. Encontró a un contratista en Missoula que se especializaba en viejos edificios occidentales, que reforzó las paredes existentes con un esqueleto de madera y acero. Cada capa fue cuidadosamente retirada a mano, en caso de que algo estuviera detrás de ella. Gran parte del vitral que ves se encontró en las ventanas del sótano, oscurecido con pintura en aerosol. Los materiales vinieron de Pennsylvania, Tennessee, Latvia... Él encontró las puertas delanteras en un pueblo en Argentina. Tenía una visión de lo que podía ser.

–Es extraordinario –dije, y lo decía en serio. Era una obra maestra, fácilmente el edificio de oficinas más inusual y más hermoso que jamás había visto.

Ella me condujo hasta abajo, a lo largo del pasillo central más allá de la transversal y subiendo hasta la pared de piedra y hasta esas puertas antiguas. *Esta debe ser la oficina de Andrew, el santuario interior, hogar del sumo sacerdote de los negocios.* Gracie abrió la puerta. Era sorprendentemente informal, por supuesto, pero de la mejor manera. Pilas de papeles, un conjunto de planos sobre el escritorio, una agenda verde Moleskine, un frasco de bolígrafos y algunos adornos. La silla giratoria que había detrás de la mesa era de respaldo alto, de cuero viejo; era señorial, pero mostraba signos de haber sido utilizada.

–Pertenecía a su padre –dijo Gracie, indicando la silla.

Puse mi mano en ella, y pude sentir la historia incrustada en el cuero arrugado, se sentía de la manera en que puede concebirse una rara primera edición. Se sentía... auténtica.

–¿Me disculpas un momento? –preguntó Gracie.

Asentí y ella salió. A solas, me senté en la silla. Su padre había sido extraordinariamente rico, políticamente bien conectado, había manejado poder real en el mundo real. Esta era en todos los sentidos una gran silla para llenar. *Apuesto a que es difícil para él sentarse aquí.*

Cuando Gracie regresó, yo estaba de pie.

–Lo intenté otra vez, pero él es terrible para contestar su teléfono.

–Está bien. Me arriesgué a venir, por si lo encontraba aquí.

–Se supone que estará en casa de su madre más tarde. ¿Te gustaría intentarlo allí?

Sorprendida por su oferta, tartamudeé mi respuesta.

–Por supuesto. Supongo.

–Llamaré a un coche.

Y antes de que pudiera negarme, se había ido. Minutos más tarde me puse en el asiento trasero de un coche de la ciudad.

–Al Dakota, por favor –le dijo Gracie al conductor.

–¡Encantada de conocerte, Gracie! ¡Y gracias!

–Yo también, Megan. Le envié un mensaje de texto, le dije que estabas en camino, espero que lo vea.

Miré hacia atrás por la ventana trasera. Abrazando su cuerpo para evitar el frío, ella sonrió y saludó. Le devolví el saludo.

# CA PÍ TU LO 23

*En el que Megan desafía el río Yukón en tacones*

Mientras permanecía de pie bajo la abrumadora fachada, el Dakota brillaba con una palpable malicia.

Enorme, una fortaleza teutónica de cien metros cuadrados, con tejados a dos aguas, torretas, claraboyas, balcones y enjutas. Las paredes de la base eran tan gruesas que si los aldeanos enfurecidos no traían nada más que hachas y un ariete, todavía estarían allí un mes después. En el camino, curiosa acerca de dónde vivía la señora Gage, lo había buscado en Google. Construido en la década de 1880, su nombre deriva de su ubicación, muy al norte y al oeste de la civilización de la época. Había sido un hito de la zona superior oeste durante un siglo, y era uno de los favoritos de los famosos. No me sorprendió que ella lo hubiera elegido.

Apreté el cinturón de mi gabardina, enderecé mis hombros y me dirigí a la puerta de entrada, abierta por un portero.

Se cerró detrás de mí con un ruido sordo. En el interior, la luz era tenue y el suelo y las paredes de piedra se sentían fríos e indiferentes.

–Megan McKnight para Andrew Gage, por favor –le dije al hombre calvo y musculoso en el mostrador de seguridad.

Me miró durante el tiempo suficiente para que entendiera que él conocía el tipo de chicas de Andrew, y yo no lo era. Luego tomó el teléfono. Me volví y me puse a observar el lugar, lo oí decir algo ininteligible en voz baja. Una pausa, y luego dijo "Muy bien", y el teléfono golpeó la horquilla.

–¿Señorita McKnight?

–Sí –dije, volviéndome tan casualmente.

–Por favor, por aquí.

Entré en el elevador. Introdujo una tarjeta y presionó el número diez, el penthouse.

–Gracias –la breve inclinación de su cabeza fue la última cosa que vi antes de que las puertas se cerraran y el elevador volara hacia el cielo. Suspiré aliviada. Había entrado en el Palacio de Buckingham, y ahora estaba a momentos de sorprender a la caprichosa reina.

*¿Qué le diré? Estás aquí por Julia; tú sabrás qué decir.*

Las puertas del elevador se abrieron y salí, esperando aparecer en un corredor. En cambio, me encontré en el vestíbulo de los Gage. Ellos no vivían en un apartamento común y corriente con un número en la puerta, ¡vivían en *todo* el piso superior!

Justo enfrente, un Van Gogh con violetas en un florero

colgaba en la pared. Di dos pasos adelante para una mejor vista y pude notar gruesos remolinos de pintura sobre el lienzo. *Umm, esto no es una copia.*

Respiré profundo. En mi mundo, los Battle eran ricos, pero ellos tendrían que liquidar el negocio del petróleo, empeñar las casas y el rancho, los caballos y la plata de la familia solo para ir a medias con esa pintura. Y eso no incluía la pared en la que colgaba.

—¿Megan? —no podía ser la madre de Andrew, no había manera de que sonara tan joven.

Una chica de mi edad corrió por el pasillo hacia mí. En jeans Levi's y una camiseta blanca, estaba vestida demasiado mal para ser la asistente, pero ¿quién era? La respuesta tendría que esperar hasta después de que me liberara de un abrazo entusiasta.

—¡Estoy tan contenta de conocerte! —sus ojos brillaban, llenos de entusiasmo. Todavía no tenía ni idea de quién era.

—Yo también —dije automáticamente. Al final, se dio cuenta de mi enigma.

—Georgie. Georgie Gage —*¿esta era Georgie, la psicópata sensual?* Debía estar absolutamente desquiciada, porque de pie, allí, parecía la chica más normal que había visto. *Tal vez más sociópata que psicópata,* pensé.

—Por supuesto. Así que… encantada de conocerte —*no la provoques.*

—Pasa, por favor, por aquí —ella me condujo por el pasillo y entró en una amplia habitación. La seguí y me detuve de nuevo, y quedé boquiabierta. Al otro lado de la habitación, las ventanas del suelo al techo creaban un cuadro viviente de Central Park y de la ciudad más allá: las colinas del parque, todo blanco; los edificios del zoológico; y allí en la distancia, el Plaza.

–Siéntate. Déjame que te guarde el abrigo.

–Umm… –me quité el abrigo mientras miraba por la ventana. A Georgie no le importó.

*La Capilla Sixtina probablemente se hace habitual si trabajas en el Vaticano todos los días.*

–¿Nos hemos conocido? –pregunté con cautela.

–No, pero siento que sí lo hicimos. He oído hablar tanto de ti.

–¿De verdad? ¿Cómo?

–Andrew. Me escribió todo acerca de ti: que tenías el ojo negro más asombroso en la primera fiesta de debut, que jugabas al fútbol y montabas caballos, que podías disparar una escopeta y que vivías en una hacienda de ganado… ¡todo!

–Oh –conseguí decir, todavía confundida–. Así que… interesante. Bueno, en realidad es por eso que estoy aquí. Quería verlo. Fui a su oficina y me enviaron aquí.

–Está en camino. ¡Puedes esperar conmigo!

–Me temo que no será posible –oí a alguien decir.

La señora Gage estaba en la puerta. Su presencia, su voz, la conmoción de verla, me levantaron sobre mis pies. Desde lejos, en la fiesta de Lauren, la había considerado atractiva. De cerca, a la luz del día, presentaba un rostro mucho más severo, más formidable y francamente aterrador. Sus rasgos eran demasiado pronunciados, y me di cuenta de que había estado bajo el bisturí varias veces. Sus brazos cruzados me dijeron que no soportaría ninguna tontería, y sería mejor que fuera directo al grano.

–Señora Gage, hola. Soy Megan McKnight –caminé hacia ella–. Siento haber pasado inesperadamente, pero mi hermana Julia y yo...

–Lo sé todo sobre ti, tu hermana y todo el sórdido asunto, y tienes un poco de coraje para venir aquí. Tal vez en *Texas* estas cosas se hacen, pero no aquí, no con mi hijo y sus amigos.

Al parecer, la señora Gage tenía la noción de que si una pelea era ineludible, lo mejor era lanzar el primer golpe. Me recompuse.

–Con el debido respeto, señora Gage, usted no sabe lo que pasó, ni sabe nada sobre mí o mi hermana Julia. Ella es la persona más amable y compasiva que conozco, y...

–Esa es una cuestión de opinión –dijo con brusquedad.

–¡Mamá! –Georgie interrumpió, pero la señora Gage la silenció con una mirada, y luego se volvió hacia mí.

–Ahora, a menos que haya algo más...

No era una pregunta, sino una invitación a salir. Yo estaba enojada, con ella, con Andrew por ser su representante, estaba enojada con todos ellos. Eran tan esnobs, y era tan increíblemente injusto para con Julia. Pero me contuve, imaginaba a Ann de pie frente a mí: ¿qué le diría?

–¿Podría por favor decirle a Andrew que vine? Me gustaría mucho hablar con él.

–Por supuesto –respondió. Escribí mi número en un trozo de papel y se lo entregué. Lo sostuvo como una gota de basura tóxica.

–Es un placer haberla conocido –dije. Ella frunció la boca en respuesta.

Esperando el elevador, me enfurecí con Andrew y su madre. Las puertas se abrieron, entré y presioné el botón para bajar. Justo cuando la puerta empezaba a cerrarse, Georgie entró.

–Lo siento mucho –dijo–. Le diré a Andrew que has venido.

–Gracias. Solo quiero una oportunidad para explicarle las cosas.

–¿Dónde te estás quedando?

–En el Plaza, pero mañana regreso a Dallas.

Tomó mi teléfono e introdujo un número, y llamó. Me lo devolvió, extrajo su teléfono del bolsillo trasero y se aseguró de que sonara.

–Llámame si vuelves a Nueva York.

–Lo haré

Ya en el vestíbulo, dejé el elevador, las puertas se cerraron y ella se había ido.

O X X

Me pasé quince minutos enterrada en la nieve hasta los tobillos tratando de conseguir un taxi para ir al centro, y ya sin esperanza decidí caminar de regreso al hotel. No podía ser más de un kilómetro, calculé; había visto el Plaza desde la ventana de la sala de los Gage. Así que acomodé mi abrigo, lo ajusté, y me levanté el cuello. Crucé por el oeste de Central Park, y entré en el parque en la calle Setenta y dos pasando Strawberry Fields. Tomé el primer camino hacia el sur, directamente contra el viento, e inmediatamente me encontré logrando un débil progreso.

Mis inadecuados y húmedos zapatos se deslizaban y se hundían en el sendero cubierto de nieve, y a unos pocos cientos de metros mis pies estaban entumecidos por debajo del tobillo. Me incliné hacia el viento violento y hostil, pero cada dos pasos hacia delante estaban acompañados de al menos un movimiento lateral, un tropiezo, o un paso directo hacia atrás. Mis ojos lloraban y mis mejillas dolían, y varias veces gruesos cúmulos de nieve caían sobre mi cabeza descubierta, empapando mi cabello y congelando mi cuero cabelludo. Me incliné aun más, maldiciendo a Andrew Gage y recordando el heroísmo firme de las marchas históricas en condiciones terribles, como el Ejército Continental avanzando hacia Valle Forge.

Veinte minutos más tarde, cuando giré hacia el este, estaba cojeando y temblando incesantemente. Me animaba a dar cada paso la fantasía de la indulgencia; me decía a mí misma que estaba a solo unos minutos de un baño caliente en la tina, servicio de habitación, calcetines secos y una bata de felpa del Plaza. El pobre ejército de Washington me vino a la mente otra vez, y con horror recordé que dejaron huellas sangrientas y más de unos pocos dedos detrás de ellos en la agreste Pensilvania en diciembre. ¿Me enfrentaría a un destino similar?

Saliendo del parque, en la esquina de la Quinta Avenida, prácticamente sollozaba. A casi solo cien metros de distancia, me estremecí, gemí y agonicé mi camino a través de la Calle Cincuenta y nueve, y mi labio temblaba mientras yo torpemente subía los últimos diez pasos. Lo había conseguido. Cerré los ojos y volteé mi rostro hacia el cielo para dar gracias a Dios por mi salvación, y casi caigo en los brazos del portero. No me reconoció desde aquella mañana, pero me saludó con el sombrero al pasar. Podía sentir el calor del vestíbulo cuando pasé la puerta giratoria.

A mitad de camino vi a Andrew Gage salir por la misma puerta.

Nuestros ojos se encontraron y nuestras cabezas se volvieron, y nos seguimos todo el camino alrededor. Era como *Minueto llevado a cabo con la puerta giratoria*. Dándonos cuenta de que ninguno de los dos se había detenido, volvimos a girar y esta vez salí en el vestíbulo y él salió a la calle. La tercera vez, él salió en el vestíbulo y yo di toda la vuelta alrededor, y finalmente aterricé a su lado.

–¡Megan!

–¡Andrew! ¡Te he estado buscando todo el día! –en un día diferente, esto podría haber parecido gracioso, pero yo había estado yendo por todo Manhattan en una tormenta de nieve en busca de este tipo, y lo encontré en el vestíbulo de mi hotel. En este punto, estaba exasperada y al borde de las lágrimas.

–Lo sé, lo siento mucho.

–¿Qué estás haciendo aquí?

–¡Buscándote! Cuando estabas en la oficina, yo estaba en el Bronx. Entonces, me dirigí a lo de mi mamá, pero el tráfico, con la nieve, era terrible, y para cuando llegué allí, ya te habías ido. Pero Georgie me dijo que estabas aquí, así que vine, y te he estado esperando. ¿Qué te tomó tanto tiempo?

–No pude conseguir un taxi. Así que caminé.

Me miró. Mi cabello se había endurecido en largos carámbanos color café. Mis ojos lagrimeaban, mi nariz resplandecía en un rojo cereza, y mi abrigo, enfundado en el hielo, crujió cuando lo desabroché, como las velas congeladas de un barco en la Antártida. Estaba bastante segura de que mis zapatos estaban a punto de abrirse, y cuando lo hicieran, mis pies sangrantes arruinarían la costosa alfombra del hotel.

–¿Estás… bien? –preguntó con cuidado.

–¡NO! ¡NO ESTOY BIEN! –*¿estaba gritando?* No podía oír muy bien, porque mis oídos estaban congelados, pero mi voz sonaba muy fuerte–. ¡Estoy congelada y mojada y me veo como un animal arrollado en la calle!

El muy imbécil se rio.

–Eres el mejor animal arrollado en la calle que he visto.

–¿Estás *jodiendo* conmigo? –pregunté–. Porque *no estoy* de humor para que me jodan. Tu madre acaba de joder conmigo y el clima ha jodido conmigo y...

–Siento mucho lo de mi madre… Georgie me contó lo que pasó. Solo actuó así porque se siente amenazada por ti.

*¿La señora Gage, amenazada por mí? Mi audición* está *dañada.*

Nuestro último intercambio causó que algunas personas en el vestíbulo miraran hacia nosotros.

–Mejor empieza a explicarte, amigo –dije, mirándolo fijamente.

Vagó un poco por el lugar y me pregunté qué diría después. Basada en los dos minutos pasados, sería, seguro, algo extraordinario.

–Mira, desde que… estacioné tu bicicleta –dijo–, no he podido dejar de pensar en ti. Y luego en esa primera fiesta, apareciste con ese ojo negro y tanta actitud, y pensé…

–¡Que yo era lesbiana!

–¡Me disculpé por eso! –*era cierto*–. Tienes que entender, todo en mi vida, desde el primer día, es tan… *esperado* –agregó–. Y nada de ti, nada de lo que haces, nada de lo que dices, es lo esperado. No tengo ni idea de lo que vas a decir o hacer a continuación y *me encanta.* Después, en la piscina, sabías quién era Gibbon, y tenías razón, te seguí hasta el granero esa noche, tenía que verte. Y luego hoy me estabas buscando, y pensé que eso era genial, así que vine a buscarte, y aquí estás. Y me preguntaba si… quizá si tú… te cambias de ropa… si quieres cenar conmigo, porque me gustaría conocerte mejor.

–¿Estás demente?

–Pareces enfadada –dijo.

–¡LO ESTOY!

–¿Por qué? –preguntó, inocente.

–Porque después de que mi hermana fue arrestada y calumniada, convenciste a Zach para que la evitara, ni siquiera le dio una oportunidad de explicarle, y eso es tan típico de ti… A nadie se le permite ningún defecto o error y cualquier atisbo de escándalo lo convierte en un paria. ¿Tienes idea de la miseria que le has causado? Estaba inconsolable: lloró durante semanas porque no podía hablar con Zach, no podía decirle lo que pasó. Todo por ti. Y no te molestes en negarlo, porque Lauren me lo contó todo.

Si los primeros estallidos habían atraído miradas, este atrajo una pequeña reunión, y por lo menos dos de los espectadores reconocieron a Andrew, sacaron sus teléfonos celulares y comenzaron a tomar fotos. Andrew miró hacia ellos, comprendió lo que significaba. Se volvió hacia mí.

–Cuando Zach se enteró lo de Julia –dijo, con una voz mucho más tranquila que la mía–, me preguntó qué hacer, porque es mi mejor amigo. Hablamos de todo: el tipo, las… circunstancias. Dije que creía que había una buena probabilidad de que aún estuviera enamorada de este tipo. Habían estado juntos mucho tiempo, mucho más de lo que había conocido a Zach.

–Pero ¡eso no es cierto! ¡No está enamorada de Tyler, y está loca por Zach!

–Eso no es lo que parecía –dijo–. Ella estaba con él ese día; claramente tenían una… historia. Le dije que ese tipo Tyler parecía inestable, peligroso, así que le recomendé que dejara que las cosas se enfriaran, que pusiera algo de distancia. Él estuvo de acuerdo, por lo que le sugerí que regresara a Nueva York y le diera a Julia un espacio para resolver las cosas.

—Pero ¿por qué no la llamó? Él podría haberle explicado esto a ella. Es exactamente lo que le hiciste a Hank en Harvard.

Su mirada se estrechó ante la mención de Hank.

—Primero, la decisión de venir a Nueva York, y cómo o cuándo, y si contactó a Julia o no, es de Zach. Yo solo le dije que pensé que era prudente dar un paso al costado. Y si me lo preguntara de nuevo hoy, le diría lo mismo. Es mi amigo, y le dije lo que pensaba que era correcto y prudente —ahora su mirada crecía, si era posible, aun más firme—. Y en cuanto a *Hank*, lo que sea que te dijo, es algo menos que la verdad.

La forma en que dijo "Hank", tan despectivo, tan pomposo, me provocó aún más.

—Él me dijo exactamente lo que pasó. Escuchemos tu versión.

—Lo siento, no puedo.

—Bueno, adivina qué, Andrew Gage, yo le creo. Encaja. Perfectamente. Lo borraste de tu vida, entonces le dijiste a tu amigo que hiciera lo mismo con Julia.

—No sabía que pensabas así de mí.

Al menos veinte personas ya se habían reunido, incluido el personal del hotel, sin saber qué hacer. Después de todo, era Andrew Gage. Decenas de fotos habían sido tomadas. Él no les prestó atención, pero me miró con enojo.

–Siento haber robado tu tiempo –fue todo lo que dijo.

–¡Bueno, no estás perdonado! –grité a su espalda.

Atravesó la puerta giratoria una última vez, encendida en un resplandor de flashes de cámara, luego bajó los escalones, con las manos metidas en los bolsillos de la chaqueta y entró en la noche. Las cámaras ahora se volvieron hacia mí, y me encogí y corrí hacia el elevador, mientras el personal del hotel mantenía a los curiosos para que no me siguieran. Una vez dentro, con las puertas firmemente cerradas, me estremecí.

*¿Qué demonios acaba de pasar?*

En la ducha, me paré bajo una cascada de agua caliente hasta que me sentí cálida por dentro. Lavé mi cabello, me sequé y me envolví en la costosa bata del hotel. Me acurruqué en una silla y recorrí mentalmente todo lo que le había dicho sobre Julia y Hank. Lo había atravesado con la verdad, pero de alguna manera no parecía una victoria. Ignoré cuidadosamente el hecho de que Andrew Gage acababa de estar de pie en un vestíbulo lleno de gente y confesara sus *sentimientos* por mí. Yo ni siquiera podía pensar en ello todavía.

Cuando la tía Camille y Abby regresaron me encontré con ellas en el restaurante del vestíbulo para un bocado rápido. Me preguntaron sobre mi día y mentí, les dije que me había quedado en mi habitación y vi películas viejas en la televisión.

Elegí pescado y patatas fritas y volví a mi habitación, me metí bajo las mantas, y apagué la luz. Pero mi mente vagaba y no podía sentirme cómoda, sin importar de cuántas maneras diferentes organizara las almohadas.

Finalmente pude conciliar el sueño, pero dormí mal y desperté malhumorada a la mañana siguiente. Me vestí con jeans, una sudadera y una gorra de béisbol para el viaje al aeropuerto, y una vez en el elegante Suburban, me acurruqué en mi asiento y miré por la ventana. La hermosa nieve blanca del día anterior se había convertido en un guiso grueso y sucio durante la noche. El tráfico empujaba y la gente, sin rostro bajo sombreros oscuros, bufandas y abrigos gigantes, caminaba a través de la suciedad.

*Toda esta ciudad es solo un gigante arenero para gatos*, pensé. Cerré los ojos y apoyé la cabeza contra la ventana.

*¡Cling!*

El teléfono de Abby sonó, y ella leyó su mensaje.

–¡Oh, Dios mío! Buenas noticias, todas las acusaciones sobre Julia han sido retiradas.

La tía Camille y yo la miramos.

–¿De verdad? –pregunté, sentándome.

–Hunter dice que la audiencia fue como ellos esperaban –agregó, todavía leyendo el mensaje–. Julia está completamente limpia. Nada más por hacer y nada en sus antecedentes.

–Eso es fantástico –dijo la tía Camille.

–¡Él dijo que papá estuvo genial! –Abby agregó, sonriéndole a su madre.

—Guau, eso es increíble –dije.

—¡Y nos encontrará en el aeropuerto!

—¿Por qué tuviste las noticias de ese ridículo en lugar de directamente del tío Dan?

Abby lucía como si la hubiera abofeteado, y la tía Camille se crispó.

—Para tu información, Megan, Hunter ha sido de gran ayuda para papá en el caso de Julia. Reunió los informes de la policía y entregó documentos, y ayudó de cien maneras diferentes.

—¿Por qué? –pregunté.

—Porque es dulce y le gusto. Estaba en la audiencia esta mañana porque le pedí que estuviera allí... Quería saberlo en cuanto hubiera noticias.

—Oh –dije en respuesta.

—Hemos pasado mucho tiempo juntos el mes pasado y... él es genuinamente amable conmigo y realmente me gusta también.

—Lo siento mucho. No tenía ni idea –conseguí decir.

—Tal vez la tendrías si te hubieras molestado en preguntar –respondió Abby–. Sé que tienes mucho en tu mente, con Julia y todo, pero acabamos de pasar una semana juntas y ni siquiera una vez preguntaste por mi vida.

—Lo siento mucho.

—Está bien –respondió Abby, suavizando su tono–. Pero en realidad, considera de vez en cuando que puede que no tengas razón acerca de absolutamente todo.

Cerré mi boca el resto del viaje al aeropuerto. Si yo había

impulsado a Abby, la dulce, alegre y abnegada Abby, a este estallido, mi egocentrismo había alcanzado niveles épicos.

Su comentario acerca de no estar en lo cierto sobre todo, me llegó hasta la médula de mis huesos. ¿Era así cómo la gente me veía, como la sabelotodo Hermione Granger? Me movía entre la angustia por mi comportamiento brusco hacia Abby y la alegría que sentía por la absolución de Julia.

Registramos nuestras maletas y pasamos a través de la seguridad, y luego nos dirigimos sin apuro hacia nuestra puerta. Compramos cafés y Abby fue al baño mientras la tía Camille y yo pasábamos por un quiosco de revistas. Justo allí, en un estante, estaba el *New York Daily News*. El gran titular se refería a Wall Street, pero justo debajo había una foto de Andrew Gage en el vestíbulo del Hotel Plaza, vestido exactamente como lo había visto anoche, con el encabezado: "Misteriosa morena rechaza al Príncipe Encantador".

—Creo que compraré algunas revistas para el vuelo –dijo la tía Camille, volviéndose hacia el quiosco. La sujeté abruptamente de su hombro y la hice girar, lejos de las revistas.

—No, no, no, no, no. Ve a sentarte, tía Camille, yo te compraré las revistas que quieras.

—Bueno, eso es muy considerado de tu parte, Megan.

—No, en absoluto –dije, acercándola a la puerta–. Has hecho mucho por mí esta semana, y en verdad me siento horrible por lo que dije, ve a sentarte allí.

*Allá, allá lejos.*

Encontramos un asiento junto a la puerta y volví a comprarle una revista *People* y un *New York Times* y "cualquier otra cosa que parezca interesante". Pero primero tomé el *Daily News*.

La foto de Andrew había sido cortada de su cintura a su cabeza. Estaba mirando fijamente a alguien, sus exquisitas facciones ardían de ira.

Bajo su imagen había una de mí, o al menos mi hombro y la caída de mi cabello. De alguna manera, alabado sea Jesús, no tenían mi rostro. Abrí el periódico y leí el artículo, un resumen de nuestra pelea en el vestíbulo del hotel. Pero ninguna mención de mi nombre. Yo era "una joven desconocida", según la "fuente del hotel". Había otra foto de él saliendo, las manos metidas en los bolsillos, y mucha especulación acerca de *quién* tenía la audacia de despreciar a Andrew Gage, y lo que esto significaba para su relación actual con "la asombrosa ciudadana de Dallas, Lauren Battle". Su diminuta imagen adornaba la esquina inferior izquierda.

Volví a mirar la foto de Andrew y noté algo que no había visto en persona: dolor. Pensé en todo lo que había dicho antes de apuñalarlo. Él había estado pensando en mí durante meses, desde que nos conocimos con mi bicicleta. Y le escribió a Georgie sobre mí, y Gracie sabía quién era yo, y su madre se sintió amenazada por mí.

Lo había entendido mal todo este tiempo.

CAPÍTULO

24

*En el que Megan cuestiona su juicio*

**C**omo todos ustedes bien saben, no soy de dar discursos, pero quise tomar un momento esta noche y decir que, bueno, esto es grande y me alegra poder compartirlo ustedes –dijo papá, sosteniendo una copa de vino tinto en la mano.

Era viernes por la noche, el día antes de nuestra fiesta, y mamá y papá habían convocado a una cena familiar para celebrar la venta de la hacienda. Los contratos habían sido firmados, la tinta estaba seca. Lo que había comenzado como una conversación hacía varios meses en el Nasher se había convertido en una realidad. Mis padres habían invitado amablemente a Hank a unirse a nosotros.

–Lucy... –continuó, volviéndose hacia mamá–, no podría haberlo hecho sin ti... no hubiera querido hacerlo.

Mamá le sonrió.

–Hijas mías, el negocio de ganado de Aberdeen Ranch

terminará, y probablemente el nombre McKnight, también pero siempre será parte de ustedes. Son las descendientes de una gran familia, una familia que vino de muy lejos con muy poco y construyó algo que duró ciento cincuenta años. Nunca olviden de dónde vinieron, lo que son, y sepan que son capaces de grandes cosas.

—No lo haremos —dije, mientras Julia asentía.

—Y Hank —y aquí papá se volvió hacia el invitado solitario—. Me alegro de que estés aquí con nosotros esta noche…

Mientras el vuelo de regreso de Nueva York se había sentido como las horas después de una pérdida en el gran partido, dos semanas en mi casa habían sido nada menos que un campeonato nacional. No solo se había finalizado la venta del Aberdeen con una gran reserva de dinero en efectivo, sino que Hank nos dijo que los veinticinco lotes sobredimensionados ya tenían un depósito: el desarrollo se había agotado de un día para el otro. Por primera vez en su vida adulta mis padres estaban a punto de quedar libres de deudas. Se balanceaban como tapones en el mar, relajados y sonrientes de una manera que yo no podía recordar. Realmente no sabes el peso de tu carga hasta que la pesas.

Y mamá estaba planeando la fiesta de su vida. Como el costo ya no era una preocupación, el lugar había crecido de un comedor de un hotel al Turtle Creek Country Club. El cuarteto se convirtió en una orquesta de cámara, se eligió champán Veuve Clicquot en lugar de su primo menor de California, el menú se amplió, y la floristería pidió más flores. Este crecimiento repentino de la fiesta de las McKnight se debió principalmente al cambio de presupuesto, pero mi éxito vendiendo las mesas mantuvo su ritmo. Había encontrado Refuge, una organización benéfica que hizo que la violencia contra las mujeres fuera nuestra causa. A las damas *les encantaba*, y trabajando con el teléfono y en las fiestas, nos elevábamos a cien mesas de seis, y luego a ciento cuarenta.

Así que todo se había vuelto increíble: la hacienda se había vendido en cuestión de minutos y el matrimonio de mis padres había sido salvado; nuestra fiesta se aseguró el éxito, y ahora estaba sentada en casa escuchando a mi papá dándole las gracias a mi atento, inteligente y guapo novio por hacer todo eso posible. Debería haber estado eufórica.

Pero no lo estaba.

Tenía un nudo en el estómago del tamaño de un disco de hockey. Durante dos semanas había intentado ignorarlo, disolverlo o digerirlo. Pero se quedó. Algo grande me estaba molestando. Y ese algo no era Andrew Gage. Era su hermana, Georgie.

Realmente me gustaba Hank, y no podía creer que me mintiera. Pero cuando conocí a Georgie Gage en Nueva York, ella parecía encantadora, alguien de quien podría ser totalmente amiga, y nada como la lunática manipuladora que Hank me hizo creer. Lo cual significaba que *tenía que estar equivocada acerca de uno de ellos,* y eso me molestó mucho. Pero ¿quién era?

–A Hank Waterhouse, un millón de gracias. ¡Más, varios millones! –papá alzó su copa, y todos nos unimos a él. Sonreímos y reímos, y Hank sonrió tímidamente. Chocamos nuestras copas y todavía estaba ese disco de hockey.

–Que hable, que hable, que hable –mamá clamó, y golpeó su tenedor en la copa. Julia y yo nos reímos y Hank finalmente se puso de pie.

–Bueno, solo puedo decir que todo esto es por Megan –Hank se volvió hacia mí, con amor en sus ojos–. Sabía desde el primer momento que vi tu foto que estaba en algo bueno. Y estar aquí y ser parte de esto, bueno, nada de eso hubiera sucedido sin ti.

o ✗ ✗

–Buen día, preciosa –dijo Hank al día siguiente, y me dio un beso. Estábamos desnudos bajo las sábanas, se sentía cálido, acogedor y relajado–. ¿Café?

–¿El Papa lleva un sombrero divertido?

Él sonrió a mi tonta broma y fue a la cocina. Admiré su trasero desnudo hasta el final de la puerta y pensé una vez más en lo que Hank había dicho anoche, lo más dulce que nadie había dicho de mí.

*Desde el primer momento que vi tu foto…*

Me quedé helada.

Cuando Hank y yo nos encontramos en la terraza, él me

preguntó si yo era una debutante o un familiar. Recuerdo haber respondido "ambos". Y él no sabía mi nombre; nos habíamos presentado. Pero si había visto mi foto, debía haber estado en el anuncio, con mi nombre justo debajo.

¿Hank vino a buscarme esa noche?

—¿A dónde vas? —Hank se quedó en la puerta, completamente desnudo, con las dos tazas de café.

Ya me había puesto mis jeans y estaba atando mis zapatos.

—Olvidé la última prueba de ropa esta mañana. Mi madre acaba de enviarme un mensaje de texto recordándomelo.

—¿Sin café? —preguntó, ofreciendo una taza.

—Me detendré por algo —dije, y entré en la sala de estar. —¿Te veo esta noche?

—Por supuesto —respondí, y me fui, cabizbaja.

Me acerqué a mi coche, entré y lo encendí. Tenía miedo de que me estuviera viendo por la ventana, así que salí y conduje hasta la otra calle, y me detuve en una acera tranquila, bajo un gran olmo. Estaba temblando.

*Megan, cálmate, estás siendo paranoica. Debe haber una explicación perfectamente razonable para lo que Hank dijo.* Solo que no podía pensar en una. Y no podía preguntarle directamente.

Pero había una persona a la que sí podía preguntarle. Sería raro, pero el temor que me molestaba no iba a desaparecer hasta que solucionara esto.

—¿Hola, Georgie? Soy Megan McKnight.

—¡Oh, Dios mío! ¡Hola!

—¿Tienes un minuto? —pregunté.

—Por supuesto. ¿Cómo estás?

—Bien, estoy bien.

—¿Sabías que saliste en el periódico aquí?

—Sí, eso fue raro.

—¿Alguna repercusión en Texas?

—Todavía no, no que yo sepa. ¿Qué tal por allá?

—Mamá se asustó, y Lauren también.

*Bueno, más vale prevenir que curar.*

—Estábamos hablando de mi hermana, Julia, y las cosas se salieron de control. No sé por qué se imaginaron que era una discusión entre amantes…

—Ajá —dijo Georgie, sin estar convencida.

Sabía que no había comprado mi historia, pero no la llamé para discutirle. Me ceñí a hacer la pregunta difícil.

—Escucha, Georgie, la razón por la que te llamé… bueno, estoy segura de que no sabes esto, pero… he estado saliendo con Hank Waterhouse… por algunos meses —un silencio torpe y agonizante. Inquieta, traté de llenarlo—. Sé que hay alguna… historia entre Andrew y Hank, y eso… tal vez te involucre… y algo pasó recién y estoy, estoy empezando a pensar que tal vez no sé toda la verdad. Así que esperaba que estuvieras dispuesta a, mm, contarme tu… versión de la historia.

Otra pausa agonizante, y luego suspiró.

—Lo siento. Eso era lo último que esperaba que dijeras. Por supuesto que Andrew nunca me contó que estabas saliendo con Hank —respondió Georgie finalmente. Ella respiró hondo.

—Realmente odio preguntar —dije.

–No, está bien. Te diré. Lo conocí el día de Acción de Gracias en su primer año en Harvard; él era el compañero de cuarto de Andrew, y vino a nuestra casa en Martha's Vineyard. Yo tenía dieciséis años.

–Sí –dije, marcando mentalmente el primer casillero.

–Me enamoré de él en unos cinco minutos –continuó Georgie–. Todo el mundo lo hizo. Ninguno de nosotros había conocido a alguien tan guapo, encantador, bien hablado, divertido, y… era simplemente perfecto. Pero me enamoré de él, sabes, románticamente. Y ese primer fin de semana, cuando regresó a Boston, él tenía mi número de teléfono.

–Continúa.

–Así que al día siguiente, el lunes por la mañana, me envió un mensaje de texto. Todo lo que dijo fue: *Tengo un problema.* Y me sorprendió, así que le devolví el mensaje: *¿Qué pasa?* Y me envió un mensaje de texto. *No puedo dejar…*

–*… de pensar en ti* –dijimos al unísono. Sus palabras, esas palabras exactas, me clavaron en el asiento del coche.

–Y yo solo… me derretí. Durante el mes siguiente nos enviamos mensajes de texto constantemente, y a veces él llamaba tarde por la noche. Y luego pasó las vacaciones de Navidad con nosotros. Dormimos juntos la primera noche, y cada noche después de esa. Me acercaba a su habitación y él estaba esperando, y fue la semana más emocionante de mi vida. En primer lugar, el sexo era increíble…

Todo esto sonaba *tan* familiar, y me aferré al impacto de su historia.

–Pero más que eso, yo tenía un secreto, un apasionado amor secreto, y eso… él… tomó el control mi vida. No estoy orgullosa de ello, debería haberlo hecho mejor, pero no pude detenerlo, y él no quería que lo hiciera. Me dijo desde el principio que me amaba, que yo era tan madura, tan hermosa… era como si estuviera ebria todo el tiempo. Y después de eso, cuando volvió a clases, fue todo una locura. Me escapé a Boston un par de fines de semana y nos alojamos en un hotel. Él le dijo a Andrew que estaba haciendo servicio a la comunidad. Y el próximo verano estaba en nuestra casa, trabajando en Martha's Vineyard, y la relación continuó. Y el siguiente otoño, justo antes de la Navidad de su segundo año, fui a Boston. Nos quedamos en un hotel y… teníamos sexo todo el tiempo.

–Entiendo –eso fue un eufemismo. Estaba sudorosa y pálida, y mi estómago se revolvía dentro de mi cuerpo.

–Un par de semanas más tarde hubo una fiesta, había muchos chicos de Harvard, y Hank les estaba mostrando a algunos este… Él les estaba mostrando un video que hizo, de esa noche. Yo no sabía nada al respecto, había usado su computadora portátil para filmarlo, supongo… y…

–No tienes que decírmelo, Georgie.

–Quiero. Necesito hacerlo –dijo enfáticamente–. No tenía idea de que estabas saliendo con este tipo, y él es un tipo malo, así que necesitas saber esto.

–Está bien –respondí.

–Entonces ellos estaban mirando… el video, y él se jactaba de ello, diciéndoles cómo se estaba clavando a la heredera de

Estados Unidos, y diciendo cosas repugnantes sobre mí, lo que yo haría por él. De alguna manera, esto llegó a Andrew.

–Oh Dios –susurré.

–Sí. Andrew quería matarlo –*puedo apostarlo*, pensé y Georgie continúo–. Pero también estaba preocupado por mí, por cómo esto podría afectarme, no solo por el video; si estaba enamorada, lo herida que yo estaría. Sin decirme nada, voló a casa y se lo dijo a mi mamá.

–Mierda.

–Ni siquiera lo sabes. Me preguntó directamente si estaba involucrada con Hank, sexualmente. Podía leerlo en mi cara, y no podía negarlo: estaba tan enamorada de él. Entonces... entonces ella me dijo todo lo que sabía. Yo estaba horrorizada. Él no podría haber hecho eso, no me haría eso a mí. ¿Filmarnos? ¿Y luego mostrarlo en la universidad? No era el tipo que conocía... o pensaba que conocía. Era... horrible. Ella me preguntó sobre el video, y le dije la verdad, que no sabía nada al respecto. Que le había enviado mensajes de texto, seguro, e incluso le envié algunas fotos, pero nada con mi rostro en ella. Había leído sobre esas cosas, y mi familia... bueno, ya sabes. Le juré que no tenía conocimiento del video. Sabía que estaba destruida.

–Oh, Dios mío... tú tenías, ¿qué? ¿Diecisiete? ¿Lo acusaron? ¿Fue arrestado?

–No...

–Pero, pero él te filmó sin tu conocimiento... y tu edad... tenía que ser una violación legal por lo menos.

–Tienes que entender acerca de nuestra familia. Mi madre… acusarlo habría significado un caso en la corte, con publicidad, mala publicidad… toneladas. Y todo esto sucedía antes de que yo estuviera fuera de la escuela secundaria. Ella pensó que me dañaría, permanentemente.

–¿Qué hizo ella?

–Ellos... Mamá y Andrew fueron a verlo.

–¿En serio? –traté de imaginar esta escena en mi mente.

–Sí, en serio. Fueron a Boston y ella le pidió a Hank que la encontrara para almorzar en su hotel. Le dijo que era asunto de negocios, y cuando él llegó allí, ella y Andrew lo confrontaron con nuestro abogado. Hank intentó reírse diciendo que era una broma, pero después de que el abogado le explicara las ofensas criminales y el tiempo promedio de prisión que podía esperar, se quedó muy callado.

–No puedo creer esto –dije, pero le creía. Creía cada palabra.

–Yo tampoco. Yo no era capaz de soportarlo. Pensaba que el mundo había caído sobre mí, no podía salir de la cama. Pero Andrew y mamá estaban decididos a terminarlo.

–Entonces ¿lo acusaron?

–No. Recuerda, mamá estaba desesperada por evitar un escándalo, así que ellos… le ofrecieron un trato.

–¿Un trato?

–Él les vendería su computadora portátil, o si no ellos lo procesarían.

–No lo entiendo.

–Era idea del abogado. Si compraban su computadora portátil, no le habrían pagado por su silencio exactamente, le estaban comprando algo. Algo tangible.

–¿Cuánto le ofrecieron?

–Doscientos cincuenta mil.

–Guau. ¿Un cuarto de millón de dólares por una computadora portátil?

–Lo sé –dijo Georgie–. Y tuvo que firmar un documento estipulando que no había copias, en cualquier lugar, ni descargas, nada. Y por último, que dejaría Harvard voluntariamente y nunca volvería, y que no contactaría otra vez a nadie de nuestra familia.

–¿Qué hizo él?

–Se las entregó. Y recibió un cheque.

–Y él lo tomó, se fue a Texas, se inscribió en A&M, y se unió al Cuerpo. Ese bastardo astuto –*pagó por su educación. Probablemente pagó por ese coche. Y los trajes.*

–Sí.

El contarme la historia la desgastó. Ella estaba sollozando.

–Lo siento mucho, Georgie. Pero gracias por contármelo.

–Me alegro de haberlo hecho.

Siempre había habido algo demasiado bueno para ser cierto acerca de Hank, algo demasiado perfecto. Pero todavía había una cosa que no entendía.

–Georgie, ¿por qué Andrew no me dijo nada de esto?

–Oh, nunca se lo diría a nadie. Es leal y honesto, quizás hasta su propio perjuicio. Él ve esto como algo mío privado, solo para que yo lo cuente. Mira, si tiene un defecto es que es un poco… socialmente torpe. Tiene problemas para hablar con la gente, para conocerla. Pero es uno de los buenos.

–Soy tan idiota –dije. Aunque no estaba segura de cómo, sabía que Hank había jugado conmigo, desde el principio. Y Andrew había intentado advertirme, ¿cuántas veces? Tres por lo menos. Pero yo era demasiado sabelotodo para eso, tan obstinada e inamoviblemente segura de mi juicio.

–Megan –añadió Georgie–. ¿Te ha hecho algo *malo*?

–No estoy segura. Pero tengo un mal presentimiento.

–Confía en esa sensación, por favor –respondió–. Confía en ese sentimiento.

CA
PÍ
TU
LO
25

## En el que Megan asiste al baile cargando municiones

En las horas posteriores a haber hablado con Georgie, me había sentido como si estuviera sosteniendo una granada sin el seguro. La había sostenido durante las tres horas que Margot arreglaba mi enorme peluca y me cosía en mi vestido. La había sostenido en la limusina con mi familia. Claro, quería tirarla, disponer de ella con seguridad, o al menos pasársela a alguien. Pero ¿a quién? ¿A mamá? Ella estaba organizando una fiesta para novecientos. ¿A Julia? Se estaba preparando para una noche de preguntas bien intencionadas pero intrusivas sobre su caso y sobre Tyler. ¿A papá? Acababa de hacer el trato de su vida y estaba exultante. ¿Por qué le haría eso? Cat habría sido perfecta, pero no habíamos hablado desde la discusión en el vestuario. No, no tuve más remedio que aferrarme a ella. Estaba ansiosa y sudorosa, preocupada de que la dejara caer y explotara durante la fiesta.

Estaba segura de que Hank me había buscado de alguna manera. Pero ¿por qué? Yo no era la debutante más sexy. No era la más rica. Dudaba de que él nos hubiera filmado teniendo relaciones sexuales, ya que no tenía perspectivas reales de escándalo, ¿quién estaría interesado en eso? No, tenía que ser el negocio de la tierra, pero no podía ver nada nefasto al respecto. Nosotros lo habíamos llevado a él, había hecho los dibujos sin garantía de ganar algo, así que ¿cuál era el problema? Sabiendo que lo vería en mi fiesta me dolía el estómago. ¿Qué iba a decir? ¿Se daría cuenta de que algo andaba mal?

Al menos no era mi cita. Mamá y la tía Camille habían hecho un pacto previo para que el hermano de Abby, Simon, acompañara a Julia a la fiesta de Abby y me acompañara a mí a esta fiesta.

Afortunadamente, toda mi preocupación por el hecho de que nuestra fiesta fuera un fracaso se evaporó con mi primera vista de la mascarada veneciana de mamá. La plaza de entrada del Turtle Creek Country Club se había transformado en la Plaza de San Marcos cerca del 1760. Iluminada por antorchas y lámparas de fuego, era sombría y misteriosa, un mundo fantástico que era en parte feria callejera, en parte espectáculo de magia, con malabaristas, un organillero con un mono vivo, contorsionistas, lanzadores de fuego y artistas extraños y grotescos de todos los tipos. Todos les murmuraban palabras en italiano a los sobresaltados invitados. Mientras se movían a través de la multitud hacia las pesadas puertas, los carteristas atacaban a los invitados, y luego los sorprendían con sus propias joyas, relojes y carteras, que les eran devueltas a sus víctimas con un ágil movimiento de sus dedos y una advertencia de que "tuvieran cuidado".

Dentro del salón de baile georgiano, una orquesta de cámara de poca monta tocaba música picaresca. Enormes paredes de piedra enmarcaban todo el balcón, y los lujosos frescos de rosados y gordos ángeles desnudos que soplaban trompetas adornaban el techo abovedado. La iluminación aquí era cortesía de una lámpara a velas, real y enorme, que colgaba del techo. Cientos de luces parpadeantes se reflejaban en enormes máscaras curvadas suspendidas del techo.

Afuera, los invitados descendían de la galería y caminaban por una calle empedrada y brumosa hasta un muelle, donde tres largas góndolas se movían en el Turtle Creek. De allí partían en grupos de a dos, cuatro y seis, acurrucados bajo mantas de piel, mientras los gondoleros cantaban canciones de amor y remaban en el agua verde oscuro, una combinación perfecta para la Laguna Veneciana. Cruzaban bajo el puente de piedra en forma de arco, hecho para parecerse a su primo italiano, hasta el hoyo 18, y cuando volvían veían la luna colgando. No era la luna real, pero parecía que lo fuera.

Desde el momento en que llegabas era como ser llevado trescientos cincuenta años atrás. ¿Y qué si mamá se había excedido con el presupuesto? Habíamos vendido la hacienda, y pronto venderíamos las vacas. Era suficiente para cancelar nuestra deuda y proporcionar una jubilación cómoda.

Por supuesto, todos llevaban trajes extravagantes, y esta

era la mejor obra de Margot. Inspirada por los retratos de Tiziano, nos vistió como una familia ducal. Papá llevaba un exquisito saco color mermelada de naranja sobre una camisa color café tejida, con pantalones estilo pirata, botas altas, un pequeño sombrero negro y una máscara. Mamá y Julia llevaban pelucas altas de la época y un espeso y dramático maquillaje. Margot vistió a mamá con un vestido de terciopelo azul de manga larga con un frente de lino color marfil. Su máscara estilo impertinente reflejaba su vestido y lucía una sola pluma azul. Julia y yo éramos las hijas inocentes. Para Julia eligió un pesado brocado color borgoña con un chal azul cielo, y para mí una sencilla seda esmeralda incrustada con miles y miles de cuentas de vidrio amarillo pálido. Ambos vestidos dejaban los hombros al descubierto, con un corset apretado sobre una falda ancha. La máscara de Julia, que le cubría los ojos y la nariz, era de color bermellón y dorado, y una sola rosa borgoña se alzaba a un lado. La mía, un poco más ancha, era de encaje de filigrana color oro en forma de mariposa. Todas nuestras telas eran audaces y luminosas, y de pie uno junto al otro en la línea de recepción, brillábamos.

Al final, el recuento quedó en novecientos, así que Simon, Julia, mamá, papá y yo pasamos dos horas saludando invitados, los cuales llevaban máscaras también, algunas pequeñas y fáciles de ver, otras más grandes y más elaboradas. Algunos invitados tenían máscaras de cabeza; a menudo no los reconocía hasta que se las quitaban, por lo general con un grito de "¿Adivina quién soy?". Mi tía Camille y el tío Dan llevaban hermosas máscaras de cabeza de águila. Sydney, escoltada por Hunter, fue simplemente con una pequeña máscara estilo impertinente, mientras que Hunter eligió la esperada y lastimosa máscara del fantasma de la ópera. Ann Foster iba sola, en un clásico y simple vestido azul medianoche y una máscara de perlas. Ashley II y Stephen Cromwell llegaron, y luego Abby con su acompañante. Nuestra prima llevaba una máscara de carnaval emplumada, y su pareja fue completamente vestido como el bufón de la comedia dell'arte.

Aun más divertido que ver a las otras debutantes, fue ver a nuestro personal de la hacienda y a mi equipo de fútbol, todos arreglados. Silvio y su esposa vinieron vestidos como pastores rústicos europeos, y Cat, su hermana y sus padres vinieron como la realeza española. Nosotros los invitamos, por supuesto, ya que ellos tenían que pagar por los trajes, y me di cuenta de que la extravagancia de la fiesta los sorprendió.

—No creí que vinieras. Pero me alegra que lo hayas hecho —le dije a Cat. Era un poco incómodo, pero no había tiempo para romper el hielo.

Pasaron más parejas y cuando miré a un lado, un lobo y un gato estaban esperando.

—¡Sorpresa! —dijo Ashley I, inclinando la máscara de gatito con bigotes—. He traído algo para ti —señaló el lobo a su lado. Sabía que era Hank.

—Luces increíble —dijo él sonriendo ampliamente, luego de levantar su máscara.

–Gracias –mantuve la voz tranquila, esperando que no me traicionara.

Se inclinó para darme un beso en la mejilla.

–Encuéntrame en el bosque más tarde –gruñó. Sabiendo lo que le había hecho a Georgie, mi piel se erizó. Quería correr al baño y frotarme la mejilla. Sonreí entre dientes.

–Diviértanse –siguieron avanzando, y él aduló a mamá y saludó alegremente a papá. Me preguntaba cómo lo evitaría durante toda la noche.

Pareja tras pareja, tras pareja pasaban, y llegué a pensar que nunca terminaría. Cuando se redujo solo a los rezagados, Lauren y su cita finalmente llegaron. Ella llevaba un vestido de seda color turquesa y una máscara enjoyada, que cubría solo los ojos, con un tocado de plumas de pavo real. También llevaba un abanico de plumas de pavo real.

–Estoy muy emocionada de estar aquí –dijo Lauren suavemente. Ella ofreció una mano. Nos saludamos de la forma más básica, pero me di cuenta de que quería picarme los ojos. Ninguna de nosotras mencionó el artículo o las imágenes en el *Daily News*.

Me preparé para saludar a Andrew, pero cuando el acompañante de Lauren levantó su máscara de Guy Fawkes, me sorprendió ver a Zach. La cabeza de Julia giró en su dirección. Ninguna de nosotras lo había visto desde su arresto.

–Zach. Hola –dije. Él miró brevemente a Julia a los ojos.

–Espero que esté bien que haya venido –comentó nerviosamente, inclinando la cabeza con timidez.

–Por el amor de Dios, Zach –replicó Lauren–. *Por supuesto* que está bien que hayas venido –ella se alejó, arrastrándolo a cuestas.

Había un baile obligatorio con Simon, y uno con papá. Desde el otro lado de la sala vi a Hank mirando alrededor, tratando de encontrarme. No quería ser encontrada, pero es difícil desaparecer en tu propia fiesta, así que seguí moviéndome. Cat me encontró en el bar.

–Ey –dijo ella.

–Hola.

–Tu fiesta es realmente increíble.

–Gracias. Pero sabes, en realidad no es mi fiesta. Es la fiesta de mi madre –en ese momento, un artista con una antorcha tomó un trago de una botella y arrojó fuego al aire–. Quiero decir, mírame. No soy yo.

–Definitivamente no –ella estuvo de acuerdo–. Escucha, siento mucho lo que dije. Sé que esto es un gran evento para tu madre… mi mamá era una maníaca antes de mi fiesta de quince.

–Gracias. Nunca me casaré –dije–. Y tenías razón. He dado por garantizada nuestra amistad, y lo siento. ¿Hay algo que pueda hacer para compensarte?

–¿Darme un abrazo? –preguntó.

Le di un largo abrazo.

–Tengo que confesarte algo realmente horrible –dijo con seriedad cuando nos separamos.

–¿Qué?

—Mi mamá tiene como cuatro bolsas para llevar en su bolso.

Me eché a reír y nos sujetamos la una a la otra hasta que recuperamos nuestra compostura.

Las puertas se abrieron y los camareros presentaron la comida: cerdos asados enteros, gallinas de guinea y lubina, polenta con gorgonzola, ensalada de higo y rúcula aderezadas con aceite de oliva y jugo de limón fresco. Para beber, los comensales eligieron Prosecco, Soave blanco o vino tinto Valpolicella, o cerveza Peroni servida directamente de barriles de madera en vasos helados con una rama gruesa de canela. Los postres eran tartas caseras de pequeñas frutas, como moras y frambuesas, con copos de *crème fraîche*, una lluvia de cacao crudo y cuadraditos de tiramisú hechos con pequeñas rodajas de bizcochos empapados en espresso. Con los postres servidos era el momento de dirigirse a los invitados, y me puse al micrófono.

—Bienvenidos y muy buenas noches a todo el mundo. Muchas gracias por venir. En primer lugar, tengo que darle las gracias a mi madre. Esta es una fiesta de lo más extravagante, y estoy deslumbrada por todo lo que organizó —la multitud aplaudió y silbó en aprobación, y mamá hizo una pequeña reverencia—. Si hubiera sido por mí, habríamos tenido una reunión en el estadio de fútbol —eso provocó una enorme carcajada—. Pero es poco probable que hubiéramos podido convencerlos, a ustedes buena gente, de pagar hasta quinientos dólares por persona por un vaso rojo de soda y una barbacoa de Dickie, sin importar lo buena que sea. Y quiero darle las gracias a mi papá por, bueno, por ser mi papá. Te quiero mucho –hubo muchos "Aaahhh" aquí–. También quiero darle las gracias a mi hermana, Julia, por amarme sin importar lo que pase y por ser la única persona que me entiende completamente, lo cual no es un trabajo fácil –Julia sonrió y saludó con la mano.

»Pero sobre todo, me gustaría darle las gracias a ella por inspirar el evento de esta noche, que se celebra en honor de Refuge, una casa segura y un centro de asesoramiento para mujeres que han sobrevivido a la violencia doméstica. Debo admitir que no sabía mucho sobre Refuge o este tema un mes atrás, pero descubrir quiénes son y qué hacen, y ser una pequeña parte de eso, ha cambiado mi vida para siempre. Quiero darles las gracias ahora a todos y cada uno de ustedes por haber alcanzado y asumido un compromiso profundo y significativo para ayudar a las mujeres necesitadas. ¡Es un gran honor para mí anunciar que hemos recaudado más de cuatrocientos sesenta mil dólares! –la multitud estalló en aplausos, pero yo no había terminado y esperé a que se tranquilizaran–. Estoy orgullosa de haber ayudado a recaudar ese dinero, pero honestamente, creo que puedo hacer más. Entre nosotras, Julia y yo, tenemos un total de cincuenta y seis vestidos de diseñador y vestidos de cóctel que se han usado exactamente una sola vez. Así que le pedimos a nuestra estilista, Margot, que organizara una subasta de vestuario, y estamos donando nuestro guardarropa de la temporada de debut para recaudar fondos adicionales para una nueva

Casa de Refugio Seguro. Me gustaría desafiar a las otras Debutantes Bluebonnet 2016 a hacer lo mismo. Básicamente, les estoy pidiendo que entreguen su ropa… después de la fiesta, por supuesto.

Abby fue la primera en ponerse de pie, levantando la mano en el aire.

—¡Estoy de acuerdo! ¡Son todos tuyos!

—¡Yo también! —gritaron Sydney y Ashley I, levantándose.

No esperaba obtener respuestas en el acto, pero la multitud estaba animada. La madre de Sydney se puso de pie, mamá y la tía Camille también, y después de eso fue un bullicio. Lauren y Ashley II finalmente se levantaron, pero se podía decir que les dolía. En pocos minutos teníamos más vestidos prometidos de los que podía contar, y nuestra pequeña idea se había convertido en una nueva y enorme fuente de donaciones.

—Muchas gracias —dije cuando la multitud se calmó—. Ahora me gustaría presentarles a Maggie Copeland, la directora ejecutiva de Refuge, quien dirá unas palabras mientras voy a trabajar en la renta de un depósito. ¿Maggie? —hice un gesto hacia nuestra mesa, y Maggie Copeland se puso de pie. Estaba en sus cuarenta años, y resultó ser una amiga íntima de la tía Camille. Le entregué el micrófono y me alejé para darle el escenario.

A unos tres metros de distancia, mientras Maggie hablaba con entusiasmo sobre cómo planeaban usar los fondos recaudados, sonreí, pero estaba segura de que me desarmaría y me desmoronaría en el suelo. Escaneé la habitación. Mamá, papá y Julia se sentaron con la tía Camille y el tío Dan en una mesa, todos felizmente inconscientes de mi situación. En la parte posterior me di cuenta de que había un hombre que estaba solo. Llevaba una elaborada máscara de caballo, y debía haber llegado tarde, porque habría recordado esa increíble máscara. Hank y Ashley estaban en una mesa de seis, con dos parejas que no reconocía. La máscara de lobo de Hank estaba sobre la mesa, y me guiñó un ojo. Improvisé una sonrisa. Hasta ahora me había mantenido entera, pero no estaba segura de si sería capaz de hacerlo si pasaba mucho tiempo a solas con Hank. Solo tenía que aguantar hasta que terminara la fiesta.

Maggie terminó de hablar y me devolvió el micrófono.

—Gracias, Maggie ¡Y gracias de nuevo a todos por hacer la diferencia!

Caminé a través de las mesas, saludando, preguntando sobre la comida, asegurándome de que todo el mundo estuviera feliz. Sedienta, fui al bar, donde me encontré junto a Ann Foster. Pedí un Pellegrino con hielo, con extra lima.

—Eso fue muy impresionante, Megan —dijo Ann—. La forma en que cambiaste la situación de Julia, lo que has hecho con ella. No puedo imaginar un resultado mejor. Deberías estar muy orgullosa de ti misma.

—Gracias. Recolectar todo este dinero, ayudar a estas mujeres, me hace sentir… útil, casi adulta, de una manera que nunca me había sentido antes.

–Te dije que esto era más que fiestas y citas –ella miró a Hank–. Aunque he oído que lo de las citas va bien para ti también.

Entonces me di cuenta. Ann Foster había aprobado a todos los acompañantes.

–Ann, ¿cómo fue que Hank Waterhouse terminó siendo un acompañante este año?

–¿Hank? Fue recomendado por Sam Lanham, un miembro de Bluebonnet.

–¿Sam Lanham, el presidente de XT Energy?

Parecía sorprendida de saber quién era. Hizo un gesto señalando a Hank sentado en una mesa con varios hombres detrás de las máscaras. Uno tenía cabello gris.

–Sí. Está con Hank ahora. Ha recomendado muchos acompañantes a través de los años, y siempre ha salido bien.

Todo mi cuerpo se tensó.

–Megan, ¿algo está mal?

–Sí –dije con los dientes apretados–. Algo está muy, muy mal. ¿Me disculpas por favor?

Me enderecé la peluca y caminé por el salón hasta la mesa de Hank. Estaba en medio de una historia, el encantador Sam Lanham y los otros invitados. Cuando golpeé mi puño sobre la mesa, los platos se sacudieron.

–¡Tú, pedazo de mierda! ¿Cómo te atreves a sentarte aquí en mi fiesta, entre los invitados de mi familia, y fingir?

Hank, tan tembloroso como los platos, se quedó mirándome. Ann Foster me había seguido, preguntándose qué pasaba.

–¿Megan? –preguntó ella, inclinándose hacia delante. Yo me incliné hacia Hank.

–¡XT Energy! ¿Te suena familiar?

Ahora miraba a los otros hombres en la mesa. Además de Sam, los otros dos eran fuertes ex-jugadores de fútbol, el tipo de hombres que son atraídos por el negocio de la energía con sus altas ofertas en dólares y les gusta la competencia entre machos.

Hank miró a su alrededor la sala llena de personas que lo pasaban bien. Se puso de pie y tomó mi brazo.

–Hablemos de esto afuera –susurró.

–¿Por qué? ¿Así puedes mentirme un poco más?

–Megan, ¿de verdad quieres hacer esto aquí? –la gente miraba hacia nosotros.

–¿Por qué no? –papá estaba ahora en camino hacia nosotros, con mamá detrás de él. Parecía mortificada. Y todavía tenía que oír el resto. La tía Camille y el tío Dan se levantaron, había preocupación en sus rostros.

–¿Qué diablos? –preguntó mamá–. Lo siento mucho –le dijo a Hank y a los hombres que estaban sentados con él. Ann acababa de notar que mamá había llegado.

–¡No te disculpes con él! –todos los ojos en la habitación estaban en nosotros ahora.

–¡Megan! –dijo mamá.

–¡No trabaja en bienes raíces! ¡Él trabaja para XT Energy!

–¿Es cierto, Hank? –preguntó papá.

–Me temo que sí –respondió él.

–No estoy segura de entender –dijo Ann, mirando a Hank y Sam Lanham.

Hank se levantó y dio un paso a su derecha.

–Puedo explicarlo.

Papá lo cruzó y lo atrapó.

–¿Hay un desarrollo de vivienda o no? –preguntó papá. Sentí, más que ver la mano de mamá tapando su boca.

»Estoy esperando una respuesta, Hank –dijo papá, su voz ahora seria y amenazante. El salón estaba en silencio.

–Más o menos –respondió él en voz baja.

–Pero ¿los dibujos, los lotes, las restricciones? –preguntó papá.

–Hay una cláusula –explicó Hank–. Si todos los titulares de los lotes están de acuerdo, pueden cambiar los pactos y las restricciones.

–Yo tengo seis –dijo Sam.

–Cuatro –añadió un tipo más joven, sonriendo.

–También tengo uno –agregó el último.

En ese momento, Silvio, el tío Dan y Simon se habían acercado. Incluso Hunter, bendito su corazón, estaba con ellos, listo para respaldar a papá.

–Tú nos dijiste que era para nuestra protección. Tenía que ser unánime.

–*Es* unánime –explicó Hank–. XT Energy, sus empleados y miembros de la junta son propietarios de todos los lotes. Y están de acuerdo, no quieren construir casas.

–Oh, Dios mío –dijo mamá. No había nada más que decir.

–Tú, maldito hijo de puta –exclamó papá–. Puedes olvidarte de este trato.

Los hombres de la mesa se pararon. Sam Lanham, el hombre mayor, se quitó la máscara.

–Es demasiado tarde, Angus –dijo él–. Los papeles ya están firmados... y tú tomaste el dinero.

Papá lo fulminó con la mirada.

–Te voy a demandar el culo –le respondió papá a Sam.

–Vas a perder –dijo Sam. ¿Cómo podía estar tan tranquilo? Aberdeen, mi hacienda, la hacienda de mi familia, la hacienda que había estado en el negocio del ganado durante más de un siglo, sería destruida, rota en pedazos, al igual que mi fiesta.

Miré a Hank.

–Nunca fui yo, ¿verdad? Lo hiciste todo para conseguir la hacienda.

–Lo siento, Megan. Solo eran negocios.

–Pero ¿por qué yo? ¿Por qué no Julia? Ella es mucho más linda.

–Por eso. Pensé que tú serías… más fácil –dijo encogiéndose de hombros.

Papá lo tomó por el cuello, lo alzó y levantó el puño para golpearlo.

–¡Hazlo y te demandaré! –exclamó Hank, colgando allí.

Papá hizo una pausa. Miró a su alrededor. Solo unos 900 testigos, y Hank no había hecho nada ilegal. Los ojos de papá se estrecharon, considerando la situación.

–¡Demándame *a mí*, hijo de perra! –grité mientras le conectaba el golpe directo que papá planeaba. Lo lancé de mi interior, con todo lo que tenía, y lo atrapó Hank entre los ojos. Sentí que el cartílago de su nariz cedía, y la sangre brotaba. Mi peluca salió volando por la sacudida, y un dolor abrasador se disparó desde mi mano hasta mi hombro.

Todo el infierno se soltó cuando los petroleros llegaron a papá. Papá esquivó un puñetazo y le conectó otro a Sam en el rostro, luego recibió uno de un chico más joven. Silvio, el tío Dan, Simon, e incluso Hunter entraron en la refriega. Fue una clásica pelea de salón, justo como si fuera el viejo oeste. Los hombres se unieron a ambos lados, y las sillas y las mesas volaron. Algunas señoras corrieron hacia las salidas, mientras que otras tomaban sus teléfonos celulares para capturar todo en video. Tomé mi mano magullada y observé.

O X X

El salón de baile estaba casi vacío. Los que quedaban estaban magullados y ensangrentados, con trajes y máscaras rotas: amigos y familiares. Ann había desaparecido. Hank se había esfumado hacía tiempo, probablemente en un hospital para que le rehicieran la nariz. Sumergí mi mano en un cubo para botellas lleno de agua helada. Papá sostenía una toalla llena de hielo contra su mejilla.

–Lo siento mucho, mamá –dije–. Traté de esperar.

—Está bien, cariño –respondió. Ella miró a su alrededor, desolada.

—Lucy, ¿quieres bailar? –le preguntó papá a mamá.

—Angus, por favor.

—¿Qué demonios? La banda ya se ha pagado. Y todavía no he bailado con mi esposa.

—Yo bailaré contigo –dije, y retiré mi mano, la sequé con una servilleta–. Pero cambiemos el humor.

Me acerqué a los músicos, que habían estado esperando incómodamente por alguna señal de nosotros.

—Oigan, ¿tienen ganas de seguir tocando? –les pregunté. El líder de la banda se animó.

—Por supuesto.

—Háganlo. Algo con ritmo.

Fui al bar.

—¿Tienen alguna cerveza Tecate ahí?

El camarero tomó una botella y me la dio. Le agregué una lima exprimida, y tomé un buen trago. Luego otro.

—Enfríala un poco más, por favor, ¿sí?

—Sí, señorita.

Tomé dos puñados más de limas, y regresé a la mesa mientras la banda, una orquesta de cámara, tocaba las primeras notas de "Up Against the Wall Redneck Mother". Perfecto. Le ofrecí a papá mi mano buena y salimos a la pista de baile.

Simon y Julia se unieron a nosotros. Y entonces, a regañadientes, también lo hizo mamá, bailando con Hunter. Durante las próximas horas nos olvidamos del desastre.

Bebimos cerveza y comimos cerdo frío; nos reímos, bailamos; nos abrazamos y lloramos, y luego nos reímos un poco más. Los que se habían quedado juraron que resultó ser la fiesta de la temporada, si no de la década.

CAPÍTULO

26

## En el que Mega se lleva a las petroleras en una sola mano

**D**esafortunadamente, mañana era otro día, o más exactamente la tarde siguiente era otro día, porque no me levanté de la cama hasta las dos. Después de todo el alboroto, un médico de emergencias en Parkland puso mi mano en un yeso a las 4 de la mañana. Tenía una fractura de boxeador, una fractura transversal del quinto metacarpiano.

–El tercero que he hecho esta noche –me dijo–. Pero el primero con un vestido de fiesta.

Encontré a mamá, papá y Julia con resaca en la mesa de la cocina, bebiendo café y frente a la fría realidad de nuestra situación. XT Energy ahora era dueña de la hacienda, y planeaba fracturarla. Éramos ricos, pero habíamos perdido millones de dólares en el proceso. Hank Waterhouse nos había engañado, a mí literalmente, y había hecho que su compañía se sintiera orgullosa. *Probablemente ya no está en la deplorable oficina junior*, pensé, sin alegrarme.

Me serví un café y me senté.

–No puedo creer que haya traído esto a nuestras vidas.

–Megan –dijo papá–, esta hacienda, y cualquier acuerdo con ellos, es mi responsabilidad. Hank nos engañó a todos, incluido yo.

–Si yo no hubiera sido tan insistente –añadió mamá–. Lo quería tanto, pero no esto. Nunca quise esto.

–Lo sé –respondió papá tomando su mano.

El timbre sonó. Julia fue a la puerta, y luego volvió a la cocina, con los ojos muy abiertos.

–¿Umm, Megan? Andrew Gage está aquí para verte.

–¿Aquí?

–En el vestíbulo.

Mamá, papá y Julia me miraron.

–No sé por qué está aquí –dije, saliendo.

No había contado nada sobre mi encuentro con Andrew en el Plaza, ni siquiera a Julia. ¿Qué habría dicho? *Oye, ¿mencioné que le he gustado secretamente a Andrew Gage desde el comienzo de la temporada de debut e intentó en varias oportunidades decirme que Hank era un chico malo, pero lo ignoré?*

–Andrew.

–Perdón por venir así, sin avisar, pero quería hablar contigo… en persona.

–Por supuesto. ¿Quieres sentarte? –comencé a dirigirme a la sala de estar.

–Umm, ¿qué tal un paseo? –preguntó.

–¿Hay algunos fotógrafos por ahí? –pregunté en broma.

Él se echó a reír y sacudió la cabeza.

—No los llamé.

—Yo tampoco –dije.

Bajamos los escalones del frente. Avanzamos a través del camino hacia el granero, y luego por el pastizal, sin dirigirnos a ningún lugar realmente, solo más lejos de la casa. Era una típica tarde primaveral de diciembre, fresca pero soleada. Continuamos caminando, aumentamos nuestro ritmo, y llegamos más allá de los graneros. Ninguno de los dos habló, pero era un silencio cómodo.

—Ese sí que fue un puñetazo –dijo finalmente. Me detuve.

—¿Estabas allí? –él asintió–. La máscara de caballo... eras tú.

—Georgie me llamó después de que cortó el teléfono contigo. Cuando dijo que pensabas que Hank te había hecho algo malo, yo... tenía que venir.

Sus palabras hicieron que mi estómago se revoloteara.

—¿Viniste a protegerme? –pregunté.

—Megan McKnight, no necesitas que nadie que proteja. Pero estaba muy... preocupado.

Durante meses había abofeteado a este tipo, pero él todavía cubría mis espaldas. Era emocionante.

—Andrew, lo siento mucho. No te escuché. Trataste de advertirme sobre Hank, y te ignoré. ¿Y todo lo que dije de ti en Nueva York? Estaba equivocada.

Me miró por un momento y luego se echó a reír. No era lo que esperaba.

—¿Que es tan gracioso?

–No es gracioso –dijo–. Solo… irritante.

–¿Qué quieres decir?

–He venido aquí para disculparme contigo, y me ganaste de mano.

–Disculparte, ¿por qué?

–Por toda esta situación. Es mi culpa, culpa de mi familia. No lo entendía.

–Sabíamos quién era Hank, el tipo de persona que es… y guardamos silencio. Peor aun, lo recompensamos, porque teníamos miedo: de la mala publicidad, de un escándalo, de una mancha a nuestro nombre. Nosotros fuimos tan… orgullosos. Deberíamos haberlo expuesto. Tal vez, si mi padre aún estuviera vivo, lo habríamos manejado mejor, pero no lo hicimos. Pateamos el balón y aterrizó en ti y tu familia. Lo siento mucho.

La calidad y la sinceridad de su disculpa me sorprendieron.

–Guau. Estás perdonado. Aquí y ahora.

–Gracias –dijo.

Nos volvimos hacia la casa. Este tipo no era quien pensaba que era. Era cálido, sincero y considerado. Me… gustaba

–Estoy celoso, ¿sabes? –nos quedamos en el camino de entrada–. He querido golpear a Hank durante mucho tiempo.

–¿Qué? –pregunté, riendo–. ¿Quieres decir que no te metiste después de que yo lo ablandé por ti?

–¡No! Lo intenté, pero me quedé atado con otro idiota. Aunque debo decirte que fue lo más divertido que he vivido desde que era un niño. Nunca llego a hacer ese tipo de cosas, porque siempre es reportado.

–Solo tienes que salir más con mi familia. ¡Mi tátara tía luchó en la Revolución Mexicana!

–Obviamente lo heredaste de alguna parte –miró hacia fuera sobre las praderas–. Es tan hermoso. Es una pena lo que ellos están planeando.

Lo saludé mientras se alejaba y pensé: *realmente no lo conozco en absoluto.*

O ✗ ✗

No regresé a la casa después de que Andrew se fue. En lugar de eso, caminé durante un rato, apenas alrededor del Aberdeen, hasta que llegué a un cobertizo de herramientas. Hacía unos años, después de que mamá se quejara bastante y en forma ruidosa acerca de mí picando la puerta del garaje con un balón de fútbol, papá había pintado un arco en el lateral del cobertizo para que yo practicara. Estaba bien lejos de la casa y pensó que no importaba lo mucho que yo practicara, no haría ningún daño.

Encontré un viejo balón y empecé a patearlo del lado del cobertizo. Las líneas del arco estaban desvanecidas, pero todavía estaban allí. Esta era mi manera de pensar. Y cuanto más pensaba, más enojada me ponía. *¡No podemos simplemente abandonar la hacienda y dejar que sea destruida!* Después de otra media hora de patear ese balón contra el cobertizo, tuve una idea.

*¿Y si pudiéramos conseguir que el estado de Texas designara al Aberdeen como un hito histórico?* La pregunta más importante era: ¿impediría eso que XT perforara? No sabía la respuesta, pero conocía a alguien que sí. Y me di cuenta de que, a pesar de que acababa de salir de la hacienda, realmente quería oír su voz de nuevo.

–Eso depende –respondió Andrew. Me volví a comunicar con él antes de que regresara a Dallas, y acordamos reunirnos en el Starbucks en Highland Park Village. Entendió inmediatamente a qué me estaba refiriendo. Estaba usando una jugada de las suyas. Pensó un poco más–. Siempre es rebuscado. Las estipulaciones probablemente no impedirán directamente la perforación, pero el lenguaje en estas cosas suele ser lo suficientemente ambiguo como para amenazarlos con una demanda. Eso podría ser suficiente para que reconsideren.

–¿Qué debería hacer?

–Tienes que preguntarle a tu familia si están dispuestos a hacerlo –dijo–. Es arriesgado y costoso, y no hay garantía de que ganen. Puede que utilicen todos sus recursos y sin embargo pierdan igual. Lo he visto.

–Mira, tú has hecho esto antes y… necesito algo de… ayuda.

–¿De mí? –preguntó, luego de haber hecho una pausa.

–Sí –suspiré–. De ti. ¿Podrías ayudarme a explicárselos?

–Nada me haría más feliz.

Así que, por segunda vez ese día, Andrew Gage condujo

hasta el Aberdeen, nos sentamos en la mesa de la cocina y les explicamos el plan a mamá y papá.

—Así que primero obtienen la designación histórica —dijo Andrew, recapitulando—. *Entonces,* le dicen a XT Energy que la tienen y, esta es la parte importante: les dicen que le devolverán el dinero si rompen el contrato. Y si no lo hacen, ustedes los demandarán.

—¿Por qué hacerlo de esa manera? —preguntó papá.

—Si van con armas en mano, es más probable que empiecen a disparar. Deben darle una salida razonable.

Papá asintió y Andrew les dijo claramente que esto era una apuesta calculada, pero teníamos que estar preparados para regresar al Armagedón financiero del que acabábamos de escapar: deudas pesadas, cuentas grandes, aun más grandes ahora, y un futuro sombrío. Pero recuperaríamos el Aberdeen.

Andrew y yo esperamos mientras mamá y papá pensaban en todo esto. De seguro los había sorprendido. Papá, desgarrado, miraba a mamá, midiendo su apetito por una pelea.

—¿Sabes lo que digo? —mamá sonó sorprendentemente alegre. Todos la miramos y esperamos a que continuara—. Digo que los McKnight se han enfrentado a mayores problemas que estos, y si nos mantenemos unidos, también pasaremos este.

—Pero Lucy —dijo papá—, ¿qué pasa con las facturas, las deudas?

—¿Qué hay con eso?

—Cariño, has estado contando con esta venta para salir de ellas. Por nuestro futuro.

–Sí, pero sé algo que no sabía antes. Te importamos más *nosotros* que esta tierra. Así que si quieres pelear, te apoyaré hasta el final. Además, hay mucha carne en el congelador, pasará mucho tiempo antes de morir de hambre.

–Dios, te amo, mujer –dijo él, y se besaron intensamente, mientras la acercaba y abrazaba contra su pecho.

En ese momento comprendí la profundidad de su amor, y me sentí mal por todas las veces que había juzgado a mi madre con dureza. En nuestro momento más oscuro estaba más firme que cualquiera de nosotros.

–¿Chicas? –papá nos miró a Julia y a mí.

–Acepto –dije.

–Yo también –añadió Julia.

–No será fácil –advirtió papá.

–Nada que valga la pena lo es –respondió mamá.

XT Energy ocupaba las tres primeras plantas de un edificio de vidrio y acero justo al lado de la autopista central, cerca de Northwest Highway, el mismo edificio en el que Hank "trabajaba". Desde la sala de conferencias se podía ver el Northpark Mall y el centro de Dallas. Había pasado con mi automóvil por allí muchas veces, pero nunca había estado en el edificio hasta esa tarde.

Durante la última hora el tío Dan había presentado nuestra

posición a un silencioso y estoico Sam Lanham, cuatro trajes al azar y un petulante Hank Waterhouse. Él todavía tenía un yeso en la nariz y dos ojos negros. Sam y sus chicos tenían peladas las mejillas y los labios agrietados, al igual que el tío Dan y papá. Pasé la reunión mirando a Hank, que nunca se encontró con mis ojos.

Teníamos la designación del sitio histórico. Mamá había llamado a su viejo amor, Hardy, quien se aseguró de que estuviera antes del receso de Navidad. Prohibía "cambios materiales", y estábamos dispuestos a presentar una moción en el momento en que algo más grande que una camioneta pasara por las puertas. Pero, si querían romper el contrato, les teníamos que devolver el dinero.

—Nos pondremos en contacto —dijo Sam y se levantó. El tío Dan comenzó a recolectar papeles, y papá se puso de pie, empujó su silla hacia atrás. Me senté ante la brillante mesa de conferencias, aturdida. *¿Eso es todo?*

—¿Y? —pregunté, una vez dentro del elevador. El tío Dan parecía optimista.

—Difícil de decir. El lenguaje es bastante claro, pero ellos saben tan bien como nosotros que las demandas nunca son pan comido.

Llegamos al estacionamiento.

—¿Cuánto tardarán en decidirlo? —pregunté.

—Van a pensar mucho sobre esto —dijo el tío Dan, encogiéndose de hombros—. Buscarán una salida, consultarán con sus abogados, tratarán de averiguar si somos realmente serios con respecto a esto. Está el receso por Navidad. ¿Diez días? Un mes es más probable.

–Arrgg ¿Y solo tenemos que esperar?

–Me temo que sí –contestó.

Con toda nuestra vida en el limbo, las semanas después de nuestra reunión en XT Energy eran insoportables. Ni siquiera la Navidad ofreció una distracción. Julia y yo les rogamos a mamá y papá que renunciaran a los regalos. No necesitábamos nada, ya habíamos comprado demasiado, y podíamos caer de nuevo en la deuda masiva en cualquier momento que sonara el teléfono.

Aliviados, mis padres estuvieron de acuerdo, y acordamos tener una tranquila Navidad en la hacienda. Haríamos un gran desayuno e iríamos de paseo por la tarde, como lo hacíamos cuando éramos niñas. Le dimos el gusto a mamá y la dejamos comprarnos los pijamas de Navidad, que era una tradición familiar. Los abrimos en Nochebuena. Mamá fue extra absurda y compró pijamas de franela con pie, con muñecos de nieve y pingüinos bailando. Nos pusimos los pijamas y bebimos cacao caliente con mini malvaviscos en la sala de estar, y luego nos fuimos a la cama temprano. Julia y yo siempre dormíamos en la misma cama en Nochebuena. Cuando éramos chicas nos quedábamos despiertas hasta muy tarde, riendo y hablando, esperando y esperando que los cascos golpearan el techo. Finalmente papá venía y nos decía que nos fuéramos a dormir o Santa no vendría. Esa noche nos tumbamos bajo la manta cara a cara, a centímetros de distancia, disfrutando de la familiar comodidad, de los recuerdos compartidos todas esas Navidades en la hacienda.

—Estoy muy orgullosa de ti –susurró Julia–. Eres tan valiente.

—No me siento valiente. He estado aterrorizada todo el tiempo.

—Ser valiente no significa que no tengas miedo. Es estar asustada y hacerlo de todos modos.

—No puedo creer que no estarás allí la próxima semana conmigo. Tú deberías estar. Deberías hacerlo el próximo año.

—Oye, si todo sale como esperamos, no podremos permitirnos eso el próximo año.

—Es verdad.

—Pero no creo que lo haga de todas formas –dijo Julia.

—¿Por qué? Pensé que te gustaba.

—Sí. Pero creo que obtuve lo que necesitaba, aunque no pase por el escenario.

—Te quiero mucho, Julia –me acerqué y puse mi mano sobre la de ella, y la apreté.

—Yo también te quiero, Megan –ella me apretó la mano también.

Me sujetaba a su mano, y en pocos minutos su respiración se profundizó y se durmió. Mucho antes de que cualquier reno aterrizara, me quedé dormida también.

A la mañana siguiente, bajamos a la planta baja, y en lugar de regalos, mamá había hecho unos huevos rancheros, chilaquiles, tocino, galletas, salsa y cuatro litros de café fuerte. Nos llenamos cómodamente de comida, luego nos dejamos caer en el sofá.

–Les hice un pequeño obsequio –dijo papá.

–¡Papá! ¡Lo prometiste, nada de regalos! –exclamó Julia.

–No costó nada más que tiempo –dijo. Bueno, ahora estábamos intrigadas. Nos dio una caja plana a cada una, de alrededor de unos treinta por treinta centímetros. Pesada.

–Es un suéter muy pesado –bromeé.

Julia y yo abrimos las cajas, y dentro de cada una encontramos una pequeña escultura que papá había hecho con dos herraduras grandes soldadas en forma de *M*, y una más pequeña soldada perpendicular. Juntas formaban las letras *Mc*. Nuestros nombres fueron grabados en la medialuna superior izquierda.

–¿Tú hiciste esto? –preguntó Julia. El asintió.

–Tuve algo en lo que pensar después de ese espectáculo de esculturas en el Nasher. Ahora, tengo que admitir que esto no es arte, pero...

–Son impresionantes –le dije. Las dos lo abrazamos. Pensé en todas las porquerías que había deseado durante todos esos años, y todas las porquerías que había recibido. Esta pieza de chatarra sería el único regalo de Navidad que guardaría para siempre y pasaría a mis hijos.

Más tarde, Julia me ayudó a practicar el Texas Dip en

la sala de estar. Cuando mi rodilla golpeó el suelo, lo hizo notablemente, e incluso con el apoyo de una silla no podía llegar hasta el suelo. De alguna manera mi pierna trasera no saldría del camino. Me temía que había hecho demasiadas sentadillas, que había corrido demasiado. Mis músculos del muslo eran demasiado grandes para un movimiento tan delicado.

—De nuevo —dijo Julia. Me incliné hacia delante, con una mano sobre la silla. Mientras inclinaba nuevamente mi cuerpo, sonó el timbre y un momento después apareció Zach Battle en la puerta, con mamá detrás de él.

—Hola, Julia... Megan, feliz Navidad —dijo Zach. Traía una caja pequeña.

—Feliz Navidad, Zach —respondí.

—Feliz Navidad —repitió Julia. Siguió un silencio incómodo.

—¿Quieres desayunar? —preguntó mamá.

—No, gracias. Umm, me preguntaba si podría tener un momento a solas... con Julia.

—Absolutamente —respondí, y arrastré a mamá a la cocina. Luego volvimos para escuchar en el límite de la puerta.

—Te traje algo —dijo Zach y le entregó la caja a Julia.

Ella la abrió y extrajo un pequeño elfo bailando que decía "Lo siento" una y otra vez.

—En primer lugar, vamos a dejar una cosa en claro. Soy un imbécil.

—Estoy de acuerdo —dijo Julia, ahogando una sonrisa.

—Lo siento mucho. Quería darte un respiro para que

resolvieras las cosas y me fui a Nueva York. Y entonces, antes de darme cuenta, habían pasado tres días y me sentía como un idiota, y pensé que tal vez no querías hablar conmigo, y luego esperé tanto tiempo que me quedé paralizado. Finalmente, Andrew me llamó y me dijo: "Deja de ser un cobarde y ve a verla". Nunca quise hacerte daño y espero que puedas encontrar la forma de darme otra oportunidad.

–Me gustas, Zach. Y aprecio tus disculpas… ayudan. Y tal vez podríamos tener algo. Pero no ahora. No por un tiempo. Necesito algo de espacio para acomodar mis propios asuntos antes de añadir un novio a la mezcla.

–Esperaré –dijo Zach.

–Puede ser mucho tiempo –respondió Julia, sonriendo.

–Eso está bien –aseguró Zach–. ¡Tengo tiempo!

–Haré un gesto de buena fe –dijo entonces Julia, sonriendo.

Zach alzó la vista, expectante, esperanzado.

–Necesito un acompañante para el baile final este sábado en Bluebonnet. ¿Qué tal si comenzamos desde cero después de eso?

–Soy tu hombre.

Mamá me abrazó espontáneamente.

Cuando Julia saludó a Zach, papá llegó a la puerta de la cocina. Él parecía pensativo mientras guardaba su teléfono en el bolsillo trasero.

–¿Qué ocurre? –preguntó mamá.

–Llamó Sam Lanham. Podemos recuperar el Aberdeen.

–Estás bromeando –dijo mamá. Pero no lo estaba. Entonces

nos miramos los unos a los otros. ¿Estábamos dispuestos a devolver el dinero y recuperar la hacienda, con todas las deudas, el trabajo, las vacas y las preocupaciones? *Pan comido*, pensé.

—¡Bien, entonces feliz Navidad! —grité. Papá abrazó a mamá, y luego a mí, y luego Julia entró y fuimos cuatro.

○ ✗ ✗

Encerrada en mi ajustado corset de cuentas con metros de falda de tul, con diminutas rosas amarillas tejidas en mi cabello y mi perfecto maquillaje de modelo, luché, tratando de colocarme un largo guante blanco sobre el yeso en mi mano derecha rota. Jalé. Jalé de nuevo. Me estiré y jalé. Pero no lo conseguía.

—¡No puedo hacer esto! —dije.

—Déjalo —respondió Margot casualmente.

—¡Tengo que usar guantes! —grité. En este momento, después de más de dos horas de preparativos para estar lista, con la limusina esperando abajo, yo era un desastre. Solo quería que terminara.

—Pero tu yeso se parece bastante a un guante. Creo que es un emblema de tu lucha.

—Estaba planeando que mi Texas Dip fuera un emblema de mi lucha.

—Deja de preocuparte por ese Texas Dip. ¿A quién le

importa? ¿Qué pasa si tú solo bajas tres cuartas partes, o si todo el mundo puede ver que apoyas una rodilla en el suelo? ¿Qué ocurre? ¿Irás a prisión?

–Nada.

–¿Eres menos mujer?

–No.

–Olvídalo entonces. Da lo mejor de ti y siéntete satisfecha. Ser una mujer adulta significa aceptar quién eres realmente, tus verdaderos defectos, errores, todo. Mírame –hizo un gesto a su moderno modelo hippie, un vestido de calicó estilo pradera, floreado de color azul y blanco que terminaba justo debajo de su rodilla. Llevaba botas de combate arrugadas con cordones rojos, y pude ver el vello en sus piernas–. ¿Es para todos? No. Pero soy *yo*... y eso me hace feliz. Sé tú misma.

# CAPÍTULO 27

*En el que Megan hace su versión del Texas Dip*

E l baile formal de debut de Bluebonnet tomó lugar a las ocho en punto el 31 de diciembre, en el salón de baile de la mansión de Turtle Creek. Los temas eran los de siempre: tradición, prestigio y riqueza. Las telas que cubrían las mesas eran lo suficientemente gruesas como para un tapiz. La pesada plata brillaba. Las copas brillaban. El cristal brillaba. Cada mesa tenía una pieza central, una simple rosa amarilla. Las mujeres usaban vestidos clásicos y formales. Sus esposos y los acompañantes llevaban corbata de moño.

Una pasarela se extendía hacia las mesas desde el escenario, y pronto cada una de nosotras saldría, avanzaría con nuestro padre como escolta, luego nos dejaría y caminaríamos hasta el final de la pasarela. Allí nos detendríamos, realizaríamos el Texas Dip, reconoceríamos a los invitados de ambos lados, y cuando regresáramos, nuestro viaje de debut habría terminado.

Mientras, esperábamos en el camerino, como luchadores antes de una pelea por el título; la atmósfera se encontraba tensa y alimentada con adrenalina. Sydney y Abby se ajustaban los guantes blancos hasta el codo. Ashley I alisaba una arruga de su vestido, y Ashley II revisaba su cabello y maquillaje una última vez en el espejo. Me senté a solas, tranquila y reservada. Mi vestido era perfecto, mi cabello y maquillaje, también. Bajé la vista hacia el guante de seda blanca de la mano izquierda y luego a la derecha, desde el puño hasta el codo, solo mi yeso blanco brillante. Moví mis dedos.

La única persona ansiosa detrás del escenario era Ann Foster. Ella se encontraba en su teléfono, tratando de averiguar por qué Lauren Battle aún no había llegado. Estaba muy cerca de la hora del espectáculo, y nadie, ni siquiera Ashley II, sabía dónde se encontraba. Ann había hablado con su madre, quien había respondido que se había ido horas antes.

Ann le estaba dejando un mensaje a Lauren:

—Así que por favor llámame en el instante en que recibas este mensaje —dijo, y terminó la llamada.

—¿Una ausente? —le pregunté esperanzada—. ¿Ha ocurrido esto alguna vez?

—Nunca —respondió Ann.

—¿Dónde está? —preguntó alguien. Ann se volvió hacia las palabras, pronunciadas desde la puerta. Reconocí esa voz cuando la oí.

»¡Necesito ver a Megan McKnight! —exclamó la señora Gage.

Ann se interpuso en su camino.

–Lo siento mucho, señora Gage, pero esto es completamente inapropiado. Ella es...

–¿No oye bien? –Ann retrocedió. Estaba segura de que nadie le había preguntado eso antes–. No estoy aquí para hablar con usted; estoy aquí para hablar con Megan McKnight.

Ella me vio y pasó volando junto a Ann. Lauren Battle, con su vestido y guantes, la siguió. Había estado llorando, y su maquillaje era un desastre.

–¿Bien? ¿Qué tienes para decir? –preguntó la señora Gage mirándome.

–¿Qué te parece: "Soy una maldita perra roba-novios"? –espetó Lauren.

–Yo me encargaré de esto –le dijo la señora Gage a Lauren.

–Señora Gage, este realmente no es el momento –Ann volvió a interponerse entre nosotras–. Ahora, lo siento, pero tendrá que irse. Y Lauren, tienes que limpiarte esa cara... empezamos en quince minutos.

–Está bien, Ann –intervine, y me puse de pie–. Ayuda a Lauren –pasé por delante de Ann hasta que estuve frente a frente con la señora Gage. Estábamos en una categoría de peso similar–. Ahora, ¿cómo puedo ayudarla? –le pregunté.

Todas las chicas se acercaron.

–Andrew ha roto con Lauren, y hay rumores –dijo la señora Gage–. No es que yo les crea, pero hay rumores de que él te está viendo.

–Me parece, señora Gage, que venir aquí es más probable que apoye esos rumores más que disiparlos.

Tengo que reconocerlo, ella podía recibir un puñetazo. La golpeé en la cara con eso, y ella no se estremeció. La noticia de su llegada se había extendido, y ahora varias madres aparecieron, mamá y la tía Camille entre ellas. También se acercaron.

–Chica descarada. ¿Sabes quién soy?

–Sí –respondí–. Sé quién es.

–Entonces sabes que los Gage vinieron en el *Mayflower*. Hemos sido gobernadores, senadores y estadistas durante cientos de años. Andrew se unirá a esta línea. Un día será un hombre muy importante, y puedo decir categóricamente que *tú* no eres la chica para él.

–¿Su hijo sabe que está aquí? –pregunté.

–Mi hijo no siempre sabe lo que es mejor para él o para su familia. Pero confía en mí cuando te digo que yo sí.

–¿Y eso incluye pagarle a Hank Waterhouse y permitirle que haga de otros su presa?

Varias chicas jadearon, y Ann entrecerró los ojos ante la señora Gage.

–¡Suficiente! Dime simplemente: ¿estás viendo a mi hijo?

Me levanté con toda mi altura y miré a la señora Gage, pero recordé la máxima de Ann: *No tienes que decir todo lo que piensas.*

–No.

–¡Bueno, gracias a Dios por eso! –respondió la señora Gage, y Lauren lloró aliviada. Pero en vez de dejarlo en eso, ella me mostró sus dientes otra vez–. Nunca más lo verás. ¿Ha quedado claro? –agregó.

–Perdone, señora Gage, pero Andrew es mi amigo. Ha ayudado a mi familia y me ha apoyado, y tengo la intención de hacer lo mismo por él siempre que me necesite. Ahora, por favor… váyase.

La vena que corría por su sien estaba hinchada y palpitaba. Sus ojos se dilataron y sus fosas nasales se ensancharon. Tenía la esperanza de que colapsara frente a mí.

–Señora Gage, me ha insultado de todas las maneras posibles. Pero confíe en mí, no solo sobreviviré, sino que lo soportaré. Soy una texana nativa. Mi tatarabuelo se enfrentó a lobos y pumas, estando solo en la pradera, y si él pudo sobrevivir a eso, yo puedo sobrevivir a una invasión de una Yankee jactanciosa en un traje de lana. Ahora, si me disculpa, tengo que hacer un debut.

La señora Gage no se movió. Abby se acercó a mi lado izquierdo, en solidaridad. Entonces Sydney se movió a mi derecha. Ashley I se movió junto a Abby. Un grupo de debutantes de Texas miraba con furia a la señora Gage.

–Dijo que *se fuera* –repuso Sydney con frialdad.

La señora Gage se quedó.

–Ya la escuchó –agregó Abby, con un tono distinto en su voz.

Y luego, sin cartas para jugar, la señora Gage resopló y salió. Respiré profundamente y miré los rostros a mi alrededor.

–Cielos… Gracias, a todas –les dije, y ellas celebraron. Yo

choqué los cinco con Abby y con Sydney, y luego, para mi duradera sorpresa, choqué los cinco con Ann Foster. Mi madre y la tía Camille entraron para darnos un abrazo. Incluso Ashley II me lanzó una mirada de admiración mientras ayudaba a Lauren a maquillar su rostro.

–¿En verdad no estás enojada? –le pregunté a Ann un momento después.

–No, Megan. Estoy orgullosa, tan orgullosa de ti.

Lágrimas se formaron en las esquinas de sus ojos.

–¿De verdad lo estás?

–Mírate ahora... todo lo que eras y mucho más –ella me abrazó con fuerza, su rostro presionando mi vestido–. ¡Oh, mierda! –dijo ella, saltando hacia atrás, preocupada de que hubiera ensuciado mi vestido. Era la primera maldición que había dicho a nuestro alrededor, y todas reímos.

–Megan, ¿necesitas un momento? –preguntó mamá suavemente. Tomé una inspiración.

–Sí. Gracias, mamá –miramos a Ann–. ¿Está permitido?

–Empezamos en diez minutos. Vuelve en cinco –dijo Ann.

Mamá y yo caminamos del brazo por un pasillo hasta una galería trasera. Era un espacio tranquilo rodeado de robles. Tomé varias respiraciones profundas, luego me volví hacia ella.

–Gracias, mamá... por insistir en que hiciera esto.

–No es nada.

–Tenías toda la razón. Tengo recuerdos inolvidables que apreciaré por el resto de mi vida.

¿Cómo olvidaría el rostro de Hank mientras metía mi puño

en él? ¿O las cinco pequeñas preadolescentes emocionadas en el vestuario? ¿O a Ann, en ese primer té, la primera clase de conducta, nuestra graduación y esta noche? Nunca olvidaré a Margot, o a las mujeres en Refuge. Ciertamente no iba a olvidar a Andrew Gage.

—Estoy tan feliz. Simplemente estaba segura de que algún día necesitarías otras habilidades más allá… del deporte. Cada joven mujer lo necesita —ella me abrazó, fuerte—. Eso es lo que eres, ya sabes… una joven, hermosa y agradable mujer.

—Como tú, apuesto —le dije.

—Demasiado como yo —estuvo de acuerdo.

—Te quiero, mamá —me obligué a no llorar.

—Yo también te quiero. Es difícil entre madres e hijas, ¿no? —preguntó.

—Pero tenemos el resto de nuestras vidas para trabajar en ello —dije asintiendo.

—Tómate el tiempo que necesites, cariño. Voy a encontrar mi asiento.

Ella me dio un apretón en el hombro y me sopló un beso cuando se fue. Caminé hasta el borde del muro bajo de piedra y miré hacia fuera. A través de los árboles pude ver los edificios del centro de Dallas, iluminados con luces blancas, verdes y rojas.

Oí el ruido de pasos corriendo. Cuando me volví hacia ellos, Andrew Gage estaba de pie allí. Llevaba jeans, una camiseta y calzado deportivo. Tenía el cabello revuelto por el viento. Nunca se había visto mejor.

–¿Andrew? ¿Qué estás haciendo aquí?

–Mi mamá está en Texas y tenía que verte antes de que... –trató de decir sin aliento.

–Ya estuvo aquí.

–Oh, Dios. Mira, lo que ella haya dicho, no es verdad.

–Dijo que habías roto con Lauren.

Su frente se arrugó.

–Oh. Eso es cierto.

–Me alegro –le sonreí, y él me devolvió la sonrisa. Se acercó y se detuvo frente a mí. Tomó mi mano y sentí el pulso de la conexión.

–Mira, la última vez que traté de decir esto, en Nueva York, no fue muy bien –dijo en voz baja.

–Mucho ha pasado desde entonces.

–Realmente creo que me enamoré de ti, Megan. Y si no sientes lo mismo, lo entenderé, pero si hay una sola posibilidad de que sí… tengo que saberlo.

¿Qué respuesta podría dar? Solo la verdad.

–Pienso en ti todos los días –le dije.

Él me besó. Con fuerza. Y yo le devolví el beso.

"The Eyes of Texas" comenzó a sonar, y Ann asomó su cabeza por la puerta.

–¡Megan! Estamos empezando –rompimos nuestro beso, pero él todavía me seguía abrazando.

–Tengo que irme –dije–. ¿Vas a estar aquí después?

–No iré a ninguna parte.

**o X X**

Detrás del escenario, las seis esperábamos en los costados, en orden alfabético, para hacer nuestra entrada. Yo estaba junto a la última, con solo Sydney detrás de mí.

–¡La señorita Ashley Harriet Abernathy!

Ashley I salió, tomó el brazo de su padre y caminó con gracia hacia el centro del escenario. Desde allí caminó sola hasta el final de la pasarela y realizó un muy aceptable Texas Dip. Sus piernas se doblaron lentamente debajo de ella, y su cabeza casi tocó el suelo. Entonces se levantó con facilidad y regresó. Su papá la trajo detrás del escenario nuevamente.

–Muy bien, Ashley –susurró Abby, y la golpeó suavemente con el puño. Todas nosotras, excepto Lauren, nos adelantamos para felicitarla en silencio. Ann le dio un largo abrazo.

–¡La señorita Lauren Eloise Battle!

Lauren salió con los aplausos y tomó el brazo de su padre. Caminó con rapidez, pero en la pasarela se tambaleó ligeramente. En el borde se recompuso, y luego comenzó su Texas Dip. Ella se inclinó y dobló y dejó caer su cabeza a un lado, y la multitud aplaudió con mayor intensidad. Se quedó abajo y aplaudieron más, mostrando agradecimiento por la perfección de su demostración. Los aplausos disminuyeron cuando ella no pudo levantarse, y se detuvieron cuando levantó la cabeza y articuló con sus labios "¡Ayúdame!" a su padre. Se sacudió y, con ayuda, se levantó y se dirigió a los bastidores. Lágrimas de furia se derramaron por su rostro, y aunque Ashley II se acercó a ella, Lauren la esquivó y salió corriendo, ignorándonos a todas nosotras también. Compartimos una mirada. *Muy triste.*

—¡La señorita Ashley Diann Kohlberg!

Ashley II se preparó, salió, y realizó muy bien su presentación.

—¡La señorita Margaret Abigail Lucas!

—¡Ve, Abby! —le susurré.

Ella sonrió y salió. La aplaudieron salvajemente. Yo sería la siguiente, y luego Sydney. Todavía me preocupaba mi Texas Dip. Sabía que nunca había bajado realmente hasta el final, y nunca había sido capaz de conseguir que mi pierna trasera saliera del camino. Estaba considerando un nuevo movimiento radical cuando Sydney me habló por primera vez desde el almuerzo en el Nasher.

—Nunca pensé que lo mantendrías en secreto —dijo en voz baja. Supe al instante de qué estaba hablando.

—¿En serio, por qué? —pregunté, mirando hacia atrás. Parecía pensativa y seria.

—Es que tu hermana estaba en esto, y tu prima. No es que fueras mala, pero estaba segura de que se los dirías, y tres personas no pueden mantener un secreto. Pasé los últimos cuatro meses esperando que se supiera, pero realmente nunca le dijiste a nadie, ¿verdad?

—Ni a un alma. No creía que fuera asunto de nadie.

—Nunca pensé que llegaría tan lejos —confesó—. Una vez

que saliera a la luz me imaginé que me expulsarían, o Lauren y Ashley me lo harían pasar tan duro que no podría quedarme. Estaba tan asustada, que hace un mes hablé con mis padres, solo para prepararlos para lo que vendría.

–Guau. ¿Y?

–Lo mejor que he hecho –dijo–. De todos modos, solo quería darte las gracias... y desearte buena suerte.

–Por nada. Igualmente.

Abby volvió y me mostró el pulgar hacia arriba. Nos dimos un saludo con los puños cuando ella fue a darle un abrazo a Ann. Alisé mi vestido y humedecí mis labios, mientras caminaba hasta el borde de la cortina.

–¡La señorita Megan Lucille McKnight!

Salí a las luces calientes y brillantes, y oí los aplausos.

Tomé el brazo de papá y me condujo lenta y majestuosamente al centro del escenario. Asentí con la cabeza con educación y empecé a caminar por la pasarela. Parecía muy larga, y la multitud, tenue y lejana. *Tú puedes con esto,* pensé, y a dos pasos del final, decidí probar una versión del Texas Dip que nunca había practicado, y nunca escuché que ninguna otra debutante lo hubiera hecho. Allí expuesta, sola, bajo las luces, estaba yo en una cuerda floja sin una red de protección.

Me detuve y miré a la multitud, y comencé a inclinarme. Pero en lugar de doblar mi pierna derecha detrás de mí, simplemente la dejé seguir en línea recta en frente a mí e hice una sentadilla con una sola pierna, mi pierna izquierda. Lo hacía todo el tiempo en los entrenamientos, y con mi falda ancha nadie podía ver de qué manera colocaba mi pierna derecha. Apoyada solamente en mi pie izquierdo, bajé en un movimiento suave, gracioso y continuo hasta el suelo. Los aplausos crecieron y mi pierna tembló ligeramente bajo la tensión, pero nadie pudo verla. Sostuve mi reverencia por un segundo extra. Justo cuando la multitud pensaba que podría estar en problemas como Lauren, doblé mi cuádriceps izquierdo con fuerza y apreté mi glúteo al máximo, y me empujé fácilmente de nuevo a la posición inicial. La multitud rugió en aprobación con mi devastador y perfecto Texas Dip. Sonreí y saludé en ambas direcciones, y me volví a papá, que me llevó atrás con una sonrisa orgullosa. Yo había triunfado.

Después, hubo abrazos, y mamá le contó a una gran multitud acerca de mi conversación con la señora Gage, cómo había invocado al viejo Angus, y cómo luego había terminado diciendo: "Ahora, si me disculpa, tengo que hacer un debut". Todos murieron de risa, y esta observación me consagró como una heroína popular en la tradición de Bluebonnet.

Zach y Julia me felicitaron, y ella me sujetó ferozmente.

—¡Estoy tan orgullosa de ti! —dijo Julia.

El primer baile era siempre de padres e hijas. En la pista de baile, papá puso una mano en mi hombro, la otra en mi cintura, y nos volvimos lentamente al ritmo de la música.

—¿Has crecido? —preguntó.

—¡Estos son tacones de ocho centímetros!

—¿Dónde aprendiste a caminar en tacones de ocho centímetros? —rio.

–He aprendido muchas cosas en los últimos meses.

–Yo también. ¿Fue tan malo como pensabas?

–No –respondí.

–Qué bueno, porque nunca, nunca quise hacerte infeliz.

–Nunca podrías hacerme infeliz, papá.

Cuando la canción terminó, Andrew apareció junto a él.

–¿Puedo? –preguntó formalmente. Papá asintió y cedió su lugar. Andrew me abrazó y empezamos a bailar.

–He estado pensando en algo –dije un momento después.

–¿En qué? –preguntó él.

–Bueno, si yo estoy en Dallas, y tú estás en Nueva York, ¿cómo nos veremos alguna vez? ¿Por Skype?

–En realidad –dijo–, pasaré mucho tiempo aquí el próximo año.

–¿Y eso, por qué?

–Tengo un nuevo desafío. Estoy desarrollando una hacienda histórica en Texas.

Dejé de bailar y puse mis manos sobre sus hombros.

–Estás bromeando, ¿no?

–Te dije que me gusta reciclar cosas históricas. Voy a comprar el Aberdeen.

–¡No bromees! –le dije, y le golpeé el brazo con mi yeso.

–Tu papá me mostró los planos de Hank, y pensé: *¿por qué no hacerlo de esa manera?*

Encontré el rostro de mi padre entre la multitud, y él asintió. Andrew ahora puso ambas manos alrededor de mi cintura, y me atrajo hacia él. Era… confortable.

–Pero no creas que lo hice solo porque me gustas, o por caridad. Voy a ganar mucho dinero en esto –él notó la preocupación en mi rostro–. ¿Qué sucede?

–Es solo... Mira, estoy preocupada por mi papá. ¿Qué va a hacer ahora, sin trabajo?

–Oh, él tiene un trabajo.

–No entiendo.

–Esa es la mejor parte –dijo Andrew–. Es lo único que Hank omitió. Ustedes tendrán una porción, mantendrán parte de la histórica ganadería en el centro de todo, pero reducido; menos caballos, menos vacas, ninguna expectativa de ganar dinero. Esto hace que todo sea auténtico, y mantienen la designación histórica. El desarrollo realmente se venderá.

Yo había sido horrible con este hombre. Lo había insultado, había sido grosera con él, lo había humillado en las revistas. Me había visto en mi peor momento, con todas mis defensas bajas, y aún le gustaba. *No, dijo que se enamoró de mí.* Sabía que podía ser yo misma cuando estaba con él, y eso me dio esperanza. Puse mi cabeza en el hombro de Andrew y empezamos a bailar de nuevo, y otras parejas se unieron: mamá y papá, Julia y Zach, el tío Dan y la tía Camille, Abby y Hunter, y todos los demás madres y padres.

Los vi a todos, tal vez por primera vez, como realmente eran: complejos, imperfectos, humanos y hermosos. Mamá podría ser manipuladora y exigente, y sin embargo, deseaba lo mejor para mí. Margot podía vestirse como un gnomo y tener buen gusto en la ropa. Andrew podría ser incómodo y repugnantemente rico, y seguir siendo un tipo increíble. Yo podía ser una dura deportista y aun así usar un vestido de gala.

Había estado muy preocupada al pensar en que hacer mi debut me cambiaría, y aquí estaba, al final de todo. Yo seguía siendo yo. Solo que mejor.

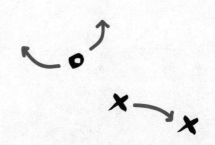

# SOBRE LOS AUTORES

Foto: Marlene Wusinich

Trabajando juntos por más de veinte años, los texanos Jonah Lisa Dyer y Stephen Dyer han hecho muchas cosas increíbles. Entre ellas, las películas *Hysteria y Always & Back*; una acogedora casa en las montañas de Idaho; un pacto de siempre buscar lo bueno del mundo; dos seres humanos excepcionales que aman tanto leer, reír y el pastel como sus padres; y este libro. Jonah y Stephen esperan seguir haciendo cosas juntos tanto como puedan.

**Síguelos en su cuenta de Twitter @JonahLisa**

No te pierdas...

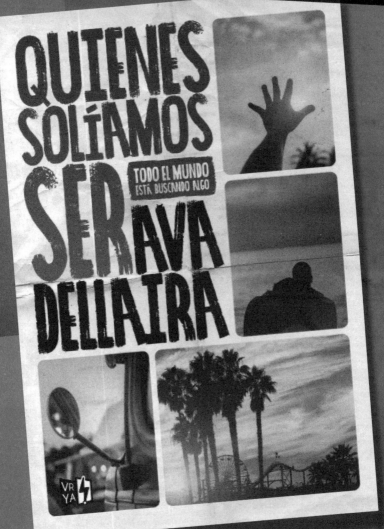

QUIENES SOLÍAMOS SER
*Ava Dellaira*

# REALi

**Con una protagonista rota**

**Sobre el miedo de enfrentar la verdad**

CARTAS DE AMOR
A LOS MUERTOS -
*Ava Dellaira*

POINTE - *Brandy Colbert*

POR 13 RAZONES -
*Jay Asher*

**Sobre el poder de la palabra**

PAPERWEIGHT -
*Meg Haston*

QUÉ NOS HACE HUMANOS -
*Jeff Garvin*

BELZHAR - *Meg Wolitzer*

# smo...

**En donde las cosas no son como parecen**

TODO PUEDE SUCEDER - *Will Walton*

**Sobre las dimensiones del amor**

DOS CHICOS BESÁNDOSE - *David Levithan*

**Sobre la importancia de encontrar tu lugar en el mundo**

CRENSHAW - *Katherine Applegate*

FUERA DE MÍ - *Sharon M. Draper*

QUE YO SEA YO ES EXACTAMENTE TAN LOCO COMO QUE TÚ SEAS TÚ - *Todd Hasak-Lowy*

# ¡QUEREMOS SABER QUÉ TE PARECIÓ LA NOVELA!

Nos puedes escribir a **vrya@vreditoras.com**
con el título de esta novela en el asunto.

Encuéntranos en

 facebook.com/VRYA México

 twitter.com/vreditorasya

 instagram.com/vreditorasya

**COMPARTE**
tu experiencia con
este libro con el hashtag
**#migran(ycatastrófico)debut**